琼 瑶
作品大合集

秋歌

琼瑶 著

作家出版社

琼瑶，本名陈喆，作家、编剧、作词人、影视制作人。原籍湖南衡阳，1938年生于四川成都，1949年随父母由大陆赴台生活。16岁时以笔名心如发表小说《云影》，25岁时出版首部长篇小说《窗外》。多年来笔耕不辍，代表作包括《烟雨蒙蒙》《几度夕阳红》《彩云飞》《海鸥飞处》《心有千千结》《一帘幽梦》《在水一方》《我是一片云》《庭院深深》等。

多部作品先后改编成为电影及电视剧，琼瑶也因此步入影视产业。《六个梦》系列、《梅花三弄》系列、《还珠格格》系列等，影响至深，成为几代读者与观众共同的记忆。

琼瑶以流畅优美的文笔，编织了众多曲折动人的故事。其作品以对于梦的憧憬和爱的执着，与大众流行文化紧密结合，风靡半个多世纪，成为华文世界中极重要的文学经典。

我為愛而生，我為愛而寫
文字裡度過多少春夏秋冬
文字裡留下多少青春浪漫
人世間雖然沒有天長地久
故事裡火花燃燒愛也依舊

　　　　　　　　瓊瑤

第一章

午后五点整。一下了班，董芷筠就匆匆地走出了嘉新办公大楼，三步并作两步，她迫不及待地往对面街角的水果店跑去。早上来上班的时候，她就发现这家水果店有种新上市的、盒装的新鲜草莓，如果买一盒回去，竹伟该多开心呢！她想着，心里就被一种既兴奋又苦涩的情绪充满了。竹伟不久前还对她说过："姐，哪一天我们去采草莓？"

哪一天？她不能告诉竹伟，可能永远没有这一天了！采草莓，那是太久远太久远之前的事了，久得数不清多少日子，多少岁月，奇怪的是竹伟却始终记得那段欢乐的时刻……那时他们住在台北近郊，附近都是草地和芦苇，每当清晨，爸爸、妈妈、竹伟和她，一家四口，嬉戏追逐在芦苇丛中，收集芦花，采撷草莓，她常常和竹伟比赛，看谁采的草莓多，谁采的草莓大……那年她十岁，竹伟才六岁，父母双全。而今，父母安在？那时，台北近郊都是草原，而今，早已盖满了高楼大厦！世事多变，时光不再……这些，又怎能告诉竹伟呢？

到了水果店前面，真的，那一盒盒新鲜草莓正红艳艳地排列着，包着玻璃纸，系着缎带，包装华丽讲究。她拿起一盒来，看看标价，四十元！不禁抽了一口冷气，四十元买一盒草莓，对她来说，实在是太大太大的奢侈！四十元可以做许多事情，竹伟该买衬衫，鞋子也破了，真不懂他怎么会弄破那么多衬衫！穿破那么多双鞋……但是，唉！她慢吞吞地放下那盒草莓……她一个月只有四千元的薪水，四十元，确实太贵了！她依依不舍地瞪着那盒草莓……水果店老板走了过来："要几盒，小姐？"几盒？她睁大了眼睛，她连一盒都买不起，还"几盒"呢！她摇摇头，正想离开，身后一阵汽车喇叭响，她回过头去，那辆熟悉的"道奇"正刹住车，一个中年男人跨出车子来：

"买水果吗，董芷筠？"

她一惊，是方靖伦！她的上司，也是老板。在方靖伦面前，她总有种心慌的感觉。方靖伦那种从容不迫的儒雅和只有中年男人才有的成熟和潇洒是颇令人心仪的，按道理不会让人心慌。但是，方靖伦每次用那种柔柔的眼光，深深地注视她时，她就忍不住心慌意乱了。她知道，在潜意识里，她是有些怕方靖伦的。怕些什么？办公厅里的流言？别的女职员的闲言闲语？总之，这工作对她太重要，重要得使她胆怯，是的，她怕流言，她怕失去工作，她怕上司对她不满意，又怕上司对她"太"满意……唉！做人好艰难！

"嗯，是，我买一盒草莓！"她慌忙说，从皮包里掏出四十元来。"只买一盒吗？"方靖伦温和地问，凝视着她，"够吃吗？""吃？"她嗫嚅着，"不，不用来吃，是……"她无法解释，就腼腆地垂下了睫毛。"我喜欢草莓。"她低语了一句。

方靖伦看看她，笑笑，不再追问。年轻女孩子买一盒草莓，不为了吃，为了什么？他看看那盒草莓，有鲜嫩的颜色，有漂亮的包装，爱做梦的年龄！他注视着董芷筠，那低垂的睫毛，那光润的皮肤，那尖尖的下巴和玲珑的嘴形。为什么这年轻的面庞上总有种淡淡的、谜样的忧郁？他摇摇头，不和女职员搞七拈三是他工作的第一戒条。只是……董芷筠，她来了一年，总是那样小心翼翼的，安安静静的，不言不语不笑，保持最高的工作效率和最适当的上下级距离……她像一个谜，这"谜"却引起他某种心灵底层的微澜。这是难以解释的，甚至，是他不想去费力分析的。

"你住哪儿？董芷筠？我送你回去吧！"

"哦，不！"董芷筠慌忙说，抬起睫毛来，眼底竟掠过一抹惊慌的神色。"我赶公共汽车去！"说完，她捧着那盒草莓，慌张地跑开了。听到方靖伦的车子开走了，董芷筠才松了口气，放慢脚步，走向公共汽车站，她紧紧地抱着那盒草莓，心里有点朦胧的担忧，自己会不会对方靖伦太失礼了？会不会让他下不来台？会不会影响自己的职业……这些忧虑很快被驶来的公共汽车赶走了。人那么多，都往车上没命地挤，可别挤坏了草莓……她紧张地捧着草莓，四十元一盒

3

呢!只有二十颗!可别挤坏了,可别挤丢了!她随着人潮上了车。

好不容易,车子到了目的地,董芷筠下了车,挤得一身大汗。看看那盒草莓,依然好端端的。夏天的黄昏,太阳仍然很大,阳光射在那鲜红的草莓上,绽放着艳丽的色泽,红得像火,红得像霞,红得像初升的朝阳。芷筠心底开始充溢着兴奋和喜悦,等竹伟看到这盒草莓啊,他不高兴得跳起来才怪!她加快了脚步,向自己住的那条巷子走去,走了几步,她忽然站住了,深思地看着那包装华丽的纸盒,不行!总不能这样拿给竹伟,野生的草莓不会装在盒子里,以前他们采的草莓总是连枝带叶,从没有这样衬垫玻璃纸……她略一思索,就咬咬牙,撕开了纸盒,把那些缎带、盒子都扔进路边的垃圾箱中,用两只手牢牢地捧着二十颗草莓,快步向家中走去。还没走进那条窄窄的巷子,她就听到人声的喧嚣了,不用问,她也知道是怎么回事,焦灼地跑进了巷子,她一眼就看到了竹伟,高大英挺的身子直直地站在巷子正中,满脸被涂了炭灰,身上的衣服全撕破了,手里拿着一把长扫帚,像个门神似的直立在那儿。附近的孩子们围着他又拍手又笑又闹,他却屹立不动。芷筠一看他那种脏样子和撕破的衬衫,心里就又气又急又伤心,她大叫了一声:"竹伟!"

竹伟看到她了,却依然站在那儿不动,咧着嘴,他笑嘻嘻地说:"姐,我是张飞,我在守城门呢!我不能走开!"

"竹伟!"芷筠生气地喊,"你答应不出门的!你又把衣服撕破了!你又做错事!""我没有,姐,"竹伟睁大眼睛说,

"我是张飞，我刚刚打了一仗，打……打曹……曹什么？"他问身边的一个孩子。

"曹操！"

"曹操！"他骄傲地仰起头来，得意地看着芷筠，"我打赢了！"

"竹伟！"芷筠苦恼地看着他，"你还不回家去！"

"我不！"竹伟固执地说，"我是张飞。"

"你不是张飞，你是董竹伟！"芷筠喊着，蹙着眉头，走近竹伟，竹伟发现芷筠要来干涉他，转身就跑，嘴里一个劲儿地嚷着："你抓不到我！你抓不到我！你抓不到我！"

"竹伟！"芷筠急得直跺脚，知道麻烦又来了，低下头，她一眼看到手里的草莓，就急急地喊，"你过来，你看我采了草莓回来了！"

果然，竹伟立刻收住了脚步，远远地站着，兴奋而怀疑地问："草莓？"

"对啊，草莓！"

"你骗我！"竹伟歪着头。

"你瞧这是什么？"芷筠把手掌放低，让阳光正射在那草莓上。竹伟的眼睛陡然亮了，他大声地欢呼了一声，又狂跳了两下，把手里的扫帚往空中一丢，就对着芷筠狂奔而来，嘴里乱七八糟地嚷着："草莓！草莓！我们去采草莓！姐姐采草莓……"

"竹伟！小心！"芷筠大叫。

一辆摩托车正飞驰而来，一切发生得太快，首先是那扫帚对着摩托车飞去，摩托车闪避之余，就向竹伟冲过来，芷筠心里一急，再也顾不得草莓，她手一松，草莓撒了一地，她迅速扑奔过去，拉住竹伟就向旁边闪，那摩托车也紧急刹车，同时转变方向，就这样一闪一躲之间，竹伟和芷筠都没事，摩托车却摔倒了，正好摔在那堆草莓上，芷筠看到那鲜红的液体一溅开来，脸色就变得惨白了！是血！她想着，祸闯大了！奔过去，她跪在那摩托车骑士的身边，慌乱地问："你怎样了？伤在哪儿？"

那人躺在地上，头盔正好合在脸上，慢吞吞地，那人伸手推开头盔，露出了一张年轻的、被太阳晒成微褐色的脸庞和一对充满了活力与生气的、炯炯然的眼睛。他直视着芷筠，扬着眉毛，问："你们这是在干什么？在街上排演'保镖'吗？"

能说话！大概伤得不重！芷筠长长地透出一口气，却依然担忧而关切地看着他，带着说不出的歉意和怯意，小心地问："你伤到哪儿了？""我还不知道。"那年轻人说，推开车子，站起身来，弯了弯膝盖和腿，"看样子，腿和身子还连在一块儿，手也没断，似乎不严重！""你的手臂在流血！"芷筠说。

是的，手肘处擦破了好大的一块，正流着血，除此以外，似乎没有什么伤，真正触目惊心的，是那一堆压碎了的草莓。芷筠看到人群已经聚集过来了，心里又开始发慌，偏偏竹伟忽然爆发了，他冲了过来，不由分说地就一把抓住那年轻人的衣服，哭丧着脸说："你压坏了我的草莓！你赔来！你赔来！"他又推他又拉他，"你赔我草莓！你赔我草莓！"

"竹伟!"芷筠大叫了一声,忍不住声音就发颤了,眼泪也往眼眶外冲去,"你还要怎样闹才够?你闯的祸还不够多?你要我把你怎么样才好?"

竹伟缩住了手,回头看着芷筠,一看到芷筠眼里的泪光,他就吓傻了,慌忙放开那个年轻人,他直退着,愣愣地,嗫嚅地,口齿不清地说:"姐,你不哭,是我做错了事吗?我不敢了!"

"你还不回去洗干净!"芷筠含着泪嚷。

竹伟立即往家里跑,一面跑,一面一迭连声地说:"我去!我去!我去!"

芷筠目送竹伟跑远了,才回过头来,望着面前这张满是困惑的脸。这时,这人显然是被弄糊涂了,对他而言,这一切像是一场突发的闹剧,他已弄不清楚到底自己遭遇了些什么,而看热闹的人已围了一大圈。他摇摇头,不解地看着芷筠,他接触到的是一对盈盈欲涕的,充满了乞谅和哀愁的眸子,这眸子使他更迷惑了,他茫茫然地问:"你能告诉我,这到底是怎么一回事吗?"

"到我家去好吗?"芷筠轻声地说,"我帮你把伤口弄干净,我家有药!"

"不要去!"一个小孩嚷着,"她弟弟是个疯子,他会杀掉你!"

那年轻人疑惑地望望那孩子,再转过脸来瞪视着芷筠,芷筠微蹙着眉,对他苦恼而哀伤地摇摇头,低声说:"他不是疯子,你别听他们的!"

她的睫毛又黑又密,微微地向上翘着,那对黑白分明的眸子是坦白而凄凉的。他凝视着她,不自禁地扬了扬眉,这一切对他倒很有刺激性,管他是疯子也好,不是疯子也罢,他总不能被一个小孩的虚言恐吓就吓跑了。何况,何况,何况芷筠那种诚诚恳恳的歉意,委委婉婉的邀请和那份半忧伤半凄恻的哀愁,汇合成一股强烈的吸引力,他是无法抗拒的。于是,他扶起了车子,对芷筠说:"好吧!我跟你去!"

人群让开了,芷筠带着那年轻人往家里走去。"家"是简陋而窄小的,三间小平房,夹杂在一排矮小的砖房之间,大门和窗子就对着街,既无院落,也无藩篱。整条巷子都是这种旧式建筑。明年,或者后年,这些房子都会被淘汰掉,那时,不知这群人会住到什么地方去。那年轻人模糊地想着,好奇地东张西望,似乎到这时才发现自己到了一个奇异的环境里。把车子停在房门口,那人跟着芷筠走进屋内,一进门,就发现竹伟正坐在一张小板凳上,缩着肩膀,啃着手指甲,脸已经洗干净了,竟是个眉清目秀的青年!但是,他那怯怯的眼神和那瑟缩的模样,倒像个犯了错,等待受惩罚的孩子!看到他们走进来,他不由自主地往后面再退缩了一些,用那对清亮而天真的眼睛,默默地瞅着芷筠。芷筠走到他身边,蹙着眉头,她有一肚子亟待发泄的怒气,但是,这怒气很快就化作一声长长的叹息。她用手温和地按在竹伟的肩上,凝视着他的眼睛,像吩咐小孩似的说:

"去洗一个澡,换一身干净衣服,然后到你房里去,等吃饭的时候才许出来!"竹伟顺从地站起身来,垂着手,他一言不发地转过身子，往屋内走去，走到门口，他才忽然掉转头来，用充满期盼和渴望的眼光，望着芷筠，说："姐，你不生气了？"

"你听话，我就不生气！"

"我听话，"竹伟脸上浮起一个憨厚的笑容，"那么，明天你带我去采草莓！"草莓！他心里仍然念念不忘草莓！芷筠忧伤地看着他，不忍拒绝，不能拒绝。

她低声地说："明天的事明天再说，你还不快去！"

竹伟的脸庞上闪过一抹光辉，咧开嘴，他开心地笑了，转身就轻快地跑走了。等他消失在门背后，芷筠才回过头来，望着那正站在那儿发愣的陌生人，显然，这一切都越来越使他糊涂而困惑。她看看他，这时才发现，他高大而挺拔，拿开了头盔，他有一头浓厚的黑发和一张轮廓很深的脸庞，高额头，高鼻子，黑而深的眼睛和略带棱角的下巴。"漂亮"有很多种不同的类型，她总觉得竹伟很漂亮，但，竹伟漂亮得孩子气，这年轻人却是个典型的"男子汉"！

"请坐，"芷筠指着藤椅，迟疑地说，"您……您贵姓？"

"我姓殷，"那年轻人慌忙说，"殷勤的殷，我叫殷超凡，你呢？"他锐利地看着她。

"我叫董芷筠。"芷筠看了看他手臂上的伤，微微有点心惊，那伤口比她预料的严重，整块皮擦掉之外，还有条很深的割伤。奇怪的是这人从头到尾也没对这场飞来横祸抱怨过或咒骂过一句，或者，他太意外，还来不及咒骂。芷筠看他坐进椅子里，就很快地说："我去拿药！"

走进卧室,她立刻捧出一个医药箱。在家里,医药箱几乎是不可缺少的东西,竹伟三天两头就会受伤,处理伤口,芷筠也已经成为能手了。打开药箱,先找出药棉和双氧水,她扶过殷超凡的手来,细心地洗涤着那全是泥沙的伤口,一面说:"会有点疼,对不起!"

殷超凡是更加迷糊了,他看着那药箱,纱布、药棉、绷带、剪刀、各种消毒药水、急救用品,应有尽有。他恍然地说:"原来你是个护士!"

"不,我是商专毕业,会一点打字和速记,在一家公司里上班。"芷筠坦白地说,"这医药箱是为弟弟准备的,他是……经常会受伤的。"她趁他分心的时候,很快用棉花棒蘸了双氧水,从那道伤口中拖过去。殷超凡不自禁地痛得一跳,芷筠扶牢了那只手,睃了他一眼,接下去说:"附近的孩子们总是欺侮我弟弟,有一次,他们放火烧他的衣服,差点把他烧死。人是很残忍的……"她放低了声音,细心地在伤口上撒上药粉,"几乎每个人都有幸灾乐祸的本能。"她熟练地在伤口上贴上纱布垫,再缠上绷带。

"如果你不介意……"殷超凡望着半跪在他面前的芷筠,那低俯的头,细腻的颈项,半垂的睫毛和那一双忙碌的手,"我很想知道……"芷筠迅速抬起头来,扬起了睫毛,她的眸子清幽、明亮、坦白而略带凄凉。"我不会介意,你平白遭遇一场飞来横祸,也有权利知道为什么。"她很快地说,"我弟弟——竹伟,他并不是疯子,他一点儿也不疯。只是,他……他的智力比常人低,医生说,他只有四五岁孩子的智力。父母在世的时候，我们也曾经倾尽所有，找过最好的医生，住过院，做过各种检查，但是，都没有用。"殷超凡望着那对哀愁的大眼睛。

"他是受了什么刺激？还是生过什么重病？"

"都没有。医生说是先天性的，可能是遗传，或者是在胎儿时期，妈妈吃了什么药物，影响了他的脑子，反正，原因不明，也无法治疗。"她垂下眼睛，继续缠着绷带，"附近孩子欺侮他，捉弄他，只因为他傻里傻气。其实，他的心肠又软又善良，他对任何人都没有恶意，即使他常常闯祸，也像小孩一般，是出于无意的。我们不能对一个四五岁的孩子苛求是不是？""他多大了？""十八岁。"芷筠系好了绷带，收拾好医药箱，站起身来，"殷先生，你最好再找医生看看，说实话，这伤口好深，我只能消消毒，我怕——伤口可能会发炎……"

殷超凡对自己的伤口不感兴趣，他深深地望着面前这张脸庞：细致、温柔而又带着点不协调的倔强与一份淡淡的无奈。这吸引了他，她的那个奇异的弟弟也吸引了他，连这个莫名其妙的遭遇都吸引了他！

"你的父母呢？""都去世了。"她压低了声音，"命运专门会和倒霉的人作对。母亲是我十二岁那年去世的，父亲死于三年前，他已经心力交瘁，为了竹伟……唉！"她惊觉到什么，住了口，她努力地想摆脱压在自己肩上的低气压。拂了拂头发，她对殷超凡勉强地笑了笑："对不起，和你谈这些不愉快的事……"她打量他，"你的衣服都弄脏了。"

11

他穿着件蓝色的衬衫，白色的牛仔裤，现在，衣服上有血渍，有草莓汁，有泥土，还有撕破的地方，看来是相当狼狈的。芷筠再一次感到深切的歉意。

"真对不起！"殷超凡对自己弄脏的衣服也不感兴趣，他迅速地打量着这屋子，简单的藤椅和书桌，几把凳子，一张饭桌，屋顶上是光秃秃的灯泡，墙上却挂着张溥心畬的山水画，题着款，是唯一显示着原来主人身份的地方。屋子狭小而简陋，里面大约还有两间卧室和洗手间……他很快就看完了。一栋简陋的房子，一对相依为命的姐弟……他心里涌起一股难言的情绪，从不知道也有这样的家庭！从不知道也有这种生活！暮色正从视窗涌进来，室内的光线暗沉沉的，带着股无形的压力，对他缓缓地包围过来。一时间，他们两人都没说话。

卧室门开了，竹伟的脑袋悄悄地伸出房门：

"姐，姐！"他低呼着，"我饿了！"

饿了！芷筠直跳起来，还没洗米烧饭呢！她望着殷超凡，尴尬地说："殷……殷先生，我不留你了，希望……希望你的伤口没事，也希望你的车子没摔坏！我……我得去煮饭了！"她往屋后退去。"慢一点！"他很快地拦在她前面，自己也不知道为什么这样热切，"你帮我包扎伤口，我是不是可以表示一点谢意？我……"他莫名其妙地结巴起来，"请你们姐弟出去吃一顿，如何？"芷筠迟疑地看着他。"不，不！"她轻声说，"是我们害你摔跤的，我已经非常……非常不安了，没有理由再要你破费……"

"是没有理由！"他打断了她，忽然坦白了，"只是，我也饿了，想去吃饭，却不愿一个人吃！如果你们愿意一起去，我会很高兴……"接触到那对矜持而不赞同的眼光，他微微有些扫兴，在他的生命里，被"拒绝"的事实在太少，他讪讪地把头转开，正好面对着竹伟那闪着光彩的眼睛，他立即抓住了这个机会："竹伟，你想吃什么？饺子？小笼包？牛肉面？还是甜的点心？"竹伟的面颊因激动而发红了，他热切地把目光投向芷筠，渴求地喊："姐，姐！我们要吃小笼包吗？真的吗？"

"还有草莓！"殷超凡突然想起那盒压碎的草莓了。

"草……草莓！"竹伟口吃地重复着，怀疑地、不信任地看着芷筠。芷筠低叹了一声，望着殷超凡：

"你赢了，我们出去吃饭吧！"

他们走出了小屋，街灯已经亮了。充满暮色的街头，点点灯光，放射着幽黄的光线，几点疏疏落落的星星，正挂在高而远的天空上。芷筠悄眼看看殷超凡，模模糊糊地感到，在许许多多"单调"的日子里，这一夜，仿佛不尽然是单调的。

迎面吹来一股晚风，带着一份清新的凉爽，轻拂着芷筠的头发，她仰头看看夜空，掠了掠披肩的长发，感到那晚风里带来了第一抹秋天的气息。

第二章

殷超凡对这一带的环境并不了解,走入这条小巷,完全是"鬼使神差",他只想穿捷径快些回家,抱着一些基本的方向意识,不知怎么就转入到这条巷子里来了。事实上,这是他第一次进入这条巷子。因而,走出了董芷筠的大门,他才看到对面墙上用油漆涂着的几个大字:饶河街三〇五巷十五弄。

饶河街?生平没听过这条街名!但他知道附近是八德路、基隆路和松山区。略一思索,他说:"车子放在你家门口,吃完饭我再来拿。"

芷筠对那辆红色的、擦得发亮而且几乎是崭新的摩托车看了一眼,那一跤剐了车子的油漆,挡风玻璃也裂了!奇怪,他居然不去试试,到底马达有没有损坏,却急于先吃一顿!她用手摸摸车子,想着这一带的环境,想着霍氏兄弟……这辆车子太引人注目了!

"把车子推进去吧,我把房门锁起来。"她说。

殷超凡看了她一眼,无可奈何地把车子推进了小屋。芷筠小心地锁好房门,又试了试门锁,才转过身子来。殷超凡心中有些好笑,女孩子!真要偷这辆车,又岂是这扇三夹板的小木门能阻挡的?回过身来,殷超凡略微迟疑了一下,就伸手叫了一辆计程车。竹伟有些吃惊了,他不安地看看车子,又狐疑地望着芷筠:"姐,坐汽车吗?我……我们不是去吃饭吗?姐,我……我不去……"他的声音低而畏怯,"不去医院。"

"不是去医院,我们是去吃饭。"芷筠用手扶着竹伟的手臂。竹伟仔细地看着芷筠,芷筠对他温和地微笑着。于是,那"大男孩"放了心,他钻进了汽车,仰靠在椅背上,对车窗外注视着,脸上露出一个安静而天真的微笑,那对黑而亮的眼睛像极了芷筠。只是,他的眼光里充满了和平与喜悦,芷筠的眼光里却充满了无奈与轻愁。殷超凡望着这一切,很奇怪,他心底竟有种莫名其妙的,近乎感动的情绪,像海底深处的波涛,沉重、缓慢、无形地波动起来。

车子到了"小憩",这是殷超凡常来的地方,不是大餐厅,却布置得雅洁可喜。找了一个卡座,他们坐了下来,侍应生熟悉地和殷超凡打招呼,一面好奇地望着芷筠。芷筠不太留意这些,因为,她发现殷超凡手肘处的绷带上,正微微渗透出血迹来。"你该去看医生。"她说。

"我很好,"殷超凡望望那伤口,皱了皱眉头,把手肘挪后了一些,似乎要隐藏那血迹,"你吃什么?"

"随便。""奇怪,"殷超凡笑了笑,"我每次带女孩子出来吃饭,明知道问她吃什么,答案一定是'随便',可是我还是忍不住要问一声。"芷筠也笑了,一面笑着,一面拿过功能表,她研究着那菜名,心里模糊地想着,殷超凡所用的"每次"那两个字。他是经常带女孩子出来吃饭的了?但是,这又关她什么事呢?明天,这男孩就会远离了她的世界,遗忘掉这个又撞车、又摔跤、又遇到一对奇奇怪怪的姐弟的晚上……对他而言,他们大概是他生活中一件意外的点缀,如此而已!对她,又何尝不是如此?多年以来,她早知道自己的生命和竹伟的锁在一起,不允许她,也没条件让她去顾虑自身的一切!想到这儿,她的面容就变得严肃而端庄了。她点了一些点心,这是家江浙馆子。为竹伟点了小笼包和蒸饺,为自己点了一碗油豆腐细粉。殷超凡叫了盘炒年糕。东西送来了,竹伟像个大孩子一般,又兴奋,又开心,也像个孩子般有极佳的胃口,他大口大口地吃,除了吃,对周遭的事都漠不关心,对芷筠和殷超凡的谈话也漠不关心。

"你每天去上班的时候,他怎么办?"殷超凡好奇地问,看着竹伟那无忧无虑的吃相。

"我早上帮他做好便当,他饿了自然会吃。"芷筠也看了竹伟一眼,眼底却有股纵容的怜惜,"只是,他常常在上午十点多钟,就把便当吃掉了,那他就要一直饿到我下班回来。好在,邻居们的孩子虽然会欺侮他,大人还是常帮着照顾的,尤其是附近的几个老朋友,我们在这一带住了很多很多年了,房子还是爸爸留给我们的。事实上,他并不经常惹麻烦……

像今晚这种事,是……完全意料不到的。都怪我,不该去买那盒……"她把"草莓"那两个字及时咽进肚子里,因为竹伟显然已经忘记了草莓,最好别再去提醒他。"他是个好弟弟,真的。"她认真地说,像是在和谁辩论,"只要你不把他看成十八岁。他心地善良,爱小动物,爱朋友……至于淘气,哪个孩子不淘气呢!"殷超凡深深地凝视她。

"你很爱护他!"

"你有兄弟姐妹吗?"她反问。

"只有姐姐,我有三个姐姐。"

"她们爱你吗?"

他侧着头想了想。奇怪,他一直没想过这个问题。"我想是的。"

她笑了,眼睛温柔而真挚。

"你瞧,这是本能。你一定会爱你的兄弟姐妹。当然,一般大家都正常健康,谁也不必照顾谁,这种爱可能就潜伏着不易表现出来。我对竹伟……"她再看看他,听到自己的名字,竹伟警觉地抬起头来,大睁着眼睛,含着一口食物,口齿不清地问:"我做错事了?"

"没有,没有,没有。"芷筠慌忙说,拍了拍他的膝,受到抚慰的竹伟,心思立刻又回到自己的食物上去了。芷筠叹了口气,眉端浮起了一抹自责的轻愁:"你看到了,他总担心我在骂他,这证明我对他并不好。他每次让我烦心的时候,我就忍不住要责备他……我对他……"她深思地望着面前的碗筷,"我想,我对他仍然是太苛求了。"

殷超凡注视着芷筠，心底除了感动，还有更多的惊奇。他望着面前这个女孩，小巧的个子，玲珑的身材，长得也并不算很美，和范书婷比起来，实在不太时尚。但是，她那纤柔的线条，深沉的眼睛和眉端嘴角，那份淡淡的哀愁，却使她显出一股颇不平凡的美来。美！与其用这个字，不如用"动人"两个字。美丽的女孩很多，动人的女孩却少！使他惊奇的，并不在于她那种动人的韵味，而在她身上所压负的那层无形的重担！她才多大？二十？二十一？不会超过二十二岁！这样一个正在青春的少女，要肩负如此沉重的担子——尤其，这沉沉重担，何时能卸？

上帝对人类，未免太不公平了！

"你在想什么？"她问，在他敏锐而专注的注视下有些不安，她微微地红了脸，用手指拉了拉衣领——她穿着件白麻纱的洋装，剪裁简单而大方。她懂得自己适合穿什么，他想着。自幼在女孩子堆中长大，使他对女孩的服装相当熟悉——这件衣服和她的人一样，纯白而雅致。

"我在想——"他坦白地说，"你不是对他太苛求，你是对自己太苛求了！"她微微地震动了一下。

"是吗？"她凝视他，仿佛想看进他内心深处去，"为什么？"

"我不用问，也知道你为他牺牲了很多，包括欢乐和自由，他——拴住了你。身为一个姐姐，你已经做得太多了！"

"不，不！"她很快地接话，"请你不要这样说，这给我逃避责任的理由，不瞒你，我常想不通，我心里也曾有股潜在的坏力量,让我像一只蚕蛹一般,想从这茧壳里冲出去……"她住了嘴,垂下睫毛,声音变低了,低而沮丧:"我不该说这些!三年前,父亲病重的时候,有一天晚上,他把我和竹伟叫到床前,什么话都没说,只是望着我,然后,他把竹伟的手交到我手里……"她扬起睫毛,注视着他,句子的尾音降低而咽住了。半晌,她摇了摇头,说:"你不了解的!"

是的,他不了解,他不能完全了解,把一个低能的孩子托付给比他大不了多少的姐姐。可怜天下父母心!这份"爱"是不是有些残忍?他忽然困惑了,迷糊了,事实上,这整晚的遭遇都让他困惑和迷糊。他分析不出来,只觉得面前有个"问题",而这"问题"却吸引他去找答案。他深思地、研究地看着芷筠那对"欲语还休"的眸子,忽然想,人生的许多"问题",可能根本没有"答案"!这世界不像他一向面临的那么简单!二十四年来,他是在"温室"中长大的,何尝费心去研究过其他的人?

"是的,"他迎视着她的目光,"我承认,我并不太了解,但是,过一段时间,我会了解的!"

过一段时间!这几个字颇使她有种惊悸的感觉,于是,她心底就又震动了!睁大眼睛,她看着面前这个陌生的男孩子,那对灼灼逼人的眼睛里似乎藏着无尽的深意,那嘴角和下巴,却是相当倔强和自负的!不行!她心底有个小声音在说:他和你不是同类,躲开他!躲得远远的!他和你属于两个世界,甚至两个星球,那距离一定好长好长!何况,他的话可能并没有意义,他可以"每次"都对新认识的女孩子说:

"过一段时间,我会了解你的!"她的背脊挺直了。"你在读书吗?"她问。

"我像个学生吗?"他反问。

"有点像。"

"我很伤心,"他笑了笑,"我以为我已经很成熟了。"

"学生并不是不成熟。"她说,"很多人活到很老还不成熟,也有很多人很小就成熟了。"

他再一次锐利地盯着她。近乎惊愕地体会到她那远超过外表年龄的思想和智慧。他那探索的欲望更重了,这女孩每分钟都给他崭新的感觉。"你很惊奇吗?"她微笑地说,"如果你是我,你就会懂了,像竹伟——他活到八十岁也不会成熟。"

竹伟吃惊地转过头来:

"姐,你叫我?"

"没有。"芷筠温和地,"你吃吧!"

竹伟已经吃得差不多了,食欲既已满足,他的好奇心就发作了。他不断看看殷超凡又看看姐姐,忽然说:"姐,他不是霍大哥!"

"当然不是,"芷筠说,"他是殷大哥。"

竹伟瞪着殷超凡看,似乎直到这一刻,他才开始注意到殷超凡这个人物。对于街上摔跤的那一幕,他早已抛到九霄云外去了。"殷大哥是好人还是坏人?"

"竹伟,"芷筠轻声阻止他,"你吃东西,不问问题,好不好?"竹伟顺从地点点头,就缩到卡座里,继续去对付一盘新叫来的枣泥锅饼了。因为那锅饼很烫,他不得不全力以赴,吃得稀里呼噜,也就没心情来追问殷大哥是好人与坏人的问题了。虽然在他心目中,"好人"与"坏人"的区别是一件极重要的事。"我忽然发现,"殷超凡说,"他过得很快乐!"

"是啊!"芷筠眼睛发亮地抬起头来,"他很快乐,他的欲望好简单,思想好单纯,我并不认为,做他有什么不好!隔壁有位张先生,不知为什么常常和我作对,他总说我应该把他送到……"她忌讳地望望竹伟,"你懂吧?但是,那是残忍的!因为连动物都懂得追求自由,我不能也不愿做那种事!"他了解,她指的是疯人院或精神疗养院那类地方。他对她同意地点点头。她看着他,笑了笑,用手拂了拂额前的头发,惊觉地说:"不谈这些!你刚刚说,你不是学生!"

"我大学毕业已经三年了,学的是土木工程,爱的是文学艺术,现在做的是工商管理!"

芷筠由衷地笑了。他发现,她的笑容颇为动人,她有一口整齐而玲珑小巧的牙齿,左颊上还有个小酒窝。他禁不住盯着她看,忽然一本正经地问:"有没有人告诉过你,你笑起来有多美?上帝给你这样的容貌,是要你笑的,你应该多笑!"

她的脸红了。唉!她心里叹着气,上帝造你这种男孩,是为了祸害女孩子的。"别取笑我!"她盯着他,眼里已漾起一片温柔,"为什么学的、爱的和做的都不同?"

"这就是我们这一代的问题,考大学的时候,父母希望你当工程师,你自己的虚荣心要你去考难考的科系,再加上考虑到留学时国外的需要,于是,就糊里糊涂地念了一门自己不喜爱的科目。毕业了,面临工作问题,你学的又不见得正有缺额,或是刚好有个工作等着你,没时间让你去考虑,又或者,家里有这么一个企业,希望你接手,于是,你又糊里糊涂地去做了……"芷筠又笑了:"你用了好几个'糊里糊涂',其实,你这人看起来一点也不糊涂!""是吗?"他凝视她,她微笑着点头。"反正,既然要出国,什么工作都是临时性的,"她说,"也就不在乎了。""我说了我要出国吗?"他困惑地问。

"你糊里糊涂地说了!你说你考虑留学时国外的需要,言外之意,不是要出国是什么?"

"哈!"他大笑,"你这人反应太快!跟你说话真得小心一点!"他抓了抓头:"不过,你有点断章取义,我的情况……不那么简单,说来话长,将来你就明白了!"

将来?芷筠的心思飘开了,"将来"是最不可靠的东西,连"明天"都是不可靠的,何况将来?一时间,她的思想飞得很远很远,有好长一段时间,她沉默着,没有再开口。殷超凡也沉默了,倚在靠背椅中,他抱着一种欣赏的态度,仔细地打量着对面的这张脸,这脸孔是富于表情的,是多变化的,是半含忧郁半含愁的。刚刚的"笑"意已经消失,那看不见的沉沉重担又回来了……很缓慢地、一点一滴地回来了……如果他有能力,如果他手里有一根仙杖,他要扫掉她眉尖的无奈,驱除她眼底的悲凉……

竹伟已"吞"掉了他面前那盘锅饼,再也熬不住,他用手悄悄地拉扯芷筠的袖子:"姐,我饱了!我要回家!"

芷筠跳了起来,天!他把一盘锅饼吃了个干干净净,明天不闹肚子才怪!她惊慌地说:"我得去买消化药!""我们走吧!"殷超凡站起身来,付了账,颇有一股自己也不明白的依依之情。奇怪!又不是从没和女孩子打过交道!多么漂亮的"名门闺秀"他都见过了,难道竟会这样对一个萍水相逢的女孩动了心?不可能的!他摇摇头,三姐雅佩批评过他,他是冷血动物:"自以为了不起,眼睛长在头顶上,骄傲自负,目空一切!"所以,从不会对女孩子"发狂"。那么,这种难解的依依之感,大约只是一种"情绪"问题吧!

出了"小憩",他们走到一家药房,真的买了消化药。芷筠又买了绷带、药棉、纱布、消炎粉等一大堆外用药物,交给殷超凡说:"如果你一定不肯去医院,就自己换药吧!"

"或者,"殷超凡笑嘻嘻地说,"我每天来找你换药,你是我遇到的最好的护士!"她斜睨了他一眼,似笑非笑地说:"别开玩笑了!"回到了她那简陋的家,竹伟已经哈欠连天了,不等芷筠吩咐,他就乖乖地进了自己的卧房,连鞋子都没脱,就倒在床上睡着了。外间屋子里,芷筠站在屋子中间,静静地瞅着殷超凡,低声地说:"谢谢你,殷先生……"

"我叫殷超凡,如果你肯叫我的名字,我听起来会舒服得多!"他说。"反正无关紧要了,是不是?"她问,眼睛是两泓清而冷的深潭,"我们不会再见面……"

"慢着!"他拦住她,有些激动,有些受伤——自尊上的受伤,"为什么不会再见面?"

"没有那种必要。"她幽幽地说,声音柔和而平静,"你也知道的。我们这种地方,不是你逗留的所在。何况……我也忙得很,怕没时间招待你……但是,无论如何,我为你摔这一跤道歉,为——这一个晚上道谢。"

"你的语气,是不欢迎我再来打扰,是不是?"他问,紧紧地盯着她。

"我们见过一面,吃过一顿饭,谈过一些话,已经够了。到此为止,是不是?"

她勉强地笑了笑,那笑容是虚柔无力的,几乎是可怜兮兮的,这笑容一下子就牵动了殷超凡心脏上的某根神经,使他的心脏没来由地痉挛了一下。

"我很高兴认识你……"她的声音空洞而虚渺,"我的意思是……"

"你根本不知道你自己的意思是什么!"他很快地打断了她,走过去推动自己的车子,这一推之下,才发现手腕上的伤口在剧痛着。他咬了咬牙,把车子推出她家的大门。骑上车子,回过头来,他一眼看到她,倚着门,她那黑发的头靠在门框上,街灯的光晕淡淡地涂染在她的发际肩头。屋内的灯光烘托在她的背后,使她看来像凌空而立的一个剪影。那白色的面颊边飘垂着几绺头发,小小的嘴唇紧紧地闭着,黑眼珠微微地闪着光,那样子又庄重又轻灵又虚无缥缈。他深吸了口气,发动了马达,大声地抛下一句话:"我明天晚上来看你!"这句话是坚决的、果断的、命令性的、不容拒绝的。喊完,他的车子就风驰电掣般地冲了出去。

她依然倚门而立,呆呆地望着他的背影消失在巷子尽头。

第三章

到家的时候，已经是晚上十点多钟了。

殷超凡一面按门铃，一面开始低低诅咒，因为手臂上的伤口是真正疼痛起来了，而且，自己这一身乱七八糟的样子，不知怎样才能不被父母发现？他必须悄悄溜上楼，立即钻进自己卧室去才行，希望父母没在客厅里看电视，希望三姐雅佩不在家，希望家里没有客人……他的"希望"还没有完，门开了，司机老刘打开大门，门口那两盏通宵不灭的门灯正明亮地照射在殷超凡身上，殷超凡还来不及阻止老刘，那大嗓门的老刘就已经哇啦哇啦地嚷开了："啊呀，少爷，你是怎么搞的呀？摔成这个样子！我就说摩托车不能骑，不能骑……"

"嘘！"殷超凡皱着眉嘘他，压低声音说，"别叫！别叫！根本没事，你不要叫得爸爸和妈知道，又该小题大做了！"

可是，已经晚了。不只老刘，花园里还有个周妈，准是在和老刘乘凉聊天！一看到殷超凡绑着纱布回来，她就一迭连声地嚷进了客厅里:"不好了!不好了!少爷受伤了!"

完了!别想溜了,逃也逃不掉了!殷超凡心里叹着气,把摩托车交给老刘,就硬着头皮撞进客厅里。迎面,他就和殷太太撞了个满怀,殷太太一把拉住了儿子,吓得脸色发白,声音发抖:"怎么了?超凡?怎么了?"她望着那裹着纱布的手腕,那撕破的衬衫,那满衣服的斑斑点点(其实,大部分是草莓汁),脸色更白了,声音更抖了,"啊呀!超凡,你为什么不小心?家里有汽车,为什么不坐?你瞧!你瞧!我整天担心,就怕你出事!也不打个电话回来……"

"妈!"殷超凡按捺着自己,打断了母亲,"你别急,一点事都没有,只是摔了一跤,伤了点表皮而已……"

殷文渊大步地跨了过来,真不巧!父亲也在家,怎么今晚没宴会呢?运气实在太坏了!再一看,糟!岂止父亲在家,三姐雅佩也从楼上冲了下来,而雅佩后面,还跟着个范书婷!顿时间,他脑子里闪过一个记忆,天!一早就和书婷约好晚上要去华国吃饭跳舞,所以才抄近路赶回家。但是,一摔跤之后,他却忘了个干干净净!

"你先别嚷,景秋,"殷文渊对太太说,"据我看,他不会有什么伤筋断骨的大事,不要太紧张!"他是比较"理智"而"沉着"的。注视着儿子,他问:"照了X光没有?打过破伤风血清吗?"哪来那么多花样!殷超凡深吸了口气,摇摇头说:"我很好,爸,只伤到表皮,真的!"

殷文渊望着那绷带,血迹早就透了出来,表皮之伤不会流那么多血,何况那衣服上的斑点也是明证……他心里一动,锐利地看着儿子："你撞了人是不是？对方受伤了吗？"

"没有！爸，就是为了闪人才摔跤，没撞人，没闯祸，你放心吧！"殷文渊松了口气，从殷超凡的表情他就知道说的是实话。但是，手肘的地方是关节，不管伤得重伤得轻，都要慎重处理。"景秋，"他命令似的说，"打电话给章大夫吧，请他过来看一下！""爸！"殷超凡拦在前面，蹙紧了眉头，脸上已明显地挂着不满和不耐，"能不能不要小题大做？已经有医生看过了，消了毒，上了药，包扎得妥妥当当了！我向你们保证，你们的宝贝儿子是好好的，别让章大夫笑我们家大惊小怪好不好？""你知道自己是'宝贝儿子'，"三姐雅佩嚷着说，"就让章大夫来再看一遍，好让爸爸妈妈放心呀！反正，章大夫也知道，你换颗牙都是大事的！"

"我不看！"殷超凡固执地说，对雅佩瞪了一眼，"你少话中带刺了！爸爸、妈，三姐在嫌你们重男轻女呢！真要请章大夫来，还是给三姐看病吧，三姐也受伤了！"

"我受了什么伤？"雅佩问。

"你昨天不是给玫瑰扎了手指头吗？"

雅佩扑哧一笑，走过来给殷超凡解围了：

"好了，好了，爸爸妈妈，你们别担心，超凡准没事，能说笑话，就没什么大事！男孩子受点小伤没关系，别把他养娇了！"她对殷超凡悄悄地使了个眼色，"有人等了你一个晚上了！"殷超凡望过去，范书婷正靠着楼梯扶手站着，穿着件鲜红的衬衫，拦腰打了个结，下面系着一条牛仔布的长裙，浑身带着股洒脱不羁的劲儿。这是为了去华国，她才会穿长裙子，否则准是一条长裤。想起华国，殷超凡心底就涌起了一股歉意。走过去，他看着书婷，书婷正似笑非笑地瞅着他。

"对不起！"他开门见山地道歉，"一摔跤，什么事都忘了！"这是"实话"，颇有"保留"的"实话"。

"哼！"她轻哼了一声，"看在你的伤口上，咱们记着这笔账，慢慢地算吧！""算到哪一天为止？"雅佩嘴快地问，"要算，现在就算，咱们把客厅让出来，你们去慢慢算账！"

"少胡闹，三姐！"书婷嚷着，"我要回家去了！我看，超凡也该洗个澡，早一点休息！"

"言之有理，"雅佩又嘴快地接话，"还是人家书婷来得体贴！"范书婷瞪了雅佩一眼，嘴边却依然带着笑意。耸了耸肩，她满不在乎地说："拿我开心吧！没关系，殷家的三小姐迟早要当我们范家的少奶奶，那时候，哼！"她扬着眼睛看天花板，"我这个小姑子总有机会报仇……"

"啊呀！"雅佩叫了起来，一脸的笑，"书婷，你少狗咬吕洞宾，不识好人心了！有你这样的恶姑子，我看哦，你们范家的大门还是别进的好！"

"你舍得？"范书婷挑着眉毛问，满脸的调皮相。雅佩看她那股捉弄人的神情，就忍不住赶过去，想拧她一把。书婷早就防备到了，一扭身子，她轻快地闪开了，对殷超凡抛下一句话来："超凡，明天再来看你！好好养伤，别让伯父伯母着急！""啧啧！"雅佩咂着嘴，"真是面面俱到！"

书婷笑着再瞪了雅佩一眼，就望向殷超凡，那带笑的眸子里已注满了关切之情，没说什么，她只对他微微一笑，就转身对殷文渊夫妇说:"我走了!伯父,伯母,再见!"

"让老刘送你回去!"殷太太追在后面嚷。

"不用,我叫计程车。"书婷喊着,把一个牛仔布缝制的手袋往肩上一抛,就轻快地跑向了客厅门口,到了门口,她又忽然想到什么,站住了,回头看着殷超凡,说了句:"超凡,我告诉你……"她咽住了,看看满屋子的人和那满脸促狭样儿的雅佩,就嫣然一笑地说,"算了,再说吧!"她冲出了屋子。殷太太和殷文渊相视而笑,交换了一个会心而愉快的注视。然后,殷太太的注意力就又回到殷超凡的伤势上来了。

"超凡,是哪家医院给你治疗的?"

"这……这个……"殷超凡皱皱眉,"忘了!"

"忘了?"殷太太又激动起来,"准是一家小医院!是不是?大概就是街边的外科医院吧?那医生姓什么?"

"姓……姓……"殷超凡望着墙上的巨幅雕饰,心里模糊地想着董芷筠,"好像姓董。"

"董什么?"殷太太决心打破砂锅问到底了。"啊呀,妈,你别像审犯人似的审我好不好?如果肯帮帮忙,就让我回房间去,洗个澡,睡一觉!"

"洗澡?"殷太太又喊,"有伤口怎么能碰水?"

"妈,"已经举步上楼的殷超凡站住了,又好笑又好气地回过头来,"我二十四岁了,你总不能帮我洗澡吧!"

殷太太低低地叽咕了一句什么,雅佩就又扑哧一声笑了,一面上楼,一面对殷超凡说:"下辈子投胎,别当人家的独生

29

子，尤其，不要在人家生了三个女儿之后再出世！"

殷超凡对雅佩做了个鬼脸，走进了自己的房间。

一关上房门，殷超凡就如释重负般，长长地吐出一口气来，把自己掷在床上，他仰躺着，忍住伤口的一阵痛楚。抬眼望着天花板上那车轮般的吊灯，又望向用黑色三重明镜所贴的墙壁和那全屋子黑白二色所设计的家具……他就不自禁地联想到董芷筠的小屋，那粉刷斑驳的墙、木桌、木凳和那已变色的、古老的藤椅……他的思想最后停驻在芷筠倚门而立的那个剪影上。好半天，他才不知所以地叹了口气，站起身来，拿了睡衣和内衣，走进浴室。他们殷家这幢房子，是名建筑师的杰作，所有卧室都附有同色调的浴室。

很"艰难"地洗了澡，他觉得那伤口不像想象得那样简单了，而且，纱布也湿了。坐在书桌前面，他干脆拆开了纱布，这才想起来，芷筠给他的绷带药棉都在摩托车上的皮袋里。他看了看伤口，伤处渗出血渍来，附近的肌肉已经又红又肿。这就是娇生惯养的成绩！他模糊地诅咒着。他就不相信竹伟受了这么一点伤也会发炎！

略一思索，他站起身来，悄悄地走出房间，他敲了敲隔壁雅佩的房门，雅佩打开房门，他低声说："拜托你去我车上拿绷带和药来，我的纱布湿了。"

雅佩笑了笑："看样子，还是应该让妈帮你洗澡的！"

"别说笑话了，我在屋里等你，你还得帮我包扎一下才行！"回到屋里，一会儿，雅佩就拿了绷带和药品进来了，一面走进来，一面说："看不出来，你那么粗心大意的人，居然还会周到得知道买这些东西！""才不是我买的呢……"他猛然缩住了嘴。

雅佩狐疑地看了他一眼，正想说什么，却被他的伤口吓了一跳，把要说的话也吓忘了，她扶过他的手臂来看了看，站起身来说："我得去找妈来！"

殷超凡一把拉住了她："三姐，你别多事，我这儿有药，只要上了药，睡一觉，明天就没事了。惊动了妈妈爸爸，你知道有我好受的，他们一定把我看成重病的小婴儿，关上我好几个礼拜不许出房门，我可受不了！你做做好事，别去麻烦他们！"

雅佩注视着他："好吧，我依你。"她说，"但是，明天如果不消肿，你一定要去医院。""好，一定！"雅佩坐下来，开始帮他上药、贴纱布、绑绷带……她做得一点也不熟练，一下子打翻了消炎粉，一下子又剪坏了纱布，最后，那绷带也绑了个乱七八糟。殷超凡不自禁地想起芷筠那双忙碌的小手，那低垂的睫毛，那细腻的颈项，以及那轻声的叙述……他有些出神了。

雅佩总算弄完了，已经忙得满头大汗。她紧盯着殷超凡，在他脸上发现了那抹陌生的、专注的表情。这表情使她怀疑了、困惑了。"你有秘密，"她说，"别想瞒我！"

"没有！"他惊觉地回过神来，却莫名其妙地脸红了，"没事，真的。"他又强调了一句。

雅佩对他点了点头。"等有事的时候别来找我帮忙。"她说，往门外走去。

一句话提醒了殷超凡,他及时地喊:"三姐!""怎么?"她站住了,回过头来。

"真有件事要你帮忙,"他一本正经地说,"关于……关于……"他觉得颇难启口,最后还是坚决地说了出来:"关于书婷!""哈!"雅佩笑了,"终于来求我了,是不是?冷血动物也有化冷血为热血的时候!是不是?你不是不相信'爱情'的吗?你不是目空一切的吗?你不是说过对女孩绝不'发狂'的吗?干吗要我帮忙呢?""三姐!"他着急了,"你听我说……""好了,超凡!"雅佩收起了取笑的态度,柔和而安抚地望着他,"你放心,这杯谢媒酒我是喝定了!"

"三姐!"殷超凡更急了,他懊恼地说,"你能不能先把我的意思弄清楚再说?""怎么?还不清楚吗?你是我弟弟,大姐二姐都出国多年了,家里就我们两个最亲近,你的心事,我还有什么不了解的?说真的,范家兄妹都是……"

"三姐,"殷超凡瞅着她,"我知道你是一定会嫁给范书豪的,可是,并不是我们家的人都要和范家结亲呀!"

雅佩呆了。"你说什么?"她问。"三姐,"他微蹙着眉头,注视着她,困难地说,"我并不是要你帮我和书婷撮合,而是求你别再拿我和她开玩笑,坦白说,我对书婷……并没有……并没有任何深意,你们总这样开玩笑,实在不大好……尤其对书婷,她会误以为……误以为我对她有意思……"雅佩折回到屋子里来,拖过一张小沙发,她在他对面坐下来,直直地瞪视着他。"好吧!"她冷静地说,"告诉我,那个女孩是谁?"

"什么女孩?"他不解地问。

"别瞒我,一定有一个让你动心的女孩!"

"胡说!"他嚷着,"八字没一撇的事,谈什么动心与不动心?何况,我从不相信有什么一见钟情的事……"他忽然住了口,怀疑地皱拢了眉毛,为什么自己会说出"一见钟情"这四个字?难道……"哼!"雅佩轻哼了一声,"你心里有鬼!"

鬼?鬼倒没有,什么小神仙小精灵倒可能有一个,他的脸发起热来了,是的,今晚有些不对头!当你的车子滑出路轨之后,总会有些不对头的事!可是,不要走火入魔吧!不要胡思乱想吧!就是那句话,八字还没一撇呢!他摇摇头,自嘲地微笑了一下,望着雅佩:"没有,三姐,我心里并没有鬼。"他认真地说,"我只是不愿你们把我和书婷硬拴在一起……"

雅佩细细地打量他,点了点头。

"如果你心里没有其他的女孩,你管我们开不开玩笑呢?没有人要强迫你娶她,像书婷那么洒脱,那么漂亮的女孩,还怕没人追吗?放心,超凡,我们不会把她硬塞给你,说真的,你真决定去追她,追得上追不上还成问题呢!"她站起身来,走到门口,"书婷不用你操心,你还是小心你的伤口吧!"

雅佩走了。殷超凡躺在床上,睁着眼,他看着屋顶发愣。好一会儿,他就这样躺着,一动也不动。他认为自己的思想是停顿的,可是,没多久,他就发现自己眼前总是浮动着一个人影——站在门框当中,黑发的头倚着门槛,眼睛里微微地闪着光,背后的光线烘托着她,使她像个剪影。他闭上眼睛，那影子还在。他伸手关了灯，暗夜里，那影子还在。他尝试让自己睡觉，那影子还在。

他似乎睡着了，但是很不安稳，伤口一直在隐隐作痛。他翻着身，折腾着，每一翻身就碰痛伤口，于是，他会惊醒过来，屋里冷气很足，他却感到燥热。闭上眼睛，他的神志游移着，神志像个游荡的小幽灵，奇怪的是，这小幽灵无论游荡到哪儿，那个影子也跟到哪儿。他灵魂深处，似乎激荡着一股温柔的浪潮，正尝试把那影子紧紧地卷住。

天快亮的时候，他终于睡着了，睡得很沉。可是，忽然间，他一惊而醒，猛地坐起身来，正好面对着殷太太担忧的眼睛。屋里光线充足，他看看床头的小钟，快十二点了！这一觉竟睡到中午。"你发烧了，"殷太太说，"还说没事呢！雅佩已经告诉我了，你伤口很严重，章大夫马上就来！"

要命！他诅咒着，觉得头里嗡嗡作响，整个人都软绵绵的。人，为什么如此脆弱？一点小伤口就会影响整个人的体力？他靠在床上，模糊地说："我很好，这点小伤不要紧，晚上，我还有重要的事！"

"没有事情比身体更重要！"殷太太生气地说。

"我晚上一定要出去。"

"胡说八道！"章大夫来了，殷文渊也进来了，雅佩也进来了。一点点小伤口就可以劳师动众，这是殷家的惯例！绷带打开了，伤口又被重新消毒和包扎，折腾得他更痛楚。然后，章大夫取出两管针药，不由分说地给他注射了。也好，针药的效力大，晚上就一定没事了，他可以出去，可以精神抖擞地去见那个小精灵……"好了,"章大夫笑着说,"不用担心什么,不严重,我明天再来!"早就知道不严重!殷超凡没好气地想着,就是全家人都有小题大做的毛病!现在好了吧,打了针,总可以没事了!他合上眼睛,不知怎的,又昏昏沉沉地睡着了。

一觉醒来,室内静悄悄的,一灯如豆。他慌忙想跳起来,身子却被一只软绵绵的手压住了,他睁大眼睛,接触到书婷笑吟吟的脸和温柔的凝视。

"别乱动!"她低语,"当心碰到伤口。"

"几点了?"他迫不及待地问。

"快十一点了。"

"晚上十一点吗?"

"当然,难道你以为是早上十一点?"

他愕然了!晚上有件大事要办,他却睡掉了!

"那个章大夫,他给我打了什么鬼针?"

"镇静剂。"书婷依然笑嘻嘻地,"伯母说你静不住,章大夫认为你多睡一下就会好。你急什么?反正自己家的公司,上不上班都没关系,乐得趁此机会,多休息一下,是不是?"

你懂得什么?他瞪着她,心里突然好愤怒好懊丧好苦恼。然后,这些愤怒、懊丧和苦恼汇合起来,变成一股强大的惆怅与失望,把他紧紧地捉住了。

"那个章大夫,我再也不准他碰我!"

"这才奇怪哩!"书婷笑着说,"自己受了伤,去怪章大夫,难怪三姐对我说,你的脾气越来越古怪了!叫我对你

'敬鬼神而远之'呢!""那么,你为什么不'远之'呢?"殷超凡继续瞪着书婷,嘴里却问不出口。但是,他这长久而无言的瞪视却使书婷完全误会了,她站在他面前,含笑地看着他,接着,就闪电般在他额上吻了一下,洒脱地把长发一甩,说:"傻瓜!我一向喜欢和鬼神打交道,你难道不懂吗?"

殷超凡呆了,他是真的呆了。这不是书婷第一次在他面前如此大胆,以前,或多或少可以引起他心里的一阵涟漪,而现在,他却微微地冷颤了一下。在他内心深处,并非没有翻涌的浪潮,只是,那浪潮渴望拥卷的,却是一个虚无缥缈的影子!

第四章

星期六下午，方靖伦通知芷筠要加班。

近来公司业务特别好，加班早在芷筠意料之中。方靖伦经营的是外销成衣业务，以毛衣为主，夏天原该是淡季，今年却一反往年，在一片经济不景气中，纺织业仍然坚挺着，这得归功于女人。全世界的女性都有基本的购衣欲望，支持着时装界永远盛行不衰。芷筠一面打着英文书信，一面在想竹伟，还好今晨给他准备了便当，他不会挨饿。下班后，她该去西门町逛逛，给竹伟买几件汗衫、短裤。昨天，竹伟把唯一没破的一件汗衫，当成擦鞋布，蘸了黑色鞋油，涂在他那双早破得没底了的黄皮鞋上。当她回家时，他还得意呢！鼻尖上、手上、身上全是鞋油，他却仰着脸儿说："姐，我自己擦鞋子！"

你能责备他吗？尤其当他用那一对期待着赞美的眼光望着你的时候。她低叹了一声，把打好的信件放在一边，再打第二封。等一沓信都打好了,她走进经理室,找方靖伦签字。方靖伦望着她走进来,白衬衫下系着一条浅绿的裙子,她像枝头新绽开的一抹嫩绿,未施脂粉的脸白皙而匀净,安静之中,却依然在眉端眼底,带着那抹挥之不去的忧郁。他凝视她,想起会计小姐所说的,关于芷筠家中有个"疯弟弟"的事。

"董芷筠,你坐一下。"他指着对面的椅子。

芷筠坐了下去,等着方靖伦看信。方靖伦很快地把几封信都看完了,签好字,他抬起头来。没有立即把信件交给芷筠去寄,他沉吟地玩弄着一把裁纸刀,从容地说:"听说你的家境不太好,是吗?"

芷筠微微一惊。会计李小姐告诉过她,方靖伦曾经问起她的家世。当初应征来这家公司上班,完全凭本领考试,方靖伦从没有要她填过保证书或自传一类的东西。但是,她前一个工作,却丢在竹伟身上。据说,那公司里盛传她全家都是"疯子"。因此,当方靖伦一提起来,她就本能地瑟缩了一下,可是,她不想隐瞒什么。自幼,她就知道,有两件事是她永远无法逃避的,一件是"命运",一件是"真实"。

"是的,我父母都去世了,家里只有我和弟弟。"她坦白地回答。"你弟弟身体不太好吗?"方靖伦单刀直入地问。

她睁大着眼睛,望着他。这问题是难以答复的。方靖伦迎视着这对犹豫而清朗的眸子,心里已有了数,看样子,传言并非完全无稽。"算了,"他温和地微笑着,带着浓厚的、安慰的味道,"我并不是在调查你的家庭,只是想了解一下你的背景，你工作态度一直很好，我想……"他顿了顿，拉开抽屉，取出一个信封，从桌面上推到她的面前。

完了！芷筠想，老故事又重演了，那厚厚的信封，不用问，也知道里面是钱，她被解雇了。凝视着方靖伦，她的嘴唇失去了血色，眼光里有着被动的、逆来顺受的、却也是倔强的沉默。这眼光又使方靖伦心底漾起了那股难解的微澜。这女孩是矛盾的！他想，她一方面在受命运的拨弄，一方面又在抗拒着命运！"这里面是一千元，"方靖伦柔和地看着她，尽量使声音平静而从容，"从这个月起，你每个月的薪水多加一千元，算是公司给你的全勤奖金！"

她的睫毛轻扬，眼睛闪亮了一下，意外而又惊喜的感觉充斥了她，她的脸色由苍白而转为红晕。方靖伦看着这张年轻的脸孔，忽然感到必须逃开她，否则，他会在她面前无以遁形了。"好了，"他粗声说，"你去吧！"

她拿起信封，又拿了该寄的那些信，她望着他低俯的头，忽然很快地说："谢谢你！不过……"

不过什么？他情不自禁地抬起头来，接触到她那坦白而真挚的眼光："我弟弟身体很好，很结实，他并没有病，也不是传言的疯狂，他只是——智商很低。"说完，她微笑了一下，又温柔地加了一句，"他是个很好、很好、很好的弟弟！"她一连用了三个"很好"，似乎才能表达自己的感情。然后，掉转身子，她走了。于是，这天下班后，芷筠没有立刻回家。多了一千元！她更该给竹伟买东西了。去了西门町，她买了汗衫、短裤、衬衫、袜子、鞋子……几乎用光了那

39

一千元。抱着大包小包的东西，转了两趟公共汽车，她在暮色苍茫中才回到家里。

推开门，一个人影蓦然闪到她面前，以为是竹伟，她正要说什么，再一看，那深黝的黑眼珠，那挺直的鼻梁，那笑嘻嘻的嘴角……是殷超凡！

她的心脏猛然加速了跳动，血液一下子冲进了脑子里。从上次摔跤到现在，几天？五天了！他从没有出现过，像是一颗流星一般，在她面前就那样一闪而逝。她早以为，他已从她的世界里消失，再也不会出现了。可是，现在，他来了，他竟然又来了！如果他那天晚上，不那么肯定而坚决地抛下一句话："我明天晚上来看你！"她绝不会去等待他，也绝不会去期盼他。人，只要不期望，就不会失望。原以为他"一定"会来，他"居然"没来，她就觉得自己被嘲弄、被伤害了。她为自己的认真生气，她也为自己的期待而生气，人家顺口一句话，你就认了真！别人为什么一定要再见到你呢？你只是个卑微、渺小的女孩！但是，那等待中的分分秒秒，竟会变得那样漫长而难耐！生平第一次，知道时间也会像刀子般割痛人心的。而现在，她已从那朦胧的痛楚中恢复了，他却又带着毫不在乎的笑容出现了！想必，今晚又"路过"了这儿，忽然心血来潮，想看看那对奇怪的姐弟吧！她走到桌边，把手里的东西堆在桌上，脸色是庄重的，严肃的，不苟言笑的。

"竹伟呢？"她问。像是在回答她的问话，竹伟的脑袋从卧室中伸了出来，笑嘻嘻地说："姐，殷大哥带我去吃了牛肉面,还送了我好多弹珠儿!"他捧着一手的弹珠给芷筠看,得意得眼睛都亮了,就这样说了一句,他就缩回身子去,在屋里一个人兴高采烈地玩起弹珠来了。殷超凡望着芷筠:"我下午就来了,以为星期六下午,你不会上班,谁知左等你也不回来,右等你也不回来,竹伟一直叫肚子饿,我就干脆带他出去吃了牛肉面!你猜他吃了几碗?"他扬着眉毛,"三大碗,你信吗?"她望着他。下午就来了?难道是特地来看她的吗?唉!少胡思乱想吧,即使是特地,又怎样呢?他属于另一个世界,另一个遥远的世界!她张开嘴,声音冷冰冰地:"不敢当,如此麻烦你!"

他锐利地盯着她:"你在生气吗?""什么话!"她的声音更冷了,"为什么要生气呢?你帮我照顾了竹伟,我谢你还来不及,怎会生气?"

他的眼珠深沉的,一瞬也不瞬地注视着她。那眼光如此紧迫,竟像带着某种无形的热力,在尖锐地刺进她内心深处去。"我被家里给'扣'住了!"他说,"摩托车也被扣了,我并不是存心要失约!""失约?"她自卫地、退避地、语气含糊地说,"什么失约?"

他像挨了一棒。原来……原来她根本不认为他们之间有约会!原来她没有等待过,也没有重视过他那一句话!怪不得她的脸色如此冷淡,她的神情如此漠然!殷超凡啊殷超凡,他叫着自己的名字,当你躺在床上做梦的时候,她根本已经忘记这个世界上有一个你!本来嘛,只见过一面的陌生人,你凭什么要求她记忆中有你?

"看样子,"他自嘲地冷笑了一下,"我才真正是殷家的人,专门会——小题大做!"

她不懂他话里的含意,但却一眼看出了他感情上的狼狈,她的心就一下子沉进一湖温软的水里去了。于是,她眼中不自觉地涌起了一片温柔,声音里也带着诚挚的关切。她说:"手臂怎样了?伤好了吗?怎么还绑着绷带呢?有没有看过医生?"一连串的问题唤回了他的希望,本能的倔强却使他嘲弄地回了一句:"原来你记得我是谁!"

她柔柔地看着他。他的心跳了,神志飘忽了,这眼光如此清亮,如此温存,像雾里的两盏小灯,放射着幽柔如梦的微光。似乎在那儿做无言的低语:"何苦找麻烦呵!"他的倔强粉碎了,他的自尊飞走了。他的心脏像迎风的帆,张开了,鼓满了。"你没吃饭,是吗?"他问,生气又充斥在他的眼睛里,"我陪你吃点东西去!""怎么每次一见面,你就提议吃东西呢?"她笑了,左颊上那个小窝儿在跳跃着,"你把我们姐弟两个都当成了饭桶了吗?""吃饭是人生大事,有什么不好?"他问,伸手拉住她的胳膊,"走!我带你去一个地方!"

她望着他。唉!不要去!你该躲开这个男孩子,你该保持距离,以策安全呵!但是,那张兴高采烈的脸,那对充满活力与期望的眼睛,是这样让人无法拒绝呵!她点了点头:"等一等,让我对竹伟交代一声!"

她抱起竹伟那些衣物,走进竹伟的房间。他正蹲在地上,专心致志地弹着弹珠,那些彩色的玻璃球滚了一地,迎着灯光,像一地璀璨的星星。怎么!即使是一些玻璃弹珠,也会绽放着如此美丽的光华!

"竹伟,"她说,"你看好家,不要出去,姐去吃点东西,马上就回来,好不好?"竹伟抬头看着她:"如果霍大哥来,我可不可以跟他出去呢?"

芷筠愣了愣:"霍大哥很忙,你不要去烦人家!"

"霍大哥是好人!"竹伟争辩似的说,"我要跟霍大哥出去!霍大哥会讲故事给我听!"

"好吧!如果他愿意带你出去,"她勉强地说,"但是,如果你出去,一定要锁好门!"

走出竹伟的房间,殷超凡正深思地站在那儿,沉吟地用牙齿半咬着嘴唇。"我们走吧!"她说。踏着夜雾,走出了那条小巷,街灯把他们的影子斜斜地投射在地上,一忽儿前,一忽儿后。殷超凡没有叫车,只是深思地望着脚下的红方砖,有好长一段时间,两人都没开口,然后,他忽然说:"霍大哥是个何许人?"

她怔了怔,微笑了:"一位邻居而已。"邻居"而已"!仅仅是个"而已"!他释然了,精神全来了。仰起头,他冲着她笑,伸手叫了计程车。

他们去了一家新开的咖啡馆,名字叫"红叶",坐在幽柔的灯光下,他喝咖啡,给她叫了咖喱鸡饭和牛肉茶。她一面吃着,一面打量他。今晚,他穿了件深咖啡色的衬衫和同色的长裤。谁说男孩子的服装不重要?

"你一定有一个很好的家庭!"她说,"你一定很得父母的喜欢!""哪个父母不喜欢子女呢?"他问,"可是,过分的宠爱往往会增加子女的负担，你信吗？"

她深沉地看了他一眼。

"人类是很难伺候的动物。当父母宠你的时候，你会觉得他们是负担，一旦像我一样，失去了父母的时候，想求这份负担都求不到了。我常想，我和竹伟，好像彼此一直在给彼此负担，但是，我们也享受这份负担。爱的本身，就是有负担的。"他情不自禁地动容了。

"我从没见过像你这样的女孩，"他由衷地说，"你总在美化你周围的一切，不管那是好的还是坏的。但，你又摆脱不开一些无可奈何，你是矛盾的！"

"你呢？难道你从没矛盾过？"她感动地问。

他微微一怔，靠在沙发里，认真地思考起来。

"是的，我矛盾，我一直是很矛盾的。无论学业或事业，我一天到晚在努力想开一条路径，却又顺从家里的意思去做他们要我做的事。我责备自己不够独立，却又不忍心太独立……"他顿住了，望着她，"你不会懂的，是不是？因为你那么独立！""你错了，"她轻声说，"我并不独立。"

"怎么讲？"他不解地，"你还不算独立吗？像你这样年轻，已经挑起抚养弟弟的责任！"

"在外表看，是竹伟在依赖我，"她望着桌上小花瓶里的一枝玫瑰，"事实上，我也依赖他。"

"我不懂。"

"这没什么难懂，我依赖他的依赖我，因为有他的依赖，我必须站得直，走得稳。如果没有，我可能早就倒下去了。"

他迷惑地望着她："我就说，你总有理由去美化你周围的一切。"他愣愣地说，"我希望，也有人能依赖我。"

她扬起睫毛，眼珠像浸在水雾里的黑葡萄。

"必然有人在依赖你，"她微笑的，那小窝儿在面颊上轻漾，"爱你的人都依赖你，我猜……"那笑意在她脸上更生动地化开，"爱你的人一定很多！"

"在目前，我只希望一个……"他低低地，自语似的说着。"嗯，哼！"她轻咳一声，打断了他，"告诉我你的事！"

"哪一方面？"

"各方面！"

"你要我向你背家谱吗？我有三个姐姐，大姐二姐都出国了，也结婚了，三姐也快结婚了……"

"你也快了吧？"她打断他。

"为什么你认为我快了？"

"你父母一定急着抱孙子！中国的传统观念嘛！"

"事实上，我已经结婚了，而且有一个儿子了！"他注视着她，一本正经地说。

"真的？"她有些惊讶。

"当然是假的！"

她笑了起来，他也笑了。空气里开始浮荡着欢乐与融洽的气息，他们不知不觉地谈了很多很多。欢愉的时刻里，时间似乎消逝得特别快，只一忽儿，夜色已深。但是，在室内那橙红色的灯光下，他们仍然没有觉察。从没有享受过这样的夜晚，从不知道也有这种宁静柔美的人生！芷筠几乎是感动地领略着这种崭新的感觉,捕捉着每一个温馨的刹那。在座位的右前方,有个女孩子一直在弹奏着电子琴,那轻柔的音符,跳跃在温馨如梦的夜色里。

"知道她弹的这支曲子吗?"殷超凡问。

"不知道,我对音乐了解得很少。"

"那歌词很美。"

"念给我听。"他凝视她,眼光专注而生动。沉思了一会儿,他终于轻声地念了出来:"在认识你以前,世界是一片荒原,从认识你开始,世界是一个乐园!过去的许多岁月,对我像一缕轻烟,未来的无限生涯,因你而幸福无边!你眼底一线光彩,抵得住万语千言,你唇边小小一笑,就是我欢乐泉源!这世界上有个你,命运何等周全,这还不算稀奇,我却有缘相见!"

他念完了,带着个略略激动的眼神,定定地望着她,他的脸微微红着,呼吸不平静地鼓动着胸腔。她像是受了传染,脸上发热,而心跳加速。她的眼睛睁得大大的,仔细地看着他。"我从不知道这支歌。"她说。"我也不知道。"他说。

"什么?""我五分钟前想出来的!"

她的眼睛睁得更大,一半是激动,一半是惊愕,她微张着嘴,说不出话来。心里却在叹着气:唉!这样的男孩子,是上帝造来祸害女孩子的!你再不逃开他,就会深陷进去,再也无从自拔了!她忽然跳了起来:"几点钟了?""十一点!""我的天!我要回去了!"她抓起了桌上的手袋。

他跟着站起来:"我送你回家!""不!不!"她拼命摇

头,"我自己叫车回去!"

"我从不让女孩子单独回家!"他坚决地说。

从不?她模糊地想着。他送过多少女孩子回家?为多少女孩子背过歌词?唉唉,这样的男孩子,是你该远远躲开的,你不是他的对手!她的脸色越来越凝肃了。

在车上,她变得十分沉默,欢愉的气氛不知何时已悄悄溜走,她庄严肃穆得像块寒冰。他悄眼看她,不明白自己做错了什么。那支歌,那歌词……唉唉,他也叹着气:你是个傻瓜,你是个笨蛋,你才见她第二面,是不是操之过急了?你连追女孩子都不会,因为你从没有追过!你以为你情发于中而形于外,她却可能认为你只是一个轻薄的浮华子弟……

车子停在她家门口,一路上,两人都没说过话。她跳下车子,对他说:"不留你了,你原车回去吧!"

他跟着跳下车。"别紧张,我不会强人所难,做个不受欢迎的客人!你进去,我就走!"他说着。她拿出钥匙开门,他忽然把手盖在她扶着门柄的手上。他的眼睛深幽幽地望着她:"明天是星期天,我来接你和竹伟去郊外玩!"

她拼命摇头:"我明天有事!""整天都有事?""整天都有事!"他紧闭着嘴,死盯着她。她回避地低下头去,继续用钥匙开门。忽然间,门从里面打开了,一个粗壮、结实、年轻的男人走了出来,嘴里叼着一支烟,穿着花衬衫、牛仔裤,一副吊儿郎当相。"怎么回事?芷筠?整晚疯到哪儿去了?"他问,咄咄逼人地,熟不拘礼地,眼光肆无忌惮地对殷超凡扫了一眼。

芷筠一怔，立刻讷讷地说："霍……霍立峰，什么时候来的？"

"好半天了，我在训练竹伟空手道！这小子头脑简单，四肢倒发达，准会成为一个……"他吐掉香烟，流里流气地吹了一声口哨，以代表"了不起"或是"力道山"之类的名堂。"这家伙是谁？"他颇不友善地盯着殷超凡。

原来，这就是那个"而已"。殷超凡看看他又看看芷筠……你对她了解多少？你对她的朋友又了解多少？你这"家伙"还是知难而退吧！他重重地一甩头，对芷筠抛下了一句生硬的道别："再见！"转过身子，他头也不回地走了。

听出他语气的不满与怀疑，芷筠被伤害了。望着他的背影，她咬着牙点了点头，是的，上层社会的花花公子！你去吧！我们原属于两个世界！她知道，他是不会再来找她了。霍立峰拍了拍她的肩："这小子从哪儿来的？我妨碍了你的好事吗？"

"少胡说八道了霍立峰，你回去吧！我累了，懒得跟你胡扯，我要睡了。"她走进屋子，把霍立峰关在门外。靠着门，她终于长长地叹出一口气来，接着，就陷进了深深的沉思里。

第五章

人类是奇怪的，即使在明意识里，在冷静的思考中，在理智上，芷筠都确认殷超凡不会再来找她了。但是，在潜意识中，她却总是若有所待。日子一天天过去，每天下班回家，她都有一种难解的、心乱的期盼，会不会打开门，他又从室内闪出来？会不会他又带竹伟去吃牛肉面？会不会——他那红色的摩托车，刚好再经过这条巷子？不，不，什么都没发生，他是真的不再来了！这样也好，她原就不准备和他有任何发展，也不可能有任何发展。这样最好！但是……但是……但是她为何这样心神不定？这样坐卧难安啊！他只是个见过两面的男孩子！唉！她叹气，她最近是经常在叹气了。管他呢？见过两面的男孩子！对她说过："在认识你之前，世界是个荒原，在认识你之后，世界是个乐园……"的男孩子，如今，不知在何处享受他的乐园？

近来，在公司中，芷筠的地位逐渐有变化了。首先，方靖伦把她叫进经理室的次数越来越多。其次,方靖伦对她的态度也越来越温柔,温柔得整个办公厅中的女职员都在窃窃私议了。这对芷筠是一个新的负担,如何才能和老板保持距离,而又维持良好的关系呢?她尽量让自己显得庄重,尽量不苟言笑,尽量努力工作……可是,当秋天来临的时候,有一天,她早上上班,发现她的桌子已经搬进经理室里去了。

走进经理室,她只能用一对被动而不安的眸子,默默地望着方靖伦。一接触到这种注视,方靖伦就不能遏止自己内心澎湃着的那股浪潮……这小女孩撼动了你!

"董芷筠,"他"努力"让自己的声音平静而合理,"这些日子来,你一直是我的秘书,但是,却在外面大办公厅里办公,对我对你都非常不方便,所以,我干脆把你调进来。"她点点头,顺从而忍耐地点了点头。你是老板,你有权决定一切!从自己桌上,她拿来了速记本:"我们是不是先办报关行的那件公文呢?"她问,一副"上班""办公"的态度。似乎座位在什么地方都无关紧要,她只要办她的公!他凝视她。别小看这女孩,她是相当自负,相当倔强,而又相当"洁身自爱"的。如果你真喜欢她,就该尊重她,不是吗?"董芷筠,"他沉吟地说,紧盯着她,"你是不是有些怕我?"她扬起睫毛,很快看了他一眼。她眼底有许许多多复杂的东西,还有一份委曲求全的顺从。

"是的。"她低声说,答得非常坦白。

"为什么?"他微蹙着眉梢。

"怕你不满意我。"

"不满意你?"他愕然地瞪着她,声音变得非常非常温柔了,"你明知道不可能的!"

"也怕你太满意我!"她轻柔地说,"当你对一个人过分满意,就难免提高要求,如果我不能符合你的要求……你就会从满意变成不满意了。"她说得含蓄,却也说得坦白。她那洞彻的观察力使他惊奇而感动。好一会儿,他瞪视着她,竟无言以答。然后,他走到她面前,情不自禁地,把手压在她那小小的肩上。

"放心,"他低沉地说,"我会时时刻刻提醒自己,不去'要求'你什么。"两人的话,都说得相当露骨了。芷筠抬眼看着他,不自觉地带着点儿哀恳与求恕的味道。方靖伦费力地把眼光从她脸上调开……如果这是十年前,如果他还没结婚,他不会放掉这个女孩子!而现在,控制自己,似乎是唯一能做的事情!他轻咳了一声,粗声说:"好了,董芷筠,你把报关行的文件办了吧!"

这样,芷筠稍稍安心了,方靖伦不是那种粗鲁的人,他谦和儒雅,深沉细致,绝不会强人所难。她只要固守着自己的工作岗位,不做错事,不失职也就可以了。至于在什么地方办公,又有什么关系呢?

可是,下班的时候,才走出经理室,她就听到李小姐的声音在说:"……管他是不是君子?这年头就是这么回事!我打赌,金屋藏娇是迟早会发生的事情!"

"方太太呢?"另一位职员说,"她会允许这种事情发生吗?""方太太?方太太又怎样?听说,她除了打麻将,就是打麻将,这种女人,是无法拴住咱们总经理的!"

"说实话,董芷筠配我们经理,倒也……"

芷筠一出现,所有的谈话都戛然而止,同事们纷纷抬起头来,不安地、尴尬地和她打招呼。她虽然没做任何亏心事,那种不自在的感觉,却很快向她包围过来。同事们那一对对侧目而视的眼光,使她感到无限的压力……一直到走出了嘉新大楼,那压力似乎还在她身后追逐着。

回到家里,一眼看到霍立峰,正在大教特教竹伟"空手道",竹伟已把一张木凳,不知怎的"劈"得个乱七八糟。芷筠心情原就不好,再看到家里这种混乱样子,情绪就更坏了。和竹伟是讲不通道理的,她把目标转向了霍立峰,懊恼地嚷着:"你这是在干什么?我们家禁不起你带头来祸害,你再这样'训练'他,他会把房子都拆掉!"

"我告诉你,芷筠,"霍立峰"站"在那儿,他从来就没有一个好站相。他用一只脚站着,另一只脚踏在藤椅上,弓着膝盖。一面从屁股后面的长裤口袋里掏出了一支皱皱的香烟,燃起了烟,他喷出了一口烟雾,虚眯着眼睛,他望着竹伟说:"这小子颇有可为!芷筠我已经代你想过了,你别小看竹伟,他将来大有前途!你常常念什么李白李黑的诗,说什么什么老天造人必有用……"

"天生我材必有用!"芷筠更正着。

"好吧,管他是什么,反正就这个意思。这句话还真有道理!你瞧竹伟,身体棒,肌肉又结实,标准的羽量级身材!如果训练他打泰拳,包管泰国选手都不中用……"

"你有完没有?"芷筠一面整理着房间,一面不感兴趣地问,"才教他空手道,又要教他打泰拳。我可不希望他跟着你们混,成天……""不务正业!是不是?"霍立峰打断了芷筠的话,斜睨着她,"我知道,你就瞧我们不顺眼!"

"说真的,"芷筠站住了,望着霍立峰,"你们那些哥儿们都聪明有余,为什么不走上正道?找个好好的工作做,而要成天打架生事,赚那些歪门邪道的钱!"

霍立峰把腿从藤椅上放到地上,斜靠着窗子站着,他大口大口地喷着烟,注视着芷筠,他打鼻子里哼着:"你依我一件事,我就改好!"

"什么事?"

"嫁给我!"

"哼!"芷筠转身往厨房走去,"你想得好!"

霍立峰追到厨房门口来,扶着门框,望着芷筠淘米煮饭,他神气活现地说:"你倒说说看,嫁给我有什么不好?我年轻力壮,人缘好,会交朋友,会打架……""啧啧,"芷筠咂着嘴,"打架也成了优点了!"

"你懂什么,这是一个弱肉强食的社会,你不会打架,你就只有挨打的份儿,是打人好呢?还是挨打好呢?"

"不要曲解成语!"芷筠把米放进电锅里煮着,又开始洗菜切菜,"弱肉强食,所以优胜劣败!你们这样混下去,总有一天要出事,那时候,你就会知道,强弱之分,并不是靠拳头刀子,而是靠智慧与努力……"

"得了,得了,得了!"霍立峰不耐烦地说,"芷筠,你什么都好，长得漂亮，性情温柔，就是太道学气，你老爸把他的书呆子酸味全遗传给你了！"

"你不爱听，干吗要来呢？"

"我吗？"霍立峰瞪大眼睛，"我是生得贱，前辈子欠了你的！隔几天就打骨头里犯贱，要来听听你骂我才舒服！"

芷筠忍不住扑哧一笑。

"我看你呀，是没救了！"

"本来就没救了，"霍立峰另有所指，"这叫作英雄难过美人关！"

"霍立峰！"芷筠生气地喊。

"是！"霍立峰爽朗地答。

"你再胡说八道，我就不许你上门！"

"得了，别发脾气，"霍立峰耸耸肩，"你最近火气大得很，告诉我，有谁欺侮了你？是你公司里的老总吗？管他是谁，我霍立峰是不怕事的！"

"没人得罪我，除了你以外。"

"我？我又怎么了？"

"你不学好也罢了，我反正管不着你，你干吗整天教竹伟打架，他是不知轻重的，闯了祸，我怎么办？"

"哎，他会闯什么祸？他那个大笨蛋，三岁小孩都可以拖着他的鼻子走……"

"霍立峰！"芷筠忧伤地叫。

"噢，芷筠，"霍立峰慌忙说，"我不是有意要伤你心，你别难过。我告诉你，你放心，你不在家的时候，我已经告诉这一区的哥儿们了，大家都有责任保护竹伟，不许任何人欺侮他。你怪我教他空手道，其实，我也是有心的，教他一点防身的玩意儿，免得被人欺侮！"

芷筠抬眼看着霍立峰。"唉！"她轻叹着，"说真话，你也实在是个好人！"

霍立峰突然涨红了脸，挨了半天骂，他都若无其事，一句赞美，倒把他弄了个面红耳赤。他举起手来，抓耳挠腮，一股手足失措的样子，嘴里讷讷地说着："这……这……这可真不简单，居……居然被我们神圣的董小姐当……当成好人了！"

芷筠望着他那副怪相，就又忍不住笑了。

"霍立峰，我每次看到你，就会想起一本翻译小说，名字叫《七重天》。"

"那小说与我有什么关系？"

"小说与你没关系，里面有一支歌，是男主角常常唱的，那支歌用来形容你，倒是适合得很。"

"哈！什么歌？"霍立峰又眉飞色舞了，"想不到我这人和小说里的主角还有异曲同工的地方。赶快告诉我，那支歌说些什么？"

"它说，"芷筠忍住了笑，念着那书里的句子，"喝一点酒，小心地偷，好好说谎，大胆争斗！"

"哈！"霍立峰又好气又好笑，"这是支他妈的什么鬼歌！"

"三字经也出来了，嗯？"

"不过……"霍立峰重重地拍了一下大腿，"这支鬼歌还他妈的有点道理！我告诉你，芷筠……"

他的话没说完，因为，门外传来了一声响亮的口哨，显然是在招呼霍立峰，霍立峰转身就往屋外跑，一面还仓促地问了一句："那个男主角是干什么的？他和我倒像是亲兄弟！"

"通阴沟的！"

"哦——"霍立峰张大了嘴，冲出一句话来，"真他妈的！"他跑出了屋子。

芷筠摇摇头，微笑了一下。把锅放到炉子上，开始炒菜。一会儿，她把炒好的菜都端出去，放在餐桌上，四面看看，没有竹伟的影子，奇怪，他又溜到哪儿去玩了，平常闻到菜香就跑来了，今天怎么不见了呢？她扬着声音喊："竹伟，吃饭了！"没有回音，她困惑地皱皱眉，走到竹伟房门口，她推开门，心想他一定不在屋里，否则早就出来了。谁知房门一开，她就看到竹伟，好端端地坐在床上。正对着床上的一堆东西发愣，室内没有开灯，光线好暗，也看不清楚他到底在研究什么。芷筠伸手开了灯，走过去，心里模糊地想着，这孩子别再发什么痴病，那就糟了！到了床前面，她定睛一看，心脏就猛地狂跳了起来。竹伟面前的白被单上，正放着两盒包装华丽的草莓！竹伟傻傻地对着那盒子，似乎不知如何是好，因为他从没见过盒装的草莓！

"这——这是从哪儿来的？"芷筠激动地问，伸手拿起一盒草莓。"他送我的！"竹伟仰起头，大睁着天真的眸子，带着一抹抑制不住的兴奋，他一连串地问："我可以打开它吗？我可以吃它吗？这是草莓，是不是？姐，是我们采的草莓吗?……""竹伟,"芷筠沉重地呼吸着,"这草莓是谁送的?从什么地方来的?""姐,"竹伟自顾自地说着:"为什么草莓要放在盒子里呢?为什么要系带子呢?……"

"竹伟!"芷筠抬高声音叫,"这是哪儿来的?我问你问题,你说!谁送的?"竹伟张大嘴望着她:"就是他送的呀!那个大哥送的呀!"

"什么大哥?"芷筠仔细地看着他,小心翼翼地吐出几个字来,"殷大哥吗?""是的!"竹伟高兴地叫了起来,"就是殷大哥!"

"人呢?"芷筠心慌意乱地问,问得又快又急,"人呢?人到哪里去了?他自己送来的吗?什么时候来的?你怎么不留住他?"她的问题太多,竹伟是完全弄不清楚了,只是眨巴着眼睛,莫名其妙地望着她。她定了定神,醒悟到自己的失态,深吸了口气,她清清楚楚地问:"殷大哥什么时候来的?"

"就是刚刚呀!""刚刚?"她惊愕地,怎么没有听到摩托车声呢?当然,他也可能没骑摩托车。"刚刚是多久以前?"她追问,更急了,更迫切了。"你跟霍大哥在厨房里讲笑话嘛!"竹伟心不在焉地回答,继续研究着那草莓盒子。"殷大哥说草莓送给我,他走了,走了好久了!""你不是说刚刚?怎么又说走了好久了?"她生气地嚷,"到底是怎么回事?"竹伟吓了一跳,瑟缩地往床里挪了一下,他担忧地、不解地看着芷筠,怯怯地、习惯性地说:"姐,你生气了?姐,我没有做错事!"

没用的！芷筠想着，怪他有什么用呢？反正他来过了，又走了！走了？或者他还没走远，或者还追得到他！竹伟不是说"刚刚"吗？她转过身子，迅速地冲出大门，四面张望，巷子里，街灯冷冷地站着，几个邻居的孩子在追逐嬉戏，晚风带着凉意，扑面而来。她陡地打了个冷战，何处有殷超凡的影子？走了！"你跟霍大哥在厨房里讲笑话嘛！"她脑子里轰然一响，立即头晕目眩。天，为什么如此不巧？为什么？好半晌，她站在门口发呆，然后，她折回到房间里，低着头，望着餐桌继续发愣。心里像有几十把刀在翻搅着，自己也不明白何以会如此痛楚，如此难受，如此失望。

"姐，"竹伟悄悄地从卧室里走了出来，胆怯地望着她，"我饿了！"她吸了口气："吃饭吧！"平常，吃晚饭时是竹伟心情最好的时候，他会又比又说地告诉芷筠他一日的生活，当然是零碎、拉杂而不完整的。但，芷筠总是耐心地听着他，附和他。今晚呢？今晚芷筠的神情不对，竹伟也知道"察言观色"了。他不明白姐姐为什么生气，却深知她确实"生气"了。于是，他安安静静的，大气也不敢出，只是大口大口地吞着饭粒。芷筠是食不知味地，勉强地吃完了一餐饭，她把碗筷捧到厨房去洗干净，又把昨天换下来的衣服拿到水龙头下去搓洗，工作几乎每天都是千篇一律的，枯燥乏味的。但是，工作最起码可以占据人的时间，可恨的，是无法占据人的思想。唉！如果霍立峰今晚不在这儿！如果她不和他谈那些七重天八重天！唉！把衣服晾在屋后的屋檐下，整理好厨房的一切，时间也相当晚了。回到"客厅"里，竹伟还没睡，捧着那两盒草莓,他询问地看着芷筠:"姐,我可以吃吗?"芷筠点了点头,走过去,她帮竹伟打开了盒子,把草莓倒出来,竹伟立即兴高采烈地吃了起来。"吃",大约是他最重要的一件事!芷筠几乎是羡慕地看着他,如果她是他,就不会有期望、有失望、有痛苦、有烦恼了!她握着那包扎纸盒的缎带,默默地出起神来。

夜深了,竹伟睡了。芷筠仍然坐在灯下,手里紧握着那两根缎带,她不停地把缎带打成各种结,打了又拆开,拆了又打,不知道打了多少个结。心里隐约浮起一句前人的词"罗带同心结未成",一时柔肠百转,竟不知情何以堪!由这一句话,她又联想起另一句:"闲将柳带,细结同心!"试结,试结,试结,好一个"试"字!只不知试得成,还是试不成?

是风吗?是的,今晚有风,风正叩着窗子,秋天来了,风也来了!她出神地抬起头来,望着玻璃窗,忽然整个人一跳,窗外有个人影!不是风,是人!有人在敲着窗子!

她拉开窗帘,打开玻璃窗,纱窗外,那人影朦朦胧胧地挺立着。"我在想,"那人开了口,隔着纱窗,声音低而清晰,"与其我一个人在街上没目的地乱走,还不如再来碰碰运气好!"

她的心"怦"然一跳,迅速地,有两股热浪就往眼眶里冲去。她呆着,头发昏,眼眶发热,身子发软,喉头发哽,竟无法说话。"是你出来?还是让我进去?"那人问,声音软软的、低低的、沉沉的。听不到回音,他发出一声绵邈的叹息:"唉!我是在——自寻烦恼!"他的影子从窗前消失。

她闪电般冲到了门口,一下子打开了房门,热烈地、痛楚地、哀恳地喊出了一声:"殷超凡!"殷超凡停在房门口,街灯的光点洒在他的发际,他的眼睛黑黝黝地发着光。他的面容有些苍白,神情有些阴郁,而那泄露所有秘密的眼睛,却带着抹狼狈的热情,焦渴地盯着她。她身不由己地往后退了两步,于是,他走了进来,把房门在身后合拢,他的眼光始终没有离开过她的脸庞。

"如果我向你招认一件事,你会轻视我吗?"他问。

"什么?"她哑声地。"我在街上走了五个小时,向自己下了几百个命令,我应该回家,可是,我仍然来了!"他深黝的眼睛里充满了无助的狼狈,"多久了?一个月?我居然没有办法忘掉你!我怎会沉迷得如此之深?我怎会?你身上到底有什么魔力,会像一块大磁场般紧紧地拉住我?"他伸出手来,托起了她的下巴,紧蹙着眉,他狂热地、深切地看着她:"你遇到过会发疯的男人吗?现在你眼前就有一个!假如……那个'而已'对你很重要,你最好命令我马上离开!但是,我警告你——"他的眸子像燃烧着火焰,带着烧灼般的热力逼视着她,"假如你真下了命令,我也不会离开,因为,我想通了,只有弱者才会不战而退!"她仰视着他,在他那强烈的表白下,她觉得自己像一团火,正熊熊地燃烧起来。她呼吸急促,她浑身紧张,她神志昏沉。而那不受控制的泪水,正汹涌地冲出眼眶,模糊了她的视线。张开嘴,她不知道自己要说什么,却依稀听到自己的声音,在那儿震颤地、挣扎地、可怜兮兮地说着:"我为什么要命令你离开?在我好不容易把你等来了之后?"于是,她觉得自己忽然被拥进了一个宽阔的胸怀里,她的头紧压在他的胸前,听得到他心脏剧烈地跳动。然后,他的头低俯下来,他那深黑的瞳孔在她面前放大,而他那灼热的唇一下子就紧紧地、紧紧地、紧紧地压住了她的。她叹息:唉!这样的男孩子,是你该逃避的啊!但,在认识他之前,世界原是一个荒原,当世界刚变成一个乐园的时候,你又为什么要逃避呢?

第六章

对殷超凡来说，这一切像是个不可思议的奇迹。以前的二十四年，仿佛都白过了。生命忽然充实了，世界忽然展开了，天地万物都像是从沉睡中复苏过来，忽然充满了五彩缤纷的、绚丽的色彩，闪得他睁不开眼睛，美丽得使他屏息。这种感觉，是难以叙述的，每天，每时，每分，每秒，都变得有所期待，有所渴望，见到她的那一刹那，是所有喜悦的综合。离开她的那一瞬间，"回忆"与"期待"就又立即填补到心灵的隙缝里，使他整个思想，整个心灵，都涨得满满的，满得要溢出来。那段日子，他是相当忙碌的。每天早上，他仍然准时去上班，水泥公司的业务原来就有很好的经理与员工在管理，他挂着"副理"的名义，本是奉父命来学习，以便继承家业的。以往，他对业务尽量去关心，现在，他却不能"关心"了。坐在那豪华的办公室里，望着满桌子堆积的卷宗，他会经常陷进沉思里，朦朦胧胧地想起一些以前不太深思的问题，有关前途、事业、未来与"责任"的。殷文渊是商业界的巨子，除了这家水泥厂，他还有许多周边公司，包括建筑事业在内。殷超凡似乎从生下来的那一刹那，就注定要继承父业，走上殷文渊的老路。以前，殷超凡在内心也曾抗拒过这件事，他觉得"创业"是一种"挑战"，"守成"却是一种"姑息"。可是，在父亲那深沉的、浓挚的期盼下，他却说不出"我不想继承你的事业"这句话。经过一段短时期的犹豫，他最终屈服在父母那善意的安排下。而且，也相当认真地去"学习"与"工作"。刚接手，他就曾大刀阔斧地整理过公司里的会计与行政，一下子调换了好几个职员，使殷文渊那样能干的商业奇才都惊愕于儿子的"魄力"。私下里，他对太太说过："瞧吧，超凡这孩子，必定是'青出于蓝，而胜于蓝'！殷家的事业，有人继承了！"

不用讲，也知道这种赞美，对殷太太是多大的安慰与喜悦！反正她看儿子，是横看也好，竖看也好。可是，在超凡小的时候，三个女儿常常絮叨着："妈，你们宠弟弟吧，总有一天把他宠成个小太保，有钱人家的独生子，十个有九个是败家精！"

这话倒也是实话，殷太太深知殷文渊那些朋友们的子女，为非作歹，仗势欺人的大有人在。如果超凡也不学好，也沉溺于酗酒、赌博和女人，那将怎么办？但，现在这一切顾虑都消除了，儿子！儿子是世界上最好的儿子！他必能继承家业，而更加光大门楣！可是，这段时间的殷超凡却每日坐在办公室里发愣。面对着那些卷宗，他只是深思着，是不是

"继承家业"是自己唯一可走的一条路？而"走"这条路，会不会影响到他和芷筠的交往？因为，芷筠总是用探索的眸子，研究地望着他，叹息着说："第一次见你，就觉得你属于另一个星球，不知怎的，两个星球居然会撞到一起了。"

很微妙的一种心理，使殷超凡不愿告诉芷筠太多有关他的背景与家庭，他常避重就轻，只说自己"必须"工作，帮助父亲经商。他明白，他多少在混乱芷筠的想法，把她引入一条歧途里去。他真怕芷筠一旦明白他的身世，就来一句："你有你的，我有我的方向！"他知道芷筠做得出来，因为她是生活在自卑与自尊的夹缝里，而又有着与生俱来的骄傲与倔强！他不敢告诉她，很多事都不敢告诉她。可是，他几乎天天和她见面，每到下班的时间，他就会在嘉新大楼门口等着她，骑着摩托车，带她回家。挤在她那狭小而简陋的厨房里，看她做饭做菜。吃她所做的菜，虽然是青菜豆腐，他也觉得其味无穷。很多时候，他也带她和竹伟出去吃饭，芷筠总是笑他"太浪费"了！他不去解释，金钱对他从来构不成问题，却欣赏着她的半喜半嗔。他体会到，一天又一天逐渐加深地体会到，她的一颦一笑已成为他生命的主宰。

当然，在这样密切的接触里，他不可避免地碰到好几次霍立峰，后者总是用那种颇不友善的眼光，肆无忌惮地打量他！这人浑身带着危险的信号，也成为他这段爱情生活里最大的阴影。可是，芷筠总是微笑地，若无其事地说："霍立峰吗？我们是从小的街坊，一块儿长大的，他武侠小说看多了，有点儿走火入魔。可是，他热情侠义，而且心地善良，我正在对他慢慢用功夫，要他改邪归正，走入正途去！"他握住她的手，凝视着她的眼睛，慢吞吞地说："帮个忙好吗？不要对他太用'功夫'好吗？他是正是邪，与你并没有太大的关系，是不是？"

她望着他，大眼睛黑白分明地睁着。然后，她嫣然地笑了起来，用手勾住他的脖子，把头埋在他的胸前。

"你是个心胸狭窄的、爱吃醋的、疑心病重的、最会嫉妒的男人！"

"哦哦，"他说，"我居然有这么多缺点！"

"可是，"她悄悄地抬起睫毛，悄悄地笑着，悄悄地低语，"我多喜欢你这些缺点啊！"

他能不心跳吗？他能不心动吗？听着这样的软语呢喃，看着这样的巧笑嫣然，于是，他会一下子紧拥住她，把她那娇小玲珑的身子，紧紧地、紧紧地箍在自己的怀抱中。

爱情生活里的喜悦是无穷尽的，但是，爱情生活里却不可能没有风暴，尤其是在他们这种有所避讳的情况之下。

这天是星期天，一清早，殷超凡就开着父亲新买给他的那辆"野马"，到了芷筠的家门口。一阵喇叭声把芷筠从屋里唤了出来，他把头伸出车窗，嚷着说："快！带竹伟上车，我们到郊外去玩！"

"你从哪儿弄来的汽车？"芷筠惊奇地问，望着那深红色的、崭新的小跑车。"是……是……"他嗫嚅着，想说真话，却仍然说了假话，"是一个朋友借给我的！"

"你敢开朋友的新车？给人家碰坏了怎么办？"

"别顾虑那么多好不好?"他含糊地说,"还不快上车!我们先去超级市场买点儿野餐,带到郊外去吃!工作了一个礼拜,也该轻松一下,是不是?"

他的好心情影响了芷筠,她笑着,跑进屋里去,很快,带着竹伟出来了。她换了件鹅黄色的长袖衬衫和咖啡色的长裤,看来又清爽,又娇嫩,又雅致。关于她的生活所需,例如服装,殷超凡也曾颇伤过脑筋,他常借故买一些衬衫毛衣什么的送给她,她会默默地收下,却对他轻声地说一句:"以后不要这样,除非——你嫌我太寒酸。"

她太敏锐,太容易受伤,使他必须处处小心。可是,当他帮竹伟买了全套的牛仔裤和牛仔夹克时,她却显得非常开心,说:"还是男人懂得如何打扮男孩子!你瞧,竹伟这一打扮,还真是相当漂亮,是不是?"

现在,竹伟就穿着新的牛仔裤,确实,他很漂亮,一八〇的身高,结实的身材,剑眉朗目。只要他不开口,谁也不会知道他是个智力不健全的孩子。

芷筠和竹伟上了车,芷筠坐在前座,竹伟坐在后座。竹伟显得很兴奋,眼睛发光,面色红润,他不住口地说:"姐,这是'真的'汽车是不是?你也给我买一辆汽车好吗?"然后,他不停地模仿着殷超凡开车的动作,直到芷筠不得不命令他"安静一点"为止。

芷筠看着殷超凡熟练的驾驶技术,怀疑地说:"你经常开车?"

"是啊,要不然敢开车带你出去?放心,"他看了她一眼,

"我有驾驶执照。"

"哦!"她深思地凝视他,"看样子,我对你的了解还太少!"

他有些脸红,好像做了什么亏心事一般。

好在,芷筠没有再追问什么。于是,他们去买了三明治、茶叶蛋、卤鸡腿、牛肉干、花生米等一大堆乱七八糟的食物,就开始往郊外驶去。事实上,殷超凡并没有一定的目标,芷筠除了台北市,对别的地方都不熟悉。所以,殷超凡选择了北宜公路,对芷筠说:"咱们开到哪儿算哪儿,只要风景好,我们就停车下来玩。我一直认为,风景最美的地方并不在名胜区,人工化的名胜远没有原始的丛林来得可爱!"

芷筠深有同感。于是,车子就沿着北宜公路开了出去。等车子一掠过新店镇,郊外那种清新的空气就扑面而来。但,真正撼动他们的却不是这空气,而是这条路上的沿途景致!

这正是仲秋时节,台湾的秋天凉意不深,而天高气爽。在都市住久了,芷筠几乎不知道什么叫秋天。但是,车子一走上公路,那路两旁所种植的槭树,就引起了芷筠大大的惊喜。槭树的叶子都红了!她赞叹着,睁大眼睛注视着。那些红叶,在秋天的阳光下,伸展着枝丫,似乎带着无尽的喜悦,绽放着生命的光华。芷筠轻叹着,第一次了解了前人词句中那句"晓来谁染霜林醉"的意境。

车子进入了山区,路很弯,也很陡。风从视窗灌进来,凉凉的,柔柔的,带着青草、树木与泥土的气息。路边的羊齿植物伸长了阔大的枝叶,像一片片巨大的鸟类的羽毛。接着,车子驶进了一片云海里,云迎面而来,白茫茫地吞噬了他们,芷筠望了望路边的地名,这地方竟叫做"云海"!芷筠又叹气了。"你知道吗?芷筠?"殷超凡说。

"什么?"

"你很喜欢叹气,在两种情况下你都会叹气,一种是悲哀的时候,一种是快乐的时候!"

"是吗?"她问,眼光迷蒙的。

"是的。"

"我以为,我只会在一种情况下叹气。"

"什么情况下?"

"无可奈何的时候!"

"难道现在,你也有无可奈何的感觉吗?"

"有的。"她低叹着。

"为什么?"

"我多想——抓住这一个刹那,抓住这一个秋天,抓住这一种幸福啊!"

他伸手紧握住了她的手:"别叹气,芷筠,你抓得住的,我会帮你抓住的。"

她注视他,然后,把头悄悄地倚在他的肩上。

路边有一条小径,往山上斜伸进去,不知道通往哪儿,芷筠及时喊:"停车!好吗?"

殷超凡在附近找了找,发现前面公路边有块多出来的泥土地,他把车子停好了,熄了火。他愉快地望着竹伟:"你拿吃的东西好不好!"

"好!"竹伟开心地叫,事实上,那一大纸袋的食物一直在他怀里,一盒牛肉干已经报销了。

"你不怕他保管的结果,是全进了他的肚子里?"芷筠笑着说,伸手拉着殷超凡的手,风鼓起了她的衣袖,卷起了她的长发。云在她的四周游移。她颊上的小窝深深地漾着,盛满了笑,盛满了喜悦,盛满了柔情。

竹伟走在前面,殷超凡和芷筠走在后面,他们从那条小径往山上走。小径曲曲折折,蜿蜒而上,他们顺着路迂回深入,只一会儿,就发现置身在一个小小的松林里了。眼前是一片绿野,绿的草,绿的树,连那阳光,似乎都被原野染绿了。竹伟兴奋地大叫了一声,就往松林深处奔去,芷筠喊着说:"竹伟,不许跑远了,当心迷路!"

"我不会迷路,我要去采草莓!"竹伟说着,已奔向了那绿野。

"这儿不会有草莓!"芷筠喊。

"我可以找找看呀!"竹伟一边喊,一边绕过一块大大的山岩,不见了。殷超凡拉住了芷筠:"没关系,他不会丢,我们慢慢走吧!"

是的,慢慢走,这天,风是轻缓的,云是轻缓的,树叶的摇晃是轻缓的,小草的波动也是轻缓的。人生还有什么可急促的事呢?他们手牵着手,肩并着肩,在那四顾无人的山野里,缓慢地往前走着。两人都是心不在焉的,他没有去欣赏眼前的风景,他一直在欣赏她颊上的小窝。她呢?她的目光从小草上闪过,从树梢上闪过,从天际飘浮的白云上闪

69

过……小草里一只跳跃着的蚱蜢引起她一声惊叹，树梢上一只刷着羽毛的小鸟引起她一声惊叹，云端那耀眼的阳光也引起她一声惊叹，最后，她的目光停留在他的脸上，他眼底那种深挚的缱绻之情引起了她更深的惊叹。于是，他的嘴唇一下子就捉住了她的唇，堵住了那又将迸出的一声惊叹。

时光悄悄地流逝，他们不在乎，他们已经忘了时间。在这绿野松林之内，时间又是什么呢？走累了，殷超凡把他的夹克脱下来，铺在草地上，芷筠就这样躺下去了，仰望蓝天白云，她心思飘忽而神情如醉。

"超凡！"她轻叹着。"嗯？"他坐在她身边，手里拿着一枝小草，在她那白皙的颈项边逗弄着。"你说，我们抓得住这个秋天吗？"

"我们抓得住每一个秋天，也抓得住每一个春天。"

她把眼光从层云深处调回来，停驻在他的脸上。

"知道吗？超凡？"她说，"你是一个骗子，你惯于撒谎。"

"怎么？"他有些吃惊。

"没有人能抓住时间，没有人能抓住每个秋天和春天，所以，我们的今天必然会成为过去。"

"可是，我们还有明天。"

"有吗？"她低低地、幽幽地问。

"你在怀疑些什么？"他盯着她，抛掉了手里的小草。用手指梳着她的头发，"你以为我在逢场作戏？你以为我对你的感情是不认真的？你以为我只是个纨绔子弟？"

她凝视他，阳光闪在她的瞳仁里。"你是吗？"她问。

他的手指停顿了，他的眼睛严肃了，他的笑容隐没了，他的声音低沉了。"芷筠，"他受伤地说，"你犯不着侮辱我呵！假如你心里有什么不满，假如我有某些地方做得不对，假如你感到我没有向你百分之百地坦白……那不是因为我对你不认真，而是因为我太认真了！你自尊又自负，我真不知道该怎样才能让你信任我……"

她用手勾下了他的头颈。"别说了！"她低语，"我错了！原谅我！"

他闭上眼睛，猝然地吻住她。感到心底掠过一阵近乎痛楚的激情。"我告诉你，芷筠，"他在她耳边说，"遇到你之前，我从不相信爱情，我认为那是小说家杜撰出来骗人的玩意！可是，现在，芷筠……"他吸了一口气："要我快乐，或是痛苦，都在你一念之间！"她挽紧了他的头，他躺下来，滚在她的身边。她不说话，好一会儿，她只是静悄悄地躺着。这"安静"使他惊奇，于是，他用胳膊支起身子去看她。这才发现，她眼睛睁着，而两行泪水正分别沿着眼角滚落。他慌了，用唇盖在她的眼皮上，他低语："不许这样！"她的胳膊环绕了过来，抱住他的脖子，她又是笑又是泪地说："傻瓜！你不知道过分的欢乐也会让人流泪吗？"

秋天的风轻轻地从树梢穿过，在松树间吹奏起一支柔美的歌，幽幽的，袅袅的，好一个秋！好一支秋天的歌！他们四目相对，不知所以地又笑了起来。

"姐！姐！"竹伟大步地奔跑了过来，"你们看我找到了什么！"芷筠坐起身子，对殷超凡说："假如他真找到了草莓，我就给这儿取个名字，叫它'如愿林'。"竹伟跑近了，两只手握满了两束不知名的植物，到了他们面前，他的手一松，落下一大堆的红叶！不是槭树的叶子，而是一种草本植物，有心形的叶片，红得像黄昏的晚霞，像一束燃烧的火焰！"我知道这是什么，"殷超凡说，"这种植物叫紫苏，长得好的话，会变成一大片！"

"是有一大片呀！"竹伟嚷。

殷超凡望着竹伟："喂，竹伟，你保管的食物袋呢？"

"啊呀！"竹伟拔腿就跑，"我丢在那堆红叶子里面了！"

芷筠从地上跳了起来。

"我们也去看看！"他们手拉着手，奔过了松林，奔过了草原，翻过了一个小小的山头，顿时间，他们呆了。在他们面前，呈现了一个奇异的山谷，里面遍生着"紫苏"，像是铺着一床嫣红的地毯，阳光灿烂地照射着，如火，如霞，如仙，如幻。芷筠摇着头，喃喃地说："我不相信，世界上不可能有这么美的地方！"

"瞧那紫苏，"殷超凡感动地说，"它红得像血。芷筠，如果我有一天负了你，我的血就要流得像这些紫苏一样多！"

芷筠浑身一震，立即转头望着殷超凡。

"你胡说些什么？"

"别迷信！"殷超凡郑重地说，"我不会负你，相信你也不会负我！我知道自己有点傻气，可是，我们对这些紫苏发誓吧，每年今天，我们要来这儿度过，以证明我们能够抓住每一个秋天！"

"今天是几号?"

"十月十三日。"

"十三是不吉利的。"

"对我们,它却是一个幸运号码!"

芷筠感动地看着他。"一言为定吗?"她问。

"一言为定!"他们手握着手,又相视而笑。竹伟已经把那食物袋找回来了,气喘吁吁地停在他们面前。

"姐,"他怯怯地说,"袋子找到了,可是……可是……我早就已经把它吃光了!"他提着那个空袋子。

芷筠睁大了眼睛,接着,就大笑了起来,殷超凡忍不住,也大笑了。已经吃光了的袋子,还跑回去找!两人越想越好笑,就一笑而不可止。竹伟看到他们都那么好笑,虽然不知道是为了什么,却也跟着傻呵呵地笑了起来。

黄昏的时候,他们疲倦地回到了台北。往常,都是竹伟闹饿,这次,却是殷超凡和芷筠闹饿了。殷超凡没问芷筠,就直接把车子开往自己常去的一家餐厅,在南京东路的一家川菜馆。三个人才坐下来,还来不及点菜,有个红色的影子在他们面前一晃,就有个人站在他们的桌子前面了。

芷筠惊愕地抬起头来,首先触进眼帘的,就是一件鲜红色的衬衫,那颜色才真像刚刚山谷中的紫苏呢!再抬眼,她接触到一对锐利的、明亮的、略带野性的、却相当漂亮的眼睛。殷超凡已经慌张地站起身来了,怎样也无法掩饰脸上的惊惶和狼狈,他讷讷地说:"书婷,我给你介绍,这是董小姐和她的弟弟!"他转眼对芷筠,"芷筠,这是范小姐。"

范书婷很快地扫了芷筠和竹伟一眼，女性的直觉使她立刻感觉到这位"董小姐"并不简单，她却相当大方地对芷筠点了点头，又转头对殷超凡笑嘻嘻地说："看到门口的红车子，就知道你在这儿，只是，没想到还有位漂亮小姐！有美女同车，你艳福不浅！"她伸手在他肩上敲了一下，"不请我一起吃饭吗？"

殷超凡是更加狼狈了，他对书婷的个性相当了解，这一坐下来，她不把芷筠祖宗八代和来龙去脉都弄个清楚，是不会罢休的。而芷筠对他还摸不清呢，怎受得了书婷那一套？他皱皱眉，求饶似的看着书婷："书婷，你一个人吗？"

"怎么会？"背后有个清清脆脆的声音响了起来，殷超凡吓了一大跳，回过头去，雅佩和范书豪正双双站在那儿。"看样子，超凡，你该大大地破费一下了！"雅佩说，眼角扫向了芷筠。看样子，这顿饭是不容易吃了！殷超凡想。下意识地挺了挺背脊，该来的一定会来！难道这是命运的安排，一切都要公开了？可是公开的后果又会怎样呢？他的心里慌慌乱乱的，怎样都无法平静，但是，理智告诉他，任何事欲掩则弥彰，非从容应付不可。他仓促地对芷筠说："我们换个大桌子吧！你应该见见，这是我的三姐雅佩和她的未婚夫范书豪！"

芷筠慌忙站了起来，她一半是惊愕、一半是怯意地看着雅佩。雅佩穿了件曳地的绿色长裙，虽然没戴任何首饰，却浑身都充斥着高贵与雍容的气质。她身边那位范小姐，更是从头到脚都带着咄咄逼人的富贵气，至于那位青年绅士范书豪，就更不用说了，他手里无意识地玩弄着一串钥匙——

汽车钥匙,那钥匙叮叮当当地响着,敲得她心慌而意乱。她看着面前这一群人:范书婷、范书豪、雅佩,包括殷超凡,他们都是同一个世界里的人。而她——她却是属于另一个世界的!

第七章

他们这一群人,在餐厅中是相当引人注目的,芷筠还没从她的慌乱中恢复,那餐厅老板已经赶了过来,熟悉地、老练地、鞠躬如也地对殷超凡他们说:

"殷先生、殷小姐、范先生、范小姐,最近怎么不大来了?"

"怎么不大来?"范书婷挑着眉毛,"这不是全来了?不只我们,还给你带了贵客来呢!你给我们好好招呼着!首先,这叫我们怎么坐?"

"二楼还有一个房间!"老板慌忙说,"二〇五!"

"好吧!"殷超凡说,"我们上楼吧!"

竹伟坐在那儿,一直没有吭声,只是不解地望着面前这些人,不明白为什么到了餐厅,还不吃东西?现在,看到大家又都纷纷离席,他就更加糊涂了,坐在那儿,他动也不动,只简单地说了一句:"姐,我不走,我还没吃呢!"

芷筠望着竹伟,心里像是忽然塞进了一团乱麻,简直理不出一个头绪来。她求助似的把眼光投向殷超凡,可是,殷超凡自己也正陷在一份狼狈和矛盾里,他一直担忧着这样仓促的见面会带来怎样的后果,犹豫着是不是该找个借口,先把芷筠姐弟送回家去,因此,他神色尴尬而态度模棱。芷筠无法从他那儿获得帮助,就只得掉头对竹伟命令地说了句:"起来!我们上楼去吃!"

"为什么要上楼呢?"

"你没看到,我们这儿坐不下吗?"芷筠焦灼而懊恼地低喝着,眉头就紧锁了起来。

范书婷兄妹和雅佩惊愕地望着这一切。范书婷立刻做了一个错误的"结论",她扬着娇嫩的嗓音,却带着几分尖刻和恼怒,冷笑着说:"三姐,何必呢?咱们干吗去挤别人啊?人家已经坐定了,还要人家挪位子吗?"芷筠惊慌失措地看着范书婷,一把拉起了竹伟,她讷讷地、含糊地、苦恼地、困难地解释着:"范……范小姐,你……你别误会……"

殷超凡一甩头,及时解救了芷筠:"书婷,别夹枪带棒的,你根本不了解他们!"

"我当然不了解啦!"范书婷笑嘻嘻地,望望芷筠又望望雅佩,开玩笑似的说,"可是,我们总是群不速之客,对不对?"

"得了!得了!"雅佩说,"大家上楼吧,我们堵在这儿,人家还做不做生意呀?"大家都往楼上走去。芷筠拉着竹伟,故意落在后面,对殷超凡悄悄地说:"我看,我带竹伟先回家去……"

"喂，怎么了？"雅佩走过来，不由分说地挽住芷筠，"董小姐，我们姐弟们开玩笑开惯了，你别被我们吓着。你要走的话，不是明明嫌我们，给我们下不来台吗？何况，既然是超凡的朋友，我们大家都该认识认识，是不是？"

这种情况下，走是走不掉了。芷筠悄眼看着殷超凡，她多么希望能从后者身上得到一点鼓励与支持！可是，殷超凡正陷在一份极度的慌乱之中，他越来越觉得这次的见面是百分之百的不妥当！如果只有雅佩，一切还容易解释，多了范家兄妹，就怎么都摆不平了。尤其，范书婷那种尖锐任性和骄傲自负的个性，她绝对不会轻易放过芷筠。这样一想，他脸上的表情就非常复杂，有迷惘，有犹豫，有不安，有尴尬，还有份说不出的勉强和无奈。这表情使芷筠心中一寒，几百种疑惧都在刹那间产生：他不愿她见到他的家人，他以她和竹伟为耻，他从没有向家里的人提过他们，他对她只是——

咳，她咬紧牙，不愿再去深入地思考了。可是，那个范书婷，穿着一件紧身的、大红的麻纱衬衫，下面是条雪白的长裤，两腿修长而腰肢纤细。她真漂亮！芷筠羡慕地想着，她有男孩子的洒脱，又有女孩子的魅力。她……她和殷超凡，仅仅只是姻亲的关系吗？不，不，芷筠知道，女人天生有某种敏锐的本能，她和殷超凡之间，必定有些什么！所以，她才能对殷超凡那样熟不拘礼，而又那样盛气凌人！

到了楼上，大家在一间单独的小房间里围桌而坐，人不多，桌子显得太大了。殷超凡故意坐在芷筠和范书婷的中间，竹伟靠着芷筠另一边坐着，再过去就是雅佩和范书豪。老板亲自走来招呼，殷超凡忧心忡忡，根本已无心于"吃"，只挥手叫他去配点菜，范书婷却仰着头说了句："赵老板，就拣我们平常爱吃的那些菜去配了来……哦，"她似乎突然想到什么，笑着转头对芷筠，"瞧我这份糊涂劲儿，我忘了问问，董小姐和董小弟爱吃什么？"她凝视着竹伟："叫你董小弟，你不会生气吧？你看来比我们小得多呢？"

竹伟天真地看着范书婷，憨憨地微笑着，根本没闹清楚范书婷在说些什么。他这"傻气"的笑却颇有"藏拙"的作用，范书婷看他面貌清秀，神态天真，就笑着再问了一句："你要吃什么？"

这句话竹伟是听懂了，他立即高兴地回答："红豆刨冰！"

殷超凡咳了一声，很快地，大声地对赵老板说："你去配了来吧，随便什么，我们的口味，你还有不知道的吗？"

"好的，好的。"赵老板鞠躬如也地退开了。

范书婷的脸色非常难看了，从没有碰到过这样的事！从没见过如此刁钻古怪、装模作样的姐弟，可以毫不顾忌地，当面给你一个钉子碰！他以为他是谁？他以为他姐姐已经高攀上殷家唯一的少爷了吗？她唇边挂起了一个冷笑，浑身都竖起了备战的旗号。范书豪看着他妹妹，他是比较深沉而老于世故的，他知道这个从小被骄纵的妹妹已经火了，就暗中拉了拉雅佩的衣服，示意她调解，一面对范书婷说："书婷，叫他们给你特别做一个芝麻糊吧，你最爱吃的……"

"胡闹！"范书婷说，"到四川馆来叫广东点心，哥哥，你脑筋不清楚吗？正经八百的，你还是去叫一客红豆刨冰来吧！反正现在的餐馆，东南西北口味都有，冷的热的甜的咸的一应俱全……"

"书婷！"雅佩微笑地说，"人家董小弟和你开玩笑呢！"她扯了书婷一下，"你真是的，人家年纪小，别让人难堪。"她望着竹伟："你在读中学吗，董小弟？"

"中——学？"竹伟愣愣地问，回过头来看芷筠，"姐，我要去读中学了吗？我可以进中学了吗？"

"哦，"雅佩勉强地笑着，"或者你已经读大学了，对不起，我实在看不出你有多大！"

"三姐！"殷超凡叫，微微地皱起了眉头，"我们谈点别的吧，你们别把目标对准了他！"

"当然，超凡，"雅佩忍着气说，"我可不知道咱们家的少爷，现在交的朋友都如此尊贵……"

"雅佩！"范书豪说，打断了她，"原是我们不好，"他赔笑地看着殷超凡："本来也是路过这儿，看到你的车子停在门口，书婷就说要来抓你，说你买了新车，该敲你一顿，别无他意！你可别介意啊……"

"如果介意，我们就走吧！"范书婷尖声说。

原来车子是他的！芷筠模糊地想着，还有多少事，他是瞒着她的呢？这问题很快从她心底掠过，她无暇顾及车子和其他问题，只是心慌意乱地想着，如何来解释竹伟所造成的误会！看样子，那位范书婷和那位三小姐都已经被触怒了，如果她再不开口，这误会会越搅越深。她心里有些气殷超凡，他怎么那么呆呢？难道他不会把雅佩叫到一边，悄悄告诉她吗……是了！他不愿意讲！和竹伟这种低能儿交朋友，是一件羞耻的事！是一件不可告人的事情！她吸了口气，眼睛里有一层淡淡的水汽在弥漫，你不愿意讲，我却难以隐瞒真相啊！

"殷小姐，"她面对着雅佩说，她原想叫一声"三姐"的，但是，体会到雅佩与她之间的距离，遥远得像有十万八千里，这声"三姐"是怎么也叫不出口了。"请你和范小姐都别误会，我弟弟……我弟弟……"她看了竹伟一眼，当着他面前，她一向避免用"低能儿""心智不健全"等字样的。"我弟弟并没有恶意，他一向都是这样子……他……"她说不下去了，只是用一对祈谅的、哀恳的、悲切的眸子，默默地望着雅佩。这眼光令雅佩恻然心动了。她惊愕地看着芷筠，再望向竹伟，这时，竹伟正茫然而困惑地注视着芷筠，听到芷筠一连串的"我弟弟……"他就不由自主地瑟缩了，再看到芷筠那悲哀的眼神，他就更加心怯了。他把身子往椅子里缩了缩，悄声问："姐，我做错事了？"

"啊呀！"范书婷失声叫了出来，"原来他是个白……白……白……""书婷！"范书豪及时叫住，硬把范书婷那个"痴"字给赶了回去。雅佩把眼光困惑地调向了殷超凡，这算是怎么回事？殷超凡结交的朋友是越来越古怪了。最近，他一天到晚忙，神龙见首不见尾，外面早风传他在大交"女朋友"，难道就是这个董芷筠？她询问地看着殷超凡。这时，殷超凡反而坦然了，好吧！他心中朦胧地想着，干脆，你们愿意怎么想就怎么想吧。俗语说的："是福不是祸，是祸躲不过！"反正大家已经面对面了。"三姐。"他说，紧盯着雅佩，眼光里充满了率直的、肯定的热情，这表情使雅佩吃惊了。他从殷超凡眼睛里读出了太多的东西：爱情！是的，他在恋爱，他眼里充满了爱情，但是，他不可能是"认真"的吧？"正好你今天碰上了，就认识一下芷筠吧！我正考虑着，什么时候带芷筠回家去见见……"不要！雅佩心里闪电般地想着。这是不能也不允许有的事！你昏了头了！男孩子都会忽然间昏头的，即使你有这个打算，也别在范家兄妹面前说出来！范书婷对你早就一往情深，绝不能凭空受这样的打击与侮辱！她慌忙开了口，把殷超凡说了一半的话硬给混掉："好呀，超凡，我是很喜欢交朋友的！董小姐，你在读书还是做事？"

"做事。"芷筠说，"我在一家进出口行上班，在嘉新大楼。"

"哦，"雅佩说得又快又急，"真能干，看你小小年纪，就已经做事了！"她的眼珠转动着，拼命想找一个打岔的话题，却越着急就越想不起来。不管谈点什么，先混过今晚去，再慢慢和超凡谈个清楚，交女朋友玩玩没关系，如果认了真，就要考虑得面面俱到。这个董小姐，谁知道她是什么背景？什么来历？但，她有个不太正常的弟弟倒是实在的。"你……你们今天到哪儿去了？"她问出一句最不妥当的话来。

芷筠看看殷超凡，怎么说呢？那地方没有名字。有云海，有秋歌，有紫苏，有松林，有梦想……却没有名字。紫苏，松林，"抓得住的秋天"，你抓得住吗？她问自己，你什么都抓不住！在紫苏面前的誓言，已经很遥远了，有一百年、两百年、几千几万年了！那时候，你认识一个殷超凡，你以心相许,而现在,这个殷超凡却是陌生的,陌生得像是你从未认识过,你甚至不知道他的家庭,他的环境,他的一切的一切!

"我们去了郊外。"殷超凡代替芷筠回答。

"郊外?"范书婷含笑地盯着殷超凡,"从什么时候开始的?你会对郊外感兴趣?我以为你只喜欢泡夜总会呢!对了,告诉你,"她不知是有意还是无意,把手轻压在殷超凡的肩头,一股亲热状:"上星期我去华国,他们告诉我,你带了个漂亮的小姐在那儿大跳贴面舞,那位小姐是不是就是这位董小姐呀?"殷超凡吓了一跳,上星期根本就没去过华国!他望着范书婷,在她眼底看出一丝不怀好意的恶作剧,他就狠狠地瞪了她一眼,一本正经地说:"少胡扯了,你明知道没这回事!"

"没这回事?"范书婷大惊小怪地说,"人家怎么说得清清楚楚呢?还说那小姐穿的是件很流行的露背装!哦哦……"她做出恍然大悟的神情:"我知道了!别板脸呵,超凡!我泄露了你的秘密是不是?董小姐,"她转头对着芷筠,"你可别找他麻烦,你和他做朋友,当然知道他的德行,他们殷家,风流成性是祖传的!三姐,"她又对雅佩伸伸舌头,"你例外!"

"书婷!"殷超凡喊。严厉地看着她,心里气得发抖,你顺着口胡说吧,人家芷筠对我的身世根本没弄清楚,万一她认了真呢?他正想发作,菜上来了。雅佩看到殷超凡的脸色发青,就赶快说:"快!大家趁热吃吧!"

一上来,就是四个热炒。放在竹伟面前的正好是一盘炒松仁。竹伟早就等得不耐烦了,坐在那儿,浑身乱动,好像椅子上有东西扎他一样。好不容易把菜等来了,他拿着筷子,就发起呆来了。炒松仁是他从来没吃过的菜,也从来不认得,他瞪大眼睛,愣愣地说:"姐,怎么瓜子也可以炒来当菜吃呢?"

范书婷正喝了一口可乐,听到这句话,她"噗"的一声,差点把整口可乐喷出来,她慌忙抓了一条餐巾堵住嘴,却呛得大咳特咳起来。她一面咳,一面忍无可忍地叫:"哎哟,我的妈!哎哟,我的老天!哎哟,我的上帝!怎么会有这种事情?"芷筠的脸色变得像纸一样白了,她乌黑的眼珠大大地睁着,一瞬也不瞬地望着范书婷,小小的脸庄重而严肃,薄薄的嘴唇紧紧地闭着,倔强、屈辱、愤怒、悲切都明显地燃烧在她眼睛里。范书婷起先还捧着肚子笑,接着,就在这严厉的注视下回过神来了。一接触到这对黑幽幽的眸子,她就不自禁打了个冷战,立刻,这眼光里那种尖锐的责备和倔强的高傲把她给打倒了!怎么,这女孩还骄傲得很呢!她自以为是什么?已经成了殷家的少奶奶了吗?凭她?这样一个小小的、寒酸的女孩?她竟然敢以这种轻蔑的眼光来注视她?以这种无言的责备来欺侮她?她被激怒了。挺起脊梁,依然笑嘻嘻地说:"别生气,董小姐,我知道你弟弟有病,可是,我想你心里有数,殷家的财势是众所周知的,只要你当得成台茂公司未来的女主人,殷超凡可以为你弟弟开一家精神病院!"

"书婷!"殷超凡大吼了一声。可是,晚了,芷筠把眼光调到了他脸上，那么森冷的、哀伤的、悲切的、愤怒的、责备的眼光，像一把尖锐而冰冷的利刃，一下子从他心脏中插了进去。他焦急地抓住她的手，感到那只手在无法抑制地战栗着，他的心就痉挛成了一团，冷汗顿时从他额上冒了出来。他心里有千言万语想要解释，却不知从何说起，只能痛楚地叫了一声："芷筠！"

芷筠把手从他手中抽出来。台茂公司的小老板！原来他竟然是全省闻名的豪富之家的独生子！他什么都瞒着她！什么都欺骗她！她只是他一时的消遣品！怪不得他对家中只字不提！她只是人家阔公子的临时玩物！而今，却居然被当众指责为钓金龟婿的投机者！她站起身子，一把拉起了竹伟，轻轻地、冷冷地、命令地对竹伟说："竹伟！我们走！"竹伟惶恐地站起身来，不解地看着芷筠，困惑地说："怎么了？姐？我们不吃炒瓜子了吗？"

殷超凡跟着跳了起来。

"芷筠，我跟你们一起走！"

"不敢当！"芷筠冰冷而愤怒地看了殷超凡一眼。回过头来，她把眼光停在雅佩的脸上。"殷小姐，我以我死去的父母发誓，我从不知道殷超凡是台茂公司的小老板，我也从没有羡慕过殷家的财势，现在，我才恍然大悟！你放心，我绝不会去高攀你们殷家！"

说完，她拉着竹伟就往外走去，走得又急又快。竹伟跟跄地跟在她后面，还在不住口地问："姐，你生气了吗？姐，不吃东西了吗？姐，我做错事了吗？"芷筠咬紧了牙关，死命忍住那汹涌的，在眼眶里泛滥的泪水。一手拖住了竹伟，她几乎是逃命般往楼下冲去，冲下了楼，冲出了餐厅，冲往了大街。

这儿，殷超凡望着范书婷，第一个冲动，他真想给她一个耳光。但是，他忍住了，苍白着脸，他额上的青筋在跳动着，眼睛里几乎冒出火来，憋着气，他从齿缝里，咬牙切齿地对范书婷一个字一个字地说："范小姐，你真卑鄙！真冷酷！真没有人性……"

"超凡！"范书豪叫，本能地挺身而出，要保护他的妹妹，"你这是什么意思？""什么意思吗？"殷超凡横眉竖目地对范书豪说，"殷家的财势是众所周知的，你当了殷家的姑爷，殷雅佩的陪嫁可以给你们范家造一座大坟墓！"

"超凡！"雅佩恼怒地大吼，"你疯了吗？你？"

"看样子，"范书婷气得浑身颤抖，泪珠在眼眶里打转，"疯病也会传染的！""是的，"殷超凡逼近了范书婷，涨红了脸大叫，"你最好离我远远的，免得我疯病发作，把你给勒死！"喊完，他抛下了手里的餐巾，就向楼下冲去。

到了大街上，芷筠和竹伟都早已不见人影。他跳上了自己的汽车，发动马达，就往饶河街飞快地驶去。一路上，又超速，又闯红灯，他完全顾不得了，所有的意识、思想和心灵里，都只有一个渴望，见到芷筠！解释这一切！是的，解释这一切，他必须尽快解释，因为，芷筠显然是误会已深，而心灵上已伤痕累累了！好不容易，车子到了芷筠的家门口，一眼看到窗内的灯光，他松了一口气，还好，她回来了！最起码,她没有负气在街上乱跑,那么,只要见到她,只要讲清楚,她一定能了解的!一切的隐瞒,一切的撒谎,只因为怕失去她!下了车,他站在她家门口,重重地、急迫地敲着房门。

门内,芷筠的声音清楚地传了出来:"殷超凡,请你走开,不要再来打扰我,我绝不会开门的!"

"芷筠!"他喊,"芷筠!你开门!你不要误会我,你听我把话讲清楚!""我不听!"芷筠的声音里带着哽咽,"你捉弄我还捉弄得不够吗?如果……如果你还有一点剩余的良心,就请你……饶了我吧!"听出她声音里的哽塞,他更急了,更慌了,更乱了,他重重地拍着门,大叫着说:"芷筠,你开门!你听我说!"

"我不听!不听!不听!"她也叫着。

"芷筠!"他把脸孔贴在门上,放软了声音,哀声求告着,"我求你开门,我从不求人什么。"

她不应。"芷筠!"他柔声叫。

她仍然不应。"芷筠!"他大吼了起来,"你再不开门,我就要破门而入了!我就不相信,你这一扇门阻挡得了我!"他用脚重重地踹门,又用拳头重重地捶门。

"豁啦"一声,门开了。芷筠满脸泪水地站在门口,睁着那满是水雾的眼睛,惊愕、悲痛、困扰而无助地望着他。

"你到底要怎样?"她喘着气问,"请你不要——欺人太甚!"听她用"欺人太甚"四个字,他觉得心都碎了。也觉得被曲解、被侮辱了。相识以来,他何曾"欺"过她?只为了范书婷的一场表演,她就否决一切了!他推开她,直闯了进来,把门用力关上。他直直地望着她。"你认为,我们之间就这样完了?"他问,声音里不由自主地带着火气。"就这样完了。"她简短地说,退后了一步。

"因为你发现我是台茂的小老板?"

"因为你自始待我没有诚意!"

"诚意?"他恼怒地大叫了起来,"就因为太有诚意,才处处用心,处处遮瞒!你动不动就说我们是两个世界里的人,我敢说我的身份吗?我敢告诉你我出身豪富吗?你如果有点思想,也不能因为我是殷家人而判我的罪!你讲不讲理?你有没有思想、感情……""不要吼!"她含泪叫,"我不管你的动机,我只知道你一直在欺骗我!即使你没有欺骗过我,经过今晚的事,我也不能和你继续交往了!殷少爷,你请吧!我渺小贫穷,无意于去和什么穿露背装的女士争宠……"

"露背装!"他大吼大叫,"原来你居然相信有个什么穿露背装的女人!上星期我几乎天天和你在一起,你说说看,我有什么时间去华国?那是范书婷捏造出来的,你怎么这么愚笨,去相信范书婷……""范书婷?"她瞅着他,含泪的眸子又清亮,又锐利,又冷漠,"难道你和范书婷之间,也什么事都没有过吗?你敢说没有吗?否则,她为何要捏造事实?"

他瞪着她,结舌了。和范书婷之间,虽没有什么了不起的"事",却也不能说完全"没事"!一时间,他说不出话来,只是睁大眼睛,紧紧地瞪着她。一看他这表情,芷筠心里已经有数。她废然地垂下头,忧伤、疲倦而心灰意冷。

"请你走吧，殷超凡！我不和你吵架，也不和你讲理，只请你高抬贵手，放我一条生路！你也目睹了你家人、朋友对我的态度，我和你在一起，能谈得上未来和前途吗？事实上，你也明知道没有未来和前途的，否则你不会隐瞒我！我了解，我懂的……"她的睫毛低低地垂着，声音冷淡而清晰，柔弱而固执，"我在嘉新上班，接触到的商业界大亨也不在少数，你们这些公子哥儿，追求片刻的刺激，逢场作戏……"她开始摇头，重重地摇头，长发在胸前飘荡："我们这场戏可以闭幕了。""芷筠？"他被触怒了，伤害了！他沉重地呼吸着，不信任地望着她，"我们今天才发过誓，而你仍然认为我在逢场作戏！""任何戏剧里都有誓言，相信发誓对你也不稀奇！""你……"他愤怒得声音都变了，用手指着她，脸色一阵青一阵白，只觉得胸口热血翻涌，头脑里万马奔腾，嘴中一句话都说不出来，半晌，他才咬着牙说："你混账！你没良心！"她战栗了一下。

"交往一场，换得这样两句评语，也不错！"她幽幽地说，声音冷得像冰山中的回音。走过去，她打开了大门。"再见，殷先生！""芷筠！"他叫，直喘着气。发现事态的严重，他竭力想抑制自己的火气。"不，不，不要这样，芷筠，我追来不是为了和你吵架……"他伸手握住她的手腕，"请你听我解释，芷筠……"她立刻挣开了他，让在一边，好像他手上有细菌似的。

"别碰我！"她低语，"我累了，请你回去！在你家，你或者是一个王，在我这儿，你却不是主人！请吧！殷先生！"

怒火重新在殷超凡胸口燃烧起来，而且，一发就不可止。从没有碰到过如此执拗的女人，如此骄傲、冷漠、不讲理！他又开始大吼大叫了："你到底是什么道理？即使我的姐姐和朋友得罪了你，我的过失在什么地方……"

"你是另一个世界中的人！"

"谁是你的世界里的人？"他大声问。

她抬眼看他。"霍立峰。"她清清楚楚地说。

"霍立峰！"他吸了口气，像是挨了狠狠的一棒，他睁大眼睛，冒火地瞪着她，似乎眼睛里都要喷出血来。"原来，这才是你要我离开的原因！为了那个小流氓！"他愤愤地一甩头，掉转身子，他像负伤的野兽般冲出了大门，"砰"然一声，把房门碰上。车子几乎立即就发动了，冲向了秋风瑟瑟的街头。

芷筠听到他的车子开远了，车声消失了。她的身子软软地溜了下来，她就像堆融化的雪人般瘫软在地上，倚着门坐着，弓着膝，她把头深深地埋在膝上。十月十三日！她模糊地想着，抓住这个秋天！抓住每年的秋天？她早就知道，连"明天"都没有了！十三是个不吉利的数字！

"姐，姐，"竹伟悄悄地溜了过来，蹲在她身边，怯怯地，关心地摇着她，"姐，你怎么了？姐，你哭了？殷大哥为什么要发脾气？是我做错了什么？"

芷筠抬起头来，面对着竹伟那对天真而关切的眸子和那张质朴憨厚的脸庞，她再也忍不住，一把把竹伟的头揽在怀里，她终于哭了起来，一面哭，一面喃喃地说着："竹伟，我们要找一个地方,找一个没有人的地方,我们什么事都不做,什么人都不见,我们——采草莓去!我们一定要找到这样一个地方!"

第八章

　　一夜没有睡觉,早上,芷筠去上班的时候,脸色是苍白而憔悴的,眼睛是疲倦而无神的,精神是委顿而恍惚的。坐在办公桌前,她像个失魂落魄的幽灵。

　　这一整夜,她通宵没有合眼,但是,她却很仔细、很冷静地思考过了。从第一次见到殷超凡开始,一直想到这场意外的"落幕"。他们的交往,像一场连一场的戏剧,却是个编坏了的戏剧。殷文渊的儿子!她怎会料到殷超凡竟是商业巨子殷文渊的儿子?如果她早知道,她根本不会允许这场戏有任何发展,殷家的企业之大,财力之厚,家世之好,是尽人皆知的!她董芷筠,除了有个傻弟弟之外,一无所有,她凭什么去高攀殷家?怪不得范书婷要把她当成个投机取巧、趋炎附势的女人!岂止范书婷,她相信任何人知道殷超凡的身世的话,都会有此想法。这世界原就如此现实,人心原就如此狭窄的啊!想过一千次,怀疑过一千次,追忆过一千次……到底殷超凡对她是真情还是假意？殷家的独生子！他当然见惯了名门闺秀，二十四岁！他的初恋绝不可能是她！现在回想起来，殷超凡在她面前一直讳莫如深，既不谈家庭，也不谈女友。如果他从开始就在玩弄她，他应该是个一流的演员，他竟使她相信他的爱情！竟使她为他疯狂，为他痴迷，为他喜悦和哀愁！

但是……但是……但是……如果他并非玩弄她，如果他确实爱上了她，如果他是真心的，如果那些誓言都发自肺腑……傻啊！董芷筠，她打断了自己的思想。你只是个愚笨的、无知的、爱做梦的傻女孩！他凭什么要爱上你呢？论色，你甚至赶不上那个范书婷！论才，你又何才之有？论家世，论门第，论出身……你没有一项拿得出手！爱上你？他为什么要爱上你？如果他真心爱上你，他会一切都隐瞒你吗？他会在餐厅中不知所措吗？他会见到自己的姐姐和朋友就坐立不安吗？如果他真心爱上你，你应该是他的骄傲，他的珍宝，不是吗？在爱情的国度里，何尝有尊卑贵贱之分？但是，他却那样"羞"于将你介绍出去啊！这样的态度，这样的感情，你居然还"迷信"是"爱"吗？董芷筠，别傻了，别做梦了！他只是玩腻了大家闺秀，而找上你这个蓬门碧玉来换换胃口而已！

可是，那小屋中的长吻，那松林中的誓言，那多少黄昏的漫步，那多少深夜的倾谈，那红叶下的互诉衷曲，那秋风中的海誓山盟……难道完全都是虚妄？完全都是谎言？人类，岂不是太可怕？从今以后，还有什么男人是值得信任的？什么感情是值得追求的？不！不！不愿相信这些是假的，不能相信这些是假的……那殷超凡，不该如此戏弄她啊！假若都是假的，他又何必再追到小屋中来解释，来祈谅，来求恕？不，她困扰地摇头，他或者、或者、或者是真的！你总该相信有那么一点点"或者"的可能啊！

但是……她陡地打了个冷战。即使是那个"或者"，即使他对她动了真情，他们殷家是她轻易走得进去的吗？那雍容华贵的三姐，那盛气凌人的范书婷，那个未来的姐夫……就这已经见过面的三个人，就没有一个对她有好感！傻呵，董芷筠！他们甚至仇视你，侮辱你，这样的家庭，你休想、休想、休想了！从此，殷超凡三个字要从你生命里彻底地抹杀，从你思想里完全地消失……你虽一无所有，至少，还可以保存一点仅有的骄傲，如果再执迷不悟，你就会掉入万劫不复的地狱，永无翻身的机会了！董芷筠，你毁灭了不足惜，可怜的竹伟却将何去何从？

这样一想，她心中就猛地一阵抽搐，神志似乎有片刻的清明。是了！一切都结束了，再也没有殷超凡，再也没有松林，再也没有秋歌，再也没有梦想和爱情了。她茫然地抬起头来，望着桌上的打字机……心里却一阵又一阵地绞痛起来，痛得她手心冰冷而额汗涔涔了。

"董芷筠！"方靖伦走了过来，他已经悄悄地注视她好半天了。这女孩怎么了？那苍白的脸庞如此凄惨，如此无助，那眼底的悲切和迷惘，似乎比海水还深，盈盈然地盛满在那眼眶里。"你不舒服吗？"芷筠一震，惊觉了过来，她慌忙坐正身子，望着打字机上待打的文件："哦，没有。我就打好了，方经理。"

她开始打字，只一忽儿，她就打错了。换了一张纸，她再重新打过，又错了。她换上第三张纸，当那纸再被打错的时候，她颓然地用手支住头，伏在桌上。方靖伦再也按捺不住，走近她，温和地望着她。

"怎么了？"他柔声问，"你有什么不如意的事吗？你碰到什么烦恼吗？"哦！她咬住嘴唇。别问啦！别问啦！别问啦！泪水在眼眶里翻涌，她"努力"地要去忍住它。方靖伦把她的椅子转过来，她被动地抬起头来了。他的眼光那样温存地、关切地、柔和地停驻在她的脸上，他的声音诚恳而低柔地、坦白地问着："是为了那个男孩子吗？那个常来接你的男孩子？他怎样了？他伤了你的心？"她仰望着他，透过那层盈盈水雾，方靖伦那温和儒雅的脸正慈祥无比地面对着她，像一个忠厚长者。她心里涌起一股翻腾的波潮，泪水再也无从控制，就疯狂般地沿颊奔流下来。张开嘴，她想说："我没什么！"可是，嘴才一张开，许许多多的委屈、悲愤、无奈……和那自从父亲去世以后，她所肩负的那副沉沉重担，都化为一声沉痛的哭泣，"哇"的一声就冲口而出。顿时间，各种痛苦，各种委屈，就像潮水般汹涌而至，一发而不可止。方靖伦慌忙把她的头揽在自己怀里，拍抚着她的背脊，不住口地说着："怎么了？怎么了？芷筠？"感到那小小的肩头，无法控制地耸动，那柔软的身子，不停地战栗，他就被那种深切的怜惜所折倒了。他低叹一声，挽紧了她。"哭吧！芷筠!"他柔声说,"哭吧!如果你心里有什么委屈,与其自己熬着,还不如痛痛快快地哭一场吧!"

芷筠是真的哭着,无法遏止地哭着,那泪泉像已开了闸的水坝,从灵魂深处不断地向外汹涌。她不知道自己哭了多久,直到一阵敲门声传来,她才惊觉地抬起头,赶快回转身子,但是,来不及了,门开了。进来的是会计李小姐,一见门里这副情况,她就僵在那儿了,不知是该进来,还是该出去。芷筠低俯着头,不敢仰视。方靖伦有几秒钟的尴尬,就立即回过神来,他若无其事地接过李小姐手中的卷宗,目送李小姐出了门,他把房门关上,而且锁住了。

芷筠抬起头来,脸上仍然泪痕狼藉。

"对不起。"她嗫嚅地说,"我……我……不知道怎么了,我……对不起。"

他取出一条干净的手帕,递给了她。"擦擦眼泪!"他神态温和,语气轻柔,"到这边沙发上来坐一坐,把情绪放松一下好吗?"

她接过手帕,无言地走到沙发边坐下。用那条大手帕拭净了脸上的泪痕,她开始害羞了,低着头,她把手帕铺在膝上,默默地折叠着,心里又难堪,又尴尬,又羞涩。方靖伦坐在她身边,燃起了一支烟,喷出了一口浓浓的烟雾。

"好一些了吗?"他问。

她点点头。

"要不要喝点咖啡什么的?我叫小妹上楼去叫。"他说。顶楼,是著名的"蓝天"咖啡厅。

她很快地抬起眼睛，看了他一眼。

"你怕流言不够多？"她低问，坦率地，"现在，外面整间办公厅里，一定都在谈论了。"

"又怎样呢？"他笑笑，凝视着她，"这是人的世界，作为一个人，不是被人谈论，就是谈论别人。"

她不自觉地微笑了一下。

"哦，总算看到你笑了。"他笑着说，"知道吗？整个早上，我一直面对着一张世界上最悲哀的脸。"他收住了笑容，把手盖在她的手上，郑重地说："我想，你并不愿意告诉我，到底发生了什么事，是不是？"

她哀求似的看了他一眼。

"好的，我也不问。"他吐了一个烟圈，眼光温和地停驻在她脸上。烟圈慢慢地在室内移动、扩大而消失。室内有好一阵的沉寂。蓦然间，电话铃响了起来，芷筠吓了一跳，正要去接，方靖伦安抚地按了按她的手，就自己走去接了电话，只"喂"了一声，他就转头望着芷筠。

"芷筠，你的电话！"她微微一愣，谁会打电话来呢？站起身子，她走过去，拿起了听筒。"喂？"她说。"芷筠？是你吗？"她的心怦然一跳，是殷超凡！立刻，她摔下了听筒，挂断了电话，她挂得那样急，好像听筒上有火烧了她一般。方靖伦深沉地，若有所思地望着她，默然不语。她呆站在那儿，瞪视着电话机，整个人都成为了化石。

铃声又响了起来，芷筠战栗了一下，就睁大了眼睛，直直地望着那电话机。方靖伦站在一边，只是大口大口地吐着

97

烟雾，静静地审视着她。终于，她伸出手去，再度拿起了听筒。"喂！芷筠？"殷超凡叫着，带着令人无法抗拒的迫切与焦灼，"你不要挂断电话，你听我说！我在你楼上，在蓝天！你上来，我们谈一谈，我非见你不可！喂喂，芷筠，你在听吗？""我不来！"她软弱地说，"我也不要见你！"

"你一定要见我！"他命令地，几乎是恼怒地说，"我等你半小时，如果你还不上来，我就到你办公厅来找你！芷筠，你逃不掉我，我非见你不可！我告诉你，芷筠，昨晚我糊涂了，我不对，你要听我解释……"

"我不听！我不听！"她慌乱地说，又要收线。

"芷筠！芷筠！"他大叫，"我等你，你一定要上来！否则我会闹到你办公厅里来，我不管好看还是不好看……"

她再度抛下了听筒，回过身子来，她面对着方靖伦，她的脸色白得像一张纸。眼睛睁得好大好大，那黑眼珠深黝而无助，嘴唇上连一点血色都没有。方靖伦迅速走过去，一把扶住了她，他说："你不许晕倒！芷筠！"

"我不会，我不。"她软弱地说，挣扎地靠在桌子上，求助地看着方靖伦，"帮我一个忙，请你！带我出去，请你带我出去！""到什么地方去？"方靖伦不解地。

"随便什么地方！只要离开嘉新大楼！"

方靖伦熄灭了烟蒂，很快拿起了自己的上装，又顺手把芷筠椅背上的毛衣拿了过来，披在芷筠肩上，他简短而明白地说："走吧！"开了门，穿过那许多职员的大办公厅，他们在众目睽睽下往外走，那些职员们都侧过身去，故意忙碌着，故意不加注意，而事实上，每个人的眼角都在扫着他们，到了门口，方靖伦回过头来，对接线小姐说："如果有人找董小姐，就告诉他董小姐已经回家了！"

那接线小姐张大眼睛，一个劲儿地点头。

走出嘉新大楼，到了停车场，芷筠上了方靖伦的汽车。车子开上了中山北路，驶向林森路。芷筠直挺挺地坐着，像个小木偶，始终一语不发。方靖伦看了看她，也不多说什么，径直把车子停在林森路的一家咖啡馆前面。

他们在一个幽暗的卡座上坐了下来，这家咖啡馆布置得极有欧洲情调，墙上有一盏盏像古画里的油灯，屋顶上是大根大根粗拙的原木，桌布是粉红格子的，上面也有盏有玻璃罩子的小油灯。芷筠软软地靠在沙发里，灯光下，她的脸色更白了，她把头倚在墙上，眼睛愣愣地望着桌上的灯光。方靖伦注视着她，微微地皱了皱眉。她病了，他想。她似乎随时都会倒下去。为她叫了一杯咖啡，自己叫了一杯酒，坐在那儿，他静静地看着她。她像个幽灵，像个毫无生气、毫无目的的幽灵。咖啡送来了，那浓烈的香味刺激了她，她勉强振作了一下，忽然端起杯子，大大咽了一口，然后，她喘了口气，似乎从另一个遥远的世界里回来了，她轻声地说了句："真对不起，方经理。"

"他是谁？"他单刀直入地问。

她惊悸地凝视他，眼中有痛楚与惶恐。沉默了片刻，她垂下睫毛，望着面前的杯子，再抬起眼睛来的时候，她眼里有层朦胧的雾气。"我可不可以吃一点东西？"她可怜兮兮地

99

问,"我想起来了,我今天没吃早饭,昨天也——没吃晚饭。"

他皱眉,立刻叫来了侍者,他盯着她。

"昨天的午饭总吃了吧?"

她睁大眼睛,昨天带了野餐,在那满是云、满是风、满是红叶的山上……竹伟把野餐全吃掉了。唉!那是几百个世纪之前的事了,怎会就是昨天?她迷惘地摇了摇头。

他叹了口气。怪不得她如此虚弱,如此苍白!他嫉妒那个使她这样失魂落魄的男孩子!

给她叫了一客咖喱鸡饭,又叫了许多点心。她吃了,却吃得很少很少,她显然是食不下咽。推开了盘子,她抬起眼睛来,坦白、真挚而感激地望着他。

"知道殷文渊吗?"她问。

他怔了怔。"台茂水泥公司的殷文渊?"他反问。

"是的。你刚刚问我那是谁,他就是殷文渊的独生子,他的名字叫殷超凡。"她费力地吐出那个名字,眼里的雾气更重了。她的眼光迷迷蒙蒙地停留在那盏小油灯上,沉默了。

"就这样吗?"他问,诧异地望着她。

"就这样。"她轻声说,"请帮我摆脱他。"

他握着酒杯,慢慢地啜了一口,仔细地审视着她的脸庞,她看起来孤独、怯弱而又有种难解的固执与高傲。

"你真的要摆脱他吗?"他问,"为什么?"

她用手支着头,注视着咖啡杯里的液体。

"我必须回答这个问题吗?"

"不。"他摇摇头,情不自禁地伸手握住她的手,他的眼光深沉地、紧迫地望着她的眼睛,她无法继续看咖啡杯了,她被动地、忧郁地迎视着他的目光。"你不必告诉我理由,"他说,"只是,你请我帮你做一件事,你知道结果会怎样吗?"他叹了口气:"一只兔子在逃一只狼的追逐,途中,它遇到了一只老虎,它说:'老虎!救我,帮我摆脱那只狼吧!'老虎欣然从命,它帮兔子赶走了狼……然后……"他再啜了一口酒,燃起一支烟,烟上的火光在跳跃着,他的声音低沉而略带悲凉,"有谁来帮兔子摆脱那只老虎呢?"

芷筠惊悸地望着他:"你是老虎吗?""我是的。"他坦白地说,"我不想欺骗你,也不想做一个伪君子。所以,芷筠,想想清楚!假如你不如此善良,如此纯洁,如此充满了高傲与动人的气质,我或者会对你玩一些手腕。可是,你真纯得让我无从遁形,所以,我只好坦白地说出来。芷筠——"他叹口气,困难地说,"或者,你更该摆脱的,不是他,而是我!"

"哦!"芷筠用手抱住头,苦恼地呻吟着,"不要!请你不要,我真的要病倒了。"他把酒杯送到她的唇边,命令地说:"喝一点!"她啜了一口,呛住了,接着,就咳了起来。然后,她又重新把头倚到墙上去了。她的声音软弱而无奈:"难道男女之间,没有友谊吗?"

"有的,只是,像火边放着冰块,要不然就是冰块溶解,要不然就是火被扑灭,要长久维持现状,是不可能的!"

她望着他:"或者,那只兔子应该走得远远的,既躲开狼,又躲开老虎!""是的!"他真挚地回答,"但是,那只老虎虽不好,却足以抵挡别的猛兽!"他重新捉住她的手:"想想看！芷筠，想想看！我的举例并不恰当，但，我不知怎么说好，你美好得像朵小花，应该有个暖房把你移植进去，如果我比现在年轻十岁，如果我没有家累，我会是一个很好的暖房，而现在，我觉得我在要求你做件荒谬的事，我觉得自己很卑鄙！但，我又不愿放过你……"她深深地、深深地凝视着他，眼里竟涌起一股奇异的、悲哀的同情。"哦，方经理，你比我还矛盾！"她说，"你既希望捉住我，又希望我逃开你！"她轻轻地摇头，站起身子："我要走了，给我一天假，让我想一想！"

他眼睛发亮地望着她。

"你真愿意考虑？你甚至不问我给你的是什么？"

"我知道你能给的是什么。"她说，"你是个好人，方经理，你真该对我用一点手腕的，那会容易得多。尤其在现在的情况下！"她叹气，往门口走去。

他跳起来："我送你回家。"

"我不回家。"

"你要到什么地方去？"

"我要走一走，你让我一个人走一走，我现在心烦意乱，我必须想想清楚，你不要管我！你让我去吧！"

他一把抓住她，把她握得紧紧的。

"我不会让你单独去'走一走'，你软弱得风都可以吹得倒，我送你回家去！"她不坚持，事实上，她已无力于坚持，正像方靖伦说的，她软弱得风都可以吹倒。在严重的头晕目眩中，她一任方靖伦把她揽进车子。靠在椅垫上，她用手支着额,开始觉得真正不舒服起来,我不能生病,她模糊地想,我连生病的条件都没有!她告诉了方靖伦地址,努力让自己振作起来。当车子到家门口,她觉得自己已经没事了。方靖伦停了车,把她搀下了车子。有个人影坐在大门口。

"竹伟!"她叫。那人跳了起来,不是竹伟,是满面怒容的殷超凡!他的脸色比她的好不了多少,憔悴、苍白,满满的胡子,衣衫不整,头发凌乱,眼睛里布满了红丝。他站在那儿,像个备战的公鸡,竖着浑身的羽毛,他的眼睛冒火地盯着她,咬牙切齿地说:"芷筠!你好狠!你到底是什么意思?你凭什么躲开我?如果我……""哦!"她轻笑着,半歪在方靖伦身上,她对方靖伦悄声说,"老虎送兔子回家,狼却守在门口!哈!"她笑了起来。

殷超凡的脸色更白了,他惊愕,不解而愤怒地紧盯着他们。芷筠站直了身子,挽住方靖伦的胳膊,对殷超凡笑嘻嘻地说:"殷先生,你该认识认识方经理,他是我的老板,一年多以来,我是他的私人秘书。如果你到我们公司去打听一下,你可以听到各种关于我们之间的传闻!你知道,像我这样的女孩,是标准的投机者,我脚底下,并不是只踏着你这一条船!"

殷超凡睁大了眼睛,不信任似的看着这一切,方靖伦沉默着。殷超凡瞪着他,那深邃的眼睛,沉着的表情,他儒雅而从容不迫,他是漂亮的,成熟的,莫测高深的!殷超凡昏乱了,糊涂了,狂怒了,他大叫着:"芷筠!你算是什么样的女人?既有霍立峰,又有这个什么鬼经理!好,"他咬得牙齿发响,"我认了！我到底是个男子汉！还不至于可怜到向你祈求施舍的地步！"掉转头,他冲走了,踉跄地冲走了。这儿,方靖伦望着芷筠。

"知道吗？"他沉吟地说,"我不喜欢我扮演的角色！"

"对不起,"她喃喃地说,扶着门框,"我抱歉！可是,在我晕倒之前,请你送我进房间里去……"她的话没有说完,就整个瘫软了下去,什么事都不知道了。

第九章

殷超凡仰躺在床上，双眼瞪着天花板，他一动也不动。他已经不知道这样躺了多久，室内的光线早已从明亮转为昏暗，那么，又是一天过去了，那么，他也可能躺了好几天、好几月，或者好几年了。反正，时间也失去了意义！岂止时间，生命、事业、感情……到底还有什么对他是重要的？自从那晚在小屋门口见到芷筠和方靖伦……不，更早更早，自从在餐厅里，芷筠一怒而去开始，就什么都结束了。什么都结束了！他的狂欢，他的喜悦，他内心那股强烈而酸楚的甜蜜，都在一刹那间成了灰烬！但是，这一切是为了什么？为了他是殷文渊的儿了？他的神志麻木，他的思想飘忽，事实上，他只是消极地、被动躺在那儿，根本没有去整理自己的思想，他所有的意识都是紊乱的，他觉得自己在恨世界上每一个人，父亲、母亲、雅佩、范书婷、范书豪、他自己，以及——芷筠！或者，他最恨的是芷筠，明知道她是他所有狂欢与幸福的源泉,她却可以狠心地抹杀了他!而且,竟不惜以霍立峰和方靖伦来屈辱他!女人,女人是什么,女人全是魔鬼!他恨她!他听到自己心中在疯狂地、喧闹地呐喊着。可是,在这一片喧嚷的"恨"字之中,却有股无法抗拒的力量,在那儿绞扭着他的心脏,绞得他痛楚而昏迷。于是,他用手抱紧了头,把身子蜷缩在床上,他听到自己的声音,在那儿挣扎地、呻吟地低唤着:"芷筠,何苦?芷筠,何苦?"

有人敲门,殷太太的声音从门外传了进来:

"超凡!你到底是怎么了?你要把自己关多久才满意?快出来吃晚饭,你爸爸为了你,今天连经济部请客都没去!超凡,"殷太太柔声地、祈求地叫着,"你和你三姐吵架,也别吵得这样严重呀!一家人从小和和气气的,怎么现在反而斗鸡似的斗上了呢!超凡,到底是为了什么呀?雅佩说为了一个女孩子,咱们谁也没有反对你交女朋友呀!你不喜欢范书婷,就不要范书婷好了,没人勉强你呀!超凡!喂,超凡!"母亲敲着门:"你一直让妈这样在门口求你,你难道不会于心不忍吗?""别理我!"殷超凡哑声低吼,"你们让我一个人待着好不好?谁都不要管我!""唉!"母亲叹着气,"我如果能够不管你就好了!谁要我生儿育女来活受罪!"听出母亲那份忧伤和自怨自艾,他再也忍不住了,跳下床来,跑去打开了房门。

"妈,我只是要一个人安静一下,我不想吃东西,也不想下楼,你们去吃你们的……"

"哦!超凡!"殷太太瞪视着殷超凡,惊愕地叫着,立即就又心痛、又怜惜地用手去抚摸殷超凡的下巴,"就这么几天,怎么就瘦成这样子?你瞧瞧,瞧瞧!这是怎么回事呀?问雅佩,她也不肯说!你们到底为什么事闹成这样子?你们都不说,我打电话问书婷去!"

"不要问书婷了!"楼梯口,雅佩伸着头说,"她已经快要气死了!""那我问书豪!""书豪吗?"雅佩扬了扬眉毛,"他的气就更大了,也在那儿发疯呢!还是少问为妙!""这……这……"殷太太茫然失措地,"你们是在集体大吵架吗?"殷超凡阴郁地站在房门口,一句话也不说。雅佩抬眼望着他,被他那份憔悴、狼狈和失魂落魄的样子震慑住了。自从那天在餐厅里闹得不愉快以后,一连几天,她都避免和殷超凡碰面,主要的,还不在于和殷超凡怄气,而是要忙着安抚那颇被伤害的范书豪兄妹。在她心中,多少有些认为殷超凡的生气是因为丢面子,本来,书婷那天的表现就太过火了,难怪超凡生气!但,她不认为超凡会气多久,也不认为超凡会对那个董芷筠有什么如痴如狂的感情!自幼,超凡就是在女孩子堆中长大的,十六岁就追过一个二十岁的女孩子,三天后忘了,又和别的女孩玩在一起了,若干年来,也交了不少女友,没一个能维持到三个月以上,他总说"没味道"。雅佩也不知道怎样的女孩才"有味道",但是,这个弟弟不会为女孩发狂动心,却是她能肯定的。所以,虽然她见过了芷筠,虽然看到超凡发火,她回家都不肯对父母多说什么,何必让他们操心呢?这事总会过去的!

可是,殷超凡这两天是越来越不对劲了,他要不然就满街乱跑，也不去公司上班，要不然就把自己锁在房间里，既不吃饭也不下楼。这样子并不是单纯的"生气"，他简直像是"失恋"了！失恋？怎么可能呢？如果他真喜欢董芷筠，也绝不可能到不了手！只要不认真，不谈婚嫁，她倒不反对弟弟和女孩"玩"。连父亲，她知道，在外面也有好几个小香巢呢！这根本是公开的秘密，母亲也装糊涂不闻不问，只要父亲维持婚姻的尊严，大家也就融融洽洽地过日子，从没出过丝毫问题。到底殷超凡是怎么了？何以会弄得如此憔悴，如此消沉？雅佩不安了，姐姐到底是姐姐，她和超凡只差一岁，从小感情最好，别为了一点小事弄得姐弟真翻了脸。她想着，就从楼梯口走了过来，推开殷太太，她说："妈，你别着急，叫周妈送点吃的到屋里来，你们吃饭去，我和超凡谈一谈！""对了！对了！"殷太太慌忙说，"你们姐弟闹了别扭，你们自己去讲和。雅佩，你当姐姐的，凡事都让着他一点，啊？"

"妈！你放心！"雅佩失笑地说，"让了他二十四年了，还会和他认真吗？""是啊，"殷太太说，"还是雅佩懂事！到底是姐姐嘛！"

雅佩摇摇头，把殷超凡推进了房间，她关上房门，对屋里看了看，连灯都没开！床上的被褥堆了个乱七八糟，中午周妈送进来的鸡汤馄饨还原封不动地放在桌上。倒是咖啡壶还冒着热气，大约这两天就靠喝咖啡过日子！这人发疯了！她想，伸手开了桌上的台灯。

殷超凡把自己重重地掷在床上，头枕在手上，他又直勾勾地瞪大眼睛，望着天花板发愣。雅佩皱皱眉，拖了一张沙发，她坐在床边，注视着他说："好吧，超凡，你说说看，你到底要气多久？""一辈子！"他冷冷地。"和我吗？"雅佩惊愕地问，唇边带着笑意，"我可没有安心要得罪你呵！"他闷声不响。"超凡，"她耐心而好脾气地说，"你要讲理呀！那天在餐厅，书婷的表现虽然不好，可是，女孩子嘛，心胸总狭窄一些，她一直以为你对她不错，忽然间撞到你带别的女孩子吃饭，当然，醋劲全来了……""我才不管范书婷的事！"他烦躁地打断她。"哦？"她深深地望着他，"那么，你所关心的，就是那位董小姐了？"他咬紧牙关，脸上的肌肉扭曲着。雅佩有些吃惊了，有些慌乱了，在餐厅里就有过的那种紧张的情绪又抓住了她，她愕然地说："超凡，你是真的爱上她了？"

殷超凡迅速地掉转头来面对着她，他的脸色发青，眼睛发红，神色阴郁而激动，像狂风暴雨之前的天空。他低低地、哑声地、悲愤地吼着："是的，我爱上了她！爱上了她！发疯一样地爱上了她！但是，你们已经把什么都破坏了！破坏得干干净净了！你们满意了吧？她再也不会理我了，再也不会和我做朋友了！"雅佩的眼睛睁得大大的，一瞬也不瞬地看着殷超凡。

"她对你如此重要吗？"

"三姐！"他叫着，"范书豪对你重要吗？"

雅佩从沙发里跳了起来，绕着房间，她不停地踱着步子，心里慌慌乱乱的。她努力回忆着芷筠的容貌，小巧、玲珑、白皙、雅洁。有对善于说话的眼睛和一张小小的嘴！是的，不可否认，那女孩确有值得动心之处！可是，她有一个白痴弟弟……好吧,这些都不管,在"爱情至上"的前提下,她有个白痴弟弟又怎样?即使她自己是个白痴,超凡也有权利爱她呀!她停在殷超凡的床前面,困惑地望着他。"她也爱你吗?"她问。

"本来是的!"

"什么叫'本来是的'?"

"在你们没有出现以前,什么都好好的!我们也发过誓,赌过咒,也计划过未来!可是,经过你们那一番精彩的表演,什么都变了,她的男朋友也出来了,左一个,右一个,我甚至不知道她有多少个男朋友!"

雅佩凝视着殷超凡,她脑海里迅速地浮起芷筠那张被侮辱的、悲切的脸孔和那冷冰冰的、坚定的、愤怒的声浪:"殷小姐,我以我死去的父母发誓,我从不知道殷超凡是台茂公司的小老板,我也从没有羡慕过殷家的财势!现在,我才恍然大悟!你放心,我绝不会去高攀你们殷家!"

雅佩呆呆地站着,呆呆地回想着,她或者不了解芷筠,但她了解什么叫自尊,什么叫伤害,什么叫侮辱!她也了解女性那种自卫的本能!"她被伤害了!"她喃喃地说,"我们那一大群,造成了一种盛气凌人的气氛,书婷口不择言,等于在指责她贪图殷家财势而来勾引!如果她真爱你,她绝受不了这个,唯一能自卫的办法就是断绝和你来往,并且马上制造出几个男朋友来,表示你并不是她唯一的对象,这不是变心!这是因为她真正地爱上了你!她忍受不下这口气!但是,如果她现在立刻投入别的男人的怀抱里,我是绝不会惊奇的。换了我,也可能这样做!因为,她已经心碎了。我们大家把她的心伤透了!"殷超凡从床上坐了起来,他注视着雅佩,深深地、定定地、眼珠转也不转地望着雅佩。然后,他就忽然间直跳了起来,从床上抓起一件夹克,他一面穿着,一面就忘形地把雅佩紧拥了一下,嚷着说:"谢谢你!三姐!你一直是个有深度、有思想、有观察力的好女孩……"话还没说完,他已经打开房门,往外直冲了出去。正好周妈捧着个托盘走进来,两人差点撞了个满怀。周妈直着脖子叫:"怎么了?少爷?东西还没吃,又要到哪里去?"

殷超凡一眼看到托盘里有一盘炸猪排,伸手就抓了一块,一面吃着,一面三步并作两步地往楼下冲,周妈哇啦哇啦地叫着:"这是怎么的?少爷?越过越小了!"

殷超凡跑进客厅,对父母仓促地抛下了一句话:"我有点重要事,马上要出去!"

他跑了。殷太太望着他的背影发怔,无论如何,他已经不是那样愁眉不展、怒容满面了。他的神态是兴奋的,他的脚步是轻快的,到底是孩子!她抬头看看,不见雅佩下来,她就走上楼去,到了殷超凡的门口,她看到雅佩正坐在沙发里,对着桌上的托盘发呆。她扶着门,笑嘻嘻地叫了一声:"雅佩!"

雅佩抬起头来,望着母亲。

"还是你有办法,这孩子把自己关了三天了,又不吃、又不喝、又不睡,快要把我急死了。这下好了,你几分钟就把他治好了!还是你们年轻人了解年轻人!"

雅佩愣愣地看着殷太太。"妈妈,"她慢吞吞地说,"只怕问题并没解决,反而刚刚开始呢!"

"怎么说呢?"殷太太不解地皱起眉头。

"走着瞧吧!"雅佩低叹了一声,"是问题,还不是问题,也都在你们的一念之间!"

殷太太是更迷糊了,怎么回事?现在儿女们说的话都像打哑谜一样,如此让人费解呢?

这儿,殷超凡开着车子,很快冲到大街上去了。当车子一驶到马路上,迎面,从视窗扑进来的秋风就使他精神一爽。那凉凉的、浓浓的秋意包围着他,而且,下雨了,那丝丝细雨给他带来一种近乎酸楚的激情。呵,芷筠!他心里低低呼唤着,如果你受了一丝丝的、一点点的委屈,都是我的过失!呵!芷筠,我是一个怎样的混球啊!我原该对你一切坦白,让你远离所有的伤害!呵,芷筠!芷筠!芷筠!

他的车子已开上了往饶河街的路上,可是,忽然间,一个念头从他心底飞快地闪过,看看手表,才七点多钟!他改变了目标,掉过车头,往反方向疾驰而去。

芷筠在床上躺了几天,其实,她并没有什么大病,只是吃得太少,再加上睡眠不足。这几天,她没有去上班,方靖伦固执地要她在家里休息。也好,她躺在家中,有了太多的时间来思考。霍立峰知道她病了,每天都好意地来带竹伟出去,方靖伦则又送花,又送食物。于是,她想,她可以嫁给霍立峰,跟着他去过那种"喝一点酒,小心地偷,好好说谎,大胆争斗"的日子。也可以跟方靖伦,让他金屋藏娇,最起码可以一辈子不愁衣食。她累了，她太累了，她真想休息！可是……可是……可是，唉！唉唉！她叹着气，把自己的头深埋在枕头里，无论她跟了这两人中的哪一个，她知道，自己的命运都只有一项：她会死去！她会在感情的饥渴中憔悴至死！因为——在她心底一天比一天加深的痛楚和疯狂的想念中，她觉得，自己已经快死了！尽管身体上并无病痛，但是，精神上，她已经快死了！

这晚，她仍然躺在床上，怏怏地、无精打采地、昏昏沉沉地躺着。白天，方靖伦来看过她，他曾建议帮他们姐弟搬一个家。她拒绝了，这栋屋子虽狭小简陋，却是父亲留下的唯一财产，她不想搬，在她做决定之前，她不想搬！方靖伦望着她，深思地说了一句："可能，这小屋里有你太多的回忆吧！"

回忆？是的，怎么没有？在这小屋里，她曾第一次为他包扎伤口，她曾第一次听他诉说爱情，也是在这小屋里，她曾第一次为他献上过她的初吻……他！他！他！为什么自己脑子里只有他，她重重地甩头，却甩不掉他的影子！他像个魔鬼般跟着她啊！她叹气了，于是，方靖伦也叹气了。现在，夜色已深。窗外在下雨了，她听到那滴滴答答的雨声从屋檐上坠落下来。风在窗棂上轻敲着，雨滴疏一阵、密一阵地扑着窗子，发出簌簌瑟瑟的秋声。雨，为什么人在悲哀的时候，那雨声就特别撩人愁思呵！她怏怏地躺着，床头前有一盏小灯，在那幽暗的、一灯如豆的光线下，她望着玻璃上雨珠的滑落。夜色里，那窗玻璃上的雨珠，闪烁着亮晶晶的光芒。

一时间,她把所有念过的,前人有关"雨"的词句都想了起来:"枕前泪共阶前雨,隔个窗儿滴到明!""窗外芭蕉窗里灯,此时无限情。""无聊最是傍晚雨,遮莫深更,听尽秋灯,搀入芭蕉点滴声!""梧桐树,三更雨,不道离情正苦,一叶叶,一声声,空阶滴到明!"最后,她的思想停在一阕词上:"愁云淡淡雨萧萧,暮暮复朝朝!别来应是,眉峰翠减,腕玉香销。小轩独坐相思处,情绪好无聊,一丛萱草,数竿修竹,几叶芭蕉!"好一个"眉峰翠减,腕玉香销"!她想着,低叹着,一时间,情思恍惚,愁肠百转。

竹伟悄悄地把头伸了进来,这几天,他也知道姐姐病了,因而,他显得特别乖,特别安静,特别小心翼翼的。但是,他那股不知如何是好的样子却是令人心痛的。芷筠叹了口气,说:"竹伟,你该睡了。""好的,姐。""那么,去睡吧!把大门关好。"

"是的,姐。"竹伟退开了,芷筠又神思恍惚起来,听着雨声、风声、秋虫唧唧声和那偶尔驶过的街车声。有一辆车子掠过,车灯的光线从玻璃窗上映过去,唉!窗外芭蕉窗里人,分明叶上心头滴!她闭上眼睛,倦意缓缓地爬上眉梢,她有点儿睡意蒙眬了。恍惚中,她听到有人在外屋里和竹伟说话,怎么竹伟还不睡呢?大约又是霍立峰,竹伟忘了关大门吗?她无力于过问,也无心于过问。可是,当她听到自己卧室的门响了一声时,惊跳了一下,模糊地问了句:"谁?竹伟吗?"

一个高大的人影一下子闪到了她的床前,她来不及看清楚，她的眼睛就被一只凉凉的大手遮住了，那人在床前跪了下来，她感觉得到那热热的呼吸，带着那么熟悉的、亲切的、压迫的热力对她迎面吹过来。她的心跳了，气喘了，浑身紧张而神志昏乱。她听到那想过一百次，梦过一千次，恨过一万次，而忆过一亿次的声音，在她耳边低低地、柔柔地、清清楚楚地响着："别看我，芷筠，也别说话，你听我先说。我知道我错了，大错特错了，我又愚笨又糊涂，可是我爱你爱得发疯发狂，一个如此爱你的男人，却让你受尽侮辱与伤害，这男人是个混球！是个白痴！他连竹伟都不如！古人负荆请罪，我不知道怎样才能向你请罪。但是，请罪并不重要，告诉你一句心里的话才最重要。台茂公司对我不算什么，在这个世界上，我唯一渴求的，只有你！现在，芷筠，原谅我好吗？你看，我把秋天带到你面前来了！"

她闻到一股淡淡的，青草似的气息，这气息混合着雨、混合着一种难解的、泥土的清凉，充斥在空间里。那只手从她眼睛上移开了，她眨动着睫毛，睁大了眼睛，触目所及的，竟是一株红艳艳的紫苏！种在一个白色的花盆里。那心形的大叶片上缀满了雨珠，每粒雨珠，都在床头的灯光下闪耀着璀璨的光华。她惊愕了，困惑了，抬起眼睛来，她接触到他那对热烈的、闪烁的、渴望的眸子。

"你瞧，我们抓得住秋天的，是吗？我把秋天抓来了！"他说。"我……我……"她嗫嚅着，那样软弱，那样飘忽，她的心像驾着云雾的小船，荡漾在一片充满柔情的天空里，"我不知道，也有花圃种这种紫苏。"

"是吗?"他问,深深地望着她,"我也不知道。我带了家里的花盆,到我们那座'如愿林'里去挖来的!"

她的眼睛大大地睁着,眉端轻轻地蹙了起来,于是,她发现了,他淋了雨,他的头发湿淋淋地挂在额前,一件牛仔布的夹克已完全湿透。她伸出手去,轻触着他的面颊,他没刮胡子,下巴上,胡子楂儿零乱得像一堆杂草,头上,是另一堆杂草。他的样子又憔悴、又狼狈。但是,那对眼睛却如此深情地闪着光芒。"你去了那座松林?在这样下着雨的晚上?"她幽幽地问,"你——是个傻瓜。""你要这个傻瓜吗?"他问,"我发誓,这傻瓜以后在你面前绝不说谎,绝不掩饰任何事情,如果前面是坦途,我们一起去走,如果前面有荆棘,我们一起去砍!只请求你,别再让任何误会把我们分开!"

她凝视着他,心里所有的愤怒、委屈、不满、悲痛都在这一瞬间瓦解冰消。她闭上了眼睛,感觉到一种近乎痛楚的柔情把她紧紧地包围住了。于是,她被拥进了一个宽大的怀抱里,他那湿淋淋的衣服紧贴着她的身子,他的唇灼热地、焦渴地、强烈地捉住了她的。

好一会儿,他们静静地拥抱着,谁也不说话。然后,他的唇滑向她的耳边。"答应我一件事。"他低语,声音里充满了痛楚与怜惜。

"什么?"

"不许再生病,不许再瘦了!"

她在他怀中轻颤!"也答应我一件事!"她说。

"什么?"

"不许再淋雨,不许再做傻事了!"

他吻她的发鬓,吻她面颊上的小窝,吻她那小小的耳垂。他们共同听窗外的雨声,那雨淅淅沥沥,叮叮咚咚,纷纷乱乱,像是有人在乱弹着吉他。怎么?雨声也会如此好听?今夜,大弦小弦的音乐,都已经有了!

好一支美丽的秋歌!

第十章

早上，芷筠去上班。

一走进办公厅，所有的职员都用一种特殊的眼光望着她，接着，就纷纷过来打招呼，向她问好，观察她的气色，表现出一份少有的亲切和关怀。芷筠是敏感的，她立刻体会出大家那种不寻常的讨好，他们不是要讨好她，他们是要讨好方靖伦！她心里微微有些不安和别扭。但是，在这个早上，在这秋雨初晴的、秋天的早上，她的情绪实在太好，她的心还遨游在白云顶上，她的意识正随着那轻柔的秋风飘荡，这样的心情下，没有别扭能够驻足，她微笑着，她无法自已地微笑着，把那份难以抑制的喜悦悄然地抖搂在办公厅里，让所有的职员都感受到她的欢愉。于是，同事们彼此传递着眼神，发出自以为是的、会心的微笑。

走进经理室，方靖伦还没有来。她整理着自己的桌子，收拾着几天前留下来未做完的工作。不自禁地，她一面整理，一面轻轻地哼着歌曲。正收拾到一半,门开了。方靖伦走了进来,带着一抹讶异和惊喜,方靖伦看着她。

"怎么?身体全好了?为什么不多休息两天,要急急来上班呢?"芷筠微笑地站在那儿,长发上绑着一根水红色的缎带,穿了件白色的敞领毛衣和粉红色的长裤,脖子上系了一条粉红色的小丝巾。她看来娇嫩、雅丽而清爽。她是瘦了很多,但那消瘦的面庞上,却是浅笑盈盈的,以致面颊上的小窝儿在那忽隐忽现地浮漾。她的眼睛温柔迷蒙,绽放着醉人的光彩。那小巧的嘴角,微微地抿着,微微地向上弯,像一张小巧的弓。一看她这副模样,方靖伦就按捺不住他的心跳,可是,在心跳之余,他心里已经隐隐地感到,她那满脸梦似的光彩与她那满眼盈盈的幸福,绝不是他给予的!他曾问她要一个答案,现在,她带了答案来了!不用她开口,他也敏锐地体会到,她带了答案来了!

"你的精神很好啊!"他说,审视着她,"是不是……暴风雨已经过去了,天气晴了?"

她低低叹息,笑容却更醉人了。

"你能体会的,是不是?"她轻声说,凝视着他,"你也能谅解的,是不是?我……我很抱歉,我必须告诉你……我已经做了决定……""我知道了,"他说,感到心脏沉进了一个深而冷的深井里,而且在那儿继续地下坠,"你的脸色已经告诉我了,所以,不用多说什么。"她祈求地看着他:"原谅我,"她低语,"我完全无法控制,他使我……咳!"她轻咳着,"怎么说呢?他能把我放进地狱,也能把我放进天堂!我完全不能自已！无论是地狱还是天堂，我决定了，我都要跟着他去闯！"他无法把自己的眼光从她那做梦似的脸庞上移开。她无法自已，他又何尝能够自已！他嫉妒那个男孩子，他羡慕那个男孩子！殷超凡，他何幸拥有这个稀有的瑰宝！他深吸了口气，燃起了一支烟，他喷着烟雾，一时间，竟觉得那层失望在心底扩大，扩大得像一把大伞，把自己整个都笼罩了进去。他无法说话，只让那烟雾不断地弥漫在他与她之间。

"你生气了？"她脸上的笑容消失了。

"不。"他说，"有什么资格生气呢？"

"你这样说，就是生气了！"她轻叹着，用手抚弄着打字机，悄声而温柔地低语，"请你不要生气！我敬佩你，崇拜你，让我们做好朋友吧，好吗？"

好吗？你能拒绝这温柔的、低声下气的声音吗？你能抗拒这雅丽的、温馨的、超然脱俗的脸孔吗？而且，即使不好，你又能怎样呢？他重重地叹气了。

"我该对你用一点手腕的，芷筠。"他说，"可是，我想，现在，我只能祝你幸福！"

她的脸庞立刻焕发出了光彩，她的眼睛明亮而生动，那长长的睫毛扬起了，那乌黑的眼珠充满喜悦地面对着他。她说："谢谢你，方经理。我知道你有足够的雅量来接受这件事，我也知道你是有思想、有深度、有灵性的男人，你会了解的，你会体谅的。"他的脸红了，吐出一口浓浓的烟雾，他掩饰地说："但愿我有你说的那么好！最起码，希望我能大方一些，洒脱一些！""你会的！"她坚定地说，"你是一个好人，方经理。我希望你的事业能越来越成功，也希望你能——从你的家庭里找回幸福和快乐。我真愿意永远为你工作，但是——"她咽住了，顿了顿，才说："希望你的新秘书，比我的工作效率高！""慢着！"他吃惊了，"新秘书？这是什么意思？"

她很快地瞬了他一眼。"你知道的，方经理，"她困难地说，"我没有办法再在你这儿工作了，经过这样的一段周折，我——必须辞职，我不能再当你的秘书了。"他狠狠地盯着她："你把我想成怎样的人了？"他恼怒地问，"你以为我还会对你纠缠不清吗？还是以为我会没风度到来欺侮你？即使你有了男友，这不应该妨碍到我们的合作吧？辞职？何至于要严重到辞职的地步？你放心，芷筠，我不是一个色狼，也不是一个……""不，不，方经理，"她慌忙说，睁大眼睛，坦白、诚恳、真挚而略带求饶的意味，深深地望着他。她的声音怯怯的、细致的、婉转的、含满了热情的，"不是为了你，方经理，我知道你是一个君子，更知道你的为人和气度。我是为了——他，我不能让他心底有丝毫的不安，丝毫的芥蒂。"她低下了头。他愕然了。望着她那低俯着的头，他半天说不出话来，好久好久，他才吞吞吐吐地说了句："你真是——爱他爱得发狂哦！"

她恳求似的看了他一眼，这一眼里泄露了她所有的热情，也表明她的决心。是的，他知道了，她不会留下来，为了避嫌，她绝不会留下来。"好吧！"他终于说，"我想，挽留你是没有用的,你已经下了决心了。可是,辞去了工作,你和你弟弟的生活,将怎么办呢?哦……"他突然想了起来,殷超凡,殷文渊的儿子,他摇摇头,他是糊涂了!居然去担心她的生活问题!"这问题太傻了,"他低语,"好吧,芷筠,你总不至于说走就走吧?"

"在你找到新的秘书之前,我还是会继续工作的。""如果我一直找不到新的人呢?"她注视着他,唇边又浮起了那可爱而温馨的笑容。"你会找到的!"她很有把握地说,"你不会故意来为难我!"他不得不又叹气了,"芷筠,我真该对你用点手腕的!"他感叹地再说了一次,勉强地振作了,"可是,芷筠,你要答应我一件事。"

"什么?"

他诚恳地望着她:"无论什么时候,无论过了多久,只要你需要帮助,一定要来找我!"她收起了笑容,感激地、动容地凝视着他。"我希望——"她轻柔地说,"我不会碰到什么需要帮助的事,但是,假如我碰到了,我一定第一个来找你!我保证!"

这样,他们总算讲清楚了。这一天,芷筠勤奋而忙碌,她努力在结束自己未了的工作,把它们分门别类,一项一项地做好单独的卷宗,注上事由及年月日。她的工作范围本就复杂琐屑,却细心地处理着,一项也不疏忽。方靖伦整日默默无语,抽了一支烟,又接一支烟,他的眼光,始终围绕着她的身边打转。很快,下班的时间到了,芷筠的脸颊染上了一层兴奋的红霞。她很快收拾好书桌,对他抛下一个盈盈浅笑，就像只轻快的小蛱蝶般飞出了办公厅。方靖伦没有马上离去，他站在窗口，居高临下，对下面的停车场注视着。是的，那辆红色的野马正停在那儿，那漂亮的年轻人斜倚在车上等待着。只一会儿，他看到芷筠那小巧的身子就闪了过去，那年轻人抓住了她的手，又迅速地揽住她的肩，再闪电般在她颊上印上了一吻。她躲了一下，挥手在他肩上敲着，似乎在又笑又骂……然后，他们一起上了车子，那红色的野马发动了，消失在暮色苍茫的街头。方靖伦喷了一口烟，让那烟雾迷蒙了整片的玻璃窗。

这儿，芷筠坐在车里，她小小的脑袋斜倚在殷超凡的肩上，发丝被风吹拂着，轻轻地扑向他的下巴和脖子，他用一只手操纵方向盘，另一只手绕过来，揽住了她的腰。

"小心开车！"她说。

"我很小心，有你在车上，我还能不小心？"他看了她一眼，犹豫地问，"你说了吗？"

"是的，说了。"她坐正身子，望着前面的街道，"我做到新的秘书来的那一天为止。"

"他生气吗？"他悄眼看她。

"不，他祝福我。但是……"她咽住了。

"但是什么？"

"没什么！"

"你说！"

"不说。"

他把车在街边刹住。

"这儿是黄线,你非法停车。"她说。

"你说了我们再走。"他回头望着她,眼底,有两小簇火焰在跳动,"我以为——我们之间,应该再也没有秘密了。"

"真的没什么,"她扬着眉毛,眼睛是黑白分明的,"他只说了句,我辞职之后,拿什么来养竹伟?所以,我想,我该马上进行别的工作。"

他定定地看着她,伸手握住了她的双手。"芷筠,"他低语,"我们结婚吧!"

她轻跳了一下。"你知道你在说什么吗?"她含糊地说,眼光望着自己的手指,"结婚,是两个很严重的字。"

"怎样呢?你认为我说得太轻率了?还是我不够诚意?不够真心?或者,我该像电影里一样,跪在你面前求婚?你不认为两心相许,就该世世相守吗?"

她抬起头来,眼睛里闪烁着亮晶晶的光芒。

"我不认为吗?"她喘了口气,"我当然认为。可是,可是,可是……"她说不下去,迟疑地停住了。

"可是什么?"他追问。

"我怕——并不那么简单,婚姻可能并不是两个人之间的事,往往还有许多人要参与,对我而言,当然很——简单,对你,或者不那么轻易!"

他沉吟了,点了点头。"我懂你的意思。"他紧握着她的手,热烈地望进她眼睛深处去,"明天,我要带你去见我的父母。"

"不!"她惊跳着。

"你要去的！"他肯定地说，握得她的手发痛，"如果你爱我！你就要去！我向你保证，我会预先安排好一切，不让你受丝毫委屈，丝毫伤害！"

"不！"她惶恐地，拼命地摇着头，"我那天亲口对你姐姐说过，我绝不高攀你们殷家，现在，再跟你去家里，岂不是打自己的耳光？我不去！我拉不下这个脸，我不去！"

"芷筠！"他喊她，正视着她，"这是我们一生最重要的事，告诉我，你是不是不想嫁我？"

"你……你……"她低下头，"你明知道的！"

"我不知道，我要听你亲口说，你要不要嫁给我？"他固执地问，紧盯着她。"我……我……"她的头更低了。

"说！"他命令地，"告诉我！你愿不愿意嫁给我？说呀！芷筠！"

她抬起眼睛，哀求地望着他。

"你何苦折磨我，你明知道的！我不嫁你，还要嫁给谁呢？"

"那么，"他更紧地握了她一下，"你已经'高攀'殷家'攀'定了，对不对？事实上，'高攀'两个字是你说的，不是我说的。在我心里，不是你高攀了我们家，而是我高攀了你！说真的，你纯洁、坚忍、独立、高贵……还有满身的诗情画意。我在你面前，经常觉得自惭形秽，我不知道我到底有什么地方值得你爱！芷筠，别再说'高攀'两个字，这使我难堪！"

"超凡！"她热烈地叫，"你在安慰我！"

"我说的全是肺腑之言。"他一本正经地,"你不能用财富来分别人的高与低,你只能用智慧、操守、风度、仪表、才华……这些来区分,是不是?芷筠,你的总分无论如何比我高。"

"胡说。"

"真的,完全是真的!"他深挚地凝视她,"我知道,让你去我家,对你是件不容易的事,但是,父母是我的亲人长辈,在礼节上,只有你去,是不是?总不能让我父母来见你呀!"

她的头又低下去了,半晌,她才迟疑着说了句:"这问题,我们慢慢再讨论好不好?明天再说好不好?我实在——实在不愿去你家!"

"芷筠!"他叫,"明日复明日,明日何其多!我要把问题快些解决,我受不了再来一次餐厅事件!你懂了吗?"他抓住她的手臂:"假若类似的事情再发生一次,我就真的再也没有秋天了。芷筠,"他压低了声音,"失去你,我会死去!"

她抬眼看着他,眼珠乌黑而明亮。她紧紧地咬了一下嘴唇,终于下决心地,长叹了一声。"你不许死去!"她说,"所以,我去——见你父母!这是……道地地符合了那句俗语了:丑媳妇……"她蓦然缩住了嘴,红了脸,怔怔地望着殷超凡。看到她那欲语还休,红潮满面,以及那份楚楚可怜的韵味,他就忘形地、忍不住地把她一把拉入怀里,找寻着她的嘴唇。

"你疯了!"她挣扎开去,"还不快开车!这是在大街上呢！你瞧，警员来了！"她用手整理着头发。

他发动了车子，往芷筠家中开去。一路上，他比较沉默了，心里一直在想着，今晚如何先向父母说明，不知道父亲会不会又有应酬？他们的反应会怎样？他偷眼看芷筠，她也在那儿默默出神，她那迷蒙的眼睛是清幽美丽的，她那庄重的脸庞是楚楚动人的。唉！他太多虑了，这样的女孩，谁能不怜惜？谁能不喜爱呢？除非父母是完全没有欣赏能力的，否则，怎么可能不中意芷筠呢？而且——他下意识地挺直了背脊，即使父母真看不中她，他也要定她了，他再也不允许有任何人，把她从他手中抢去！

车子转进了饶河街，还没有驶进三〇五巷，就听到了一阵喧闹之声，巷子里人声鼎沸，孩子们纷纷往一个方向奔去，男男女女的声音都有，大呼小叫地闹成了一片。殷超凡刹住了车，愕然地问："怎么了？发生了什么事？撞车了吗？失火了吗？"

芷筠的脸色发白了。"是竹伟！"她叫着，跳下了车，"我听到他的声音！他又闯祸了！"她往巷子里奔去。

殷超凡也跳下车，跟着芷筠追了进去。一进入巷子，他们就看到一群人围在一起，尖叫声，吆喝声，吵得天翻地覆，中间夹着一个女人的狂叫："不好了！打死人了！打死人了！"

芷筠分开人群，直钻了进去，于是，她立即看到竹伟，正按着一个人，在那儿拳打脚踢地狠揍着，一大堆人在那儿扯竹伟的胳膊，抱竹伟的腰，要把他硬拉开，可是，他力大无穷,谁也拉不住。芷筠扑过去,一把抱住竹伟的胳膊,大声地叫了一句:"竹伟!住手!竹伟!"

竹伟挣脱了芷筠,还要去揍地上的人,芷筠急了,泪珠在眼眶里打转,她带着哭音喊:"竹伟!你还不停下!"

竹伟立即住了手,回过头来,他望着芷筠,一面呼呼地直喘气,一面结结巴巴地说:"姐,他……他是坏人,我……我打坏人呢!"

芷筠望着地上,是邻居张先生的儿子!一个十八九岁的高中生,早被打得鼻青脸肿,鼻血流了满衣服满脸都是,张太太正扑过来,抱着他的头,尖声大叫着:"打死人了!哎哟!打死人了!疯子打人呀!疯子打人呀!"

芷筠慌乱得手足失措,就在这时,一个人大踏步跨进来,是霍立峰!他双手叉着腰,嘴里嚼着口香糖,一副威风凛凛、仗义执言的样子,他在人群中一站,低吼了一句:"张志高,你给我滚起来,是好汉少躺在地上装死!要不然有你好看的!"那个张志高真的从地上哼呀哼地爬起来了,手捂着鼻子,满身都是血迹。那张太太还要叫,但是,一眼看到霍立峰凶神恶煞似的瞪着她,就吓得叫也忘了叫了。霍立峰狠狠地瞪了张志高一眼,朗声说:"今天总算让你尝到滋味了,平常你总带头欺侮竹伟,骂他是疯子,是白痴,在他头顶上放鞭炮,拿火柴烧他的裤子,你坏事做够了!我早就想教训你了,我不打你,我让竹伟自己报仇!看你以后还敢不敢惹他!我告诉你!今天他是手下留情,否则你的肋骨起码断掉三根!现在,你滚吧!"

那张志高回过头来,用充满怨毒的眼光,扫了芷筠姐弟一眼,就一瘸一拐地往家中走去。张太太本来还在发呆,看到儿子忍气吞声的样子,她就气冲冲地向芷筠望过来,咬牙切齿地说:"董芷筠!你不管教这个白痴,我们大家走着瞧!等我先生回来,再跟你算账!""慢着,慢着!"霍立峰拦了过去,"张太太,冤有头,债有主,你要找麻烦,就找我吧!"

张太太望了霍立峰一眼,显然是有所顾忌,她恨恨地打鼻子里哼了一声,跟在儿子后面走了。

一场小风波平息了,人群也纷纷地散开了,只有几个好奇的孩子,还在那儿缩头缩脑地东张西望着。芷筠站在那儿,望着霍立峰,摇了摇头,她含泪说:

"你实在不该教他打架的!这样,只会给我们惹麻烦!""不教他打架,永远让他被人欺侮吗?"霍立峰横眉竖目地问,"你知道张志高今天做了什么事?他叫他弟弟小便在竹伟身上!"他扫了殷超凡一眼:"好吧!算我狗拿耗子,多管闲事!你有办法保护他,我以后就不管他!"他掉转身子,昂着头,扬长而去。芷筠看了看殷超凡,带着竹伟,他们回到房间里。关上了房门,芷筠跌坐在藤椅中,乏力地说:"竹伟,你的祸闯大了。"

竹伟瑟缩地在一张小板凳上坐了下来。他每次觉得自己做错事的时候,就去坐在这张小板凳上。他悄悄地望着芷筠,怯怯地说:"姐,霍大哥说的,他是坏人!姐,我打坏人呢!姐,你生气了?""是,"芷筠含泪说,"我生气了,生很大很大的气了!"

竹伟往后缩了缩身子,把头缩进了肩膀里,他呆呆地、愣愣地坐在那儿,困惑不解地望着芷筠,虽然弄不清楚姐姐到底为什么"生了很大很大的气",却因姐姐的生气而难过了。

殷超凡走到芷筠身后,怜惜地把双手从她肩后伸过来,把她拥抱在自己的怀中。芷筠伸手握住殷超凡的手,低叹了一声,说:"你还要娶我吗?""为什么不要?""你同时还要娶一个麻烦,我只有这一项陪嫁,不能拒绝的陪嫁。"她注视着竹伟。

"从今以后,你的烦恼就是我的烦恼,你的弟弟就是我的弟弟,让我们共同来担负这一切,好吗?"

芷筠一语不发,只是紧紧地倚进殷超凡的怀里。

第十一章

早上,殷超凡很早就起床了,昨晚回家太晚,母亲早就睡了,父亲却不知道跑到哪儿"应酬"去了,大约深更半夜才回来,所以,他根本没有机会见到父母,更没机会告诉他们关于芷筠的事。他和芷筠已约定了,五点钟去嘉新接她下班,然后直接回殷家,两人都有个默契,关于竹伟,还是让他稍晚一些露面较好。总之,这是芷筠第一次来殷家,带着个弟弟总是不合适的。殷超凡三级并作两级地下了楼,坐在餐桌上。时间又太早,父母都还没有起身,他就靠在那有丝绒靠背的高背椅上,对着餐桌默默地发呆。

周妈走了过来,笑嘻嘻地望着他,说:"你们年轻人啊,真是的!前两天好像天都塌下来了,这两天又高高兴兴的了!"她对殷超凡挤挤眼睛,"少爷,我知道你的心事!""你怎么会知道?"殷超凡笑着问。"把你从小抱大的,还不知道少爷的心事吗?"周妈倚老卖老地,"二十四了!是大人了呢！一忽儿伤心，一忽儿生气，一忽又开心得半死……你不是和女朋友怄气吵架才有鬼呢！这会儿准是和好了！是不是？"殷超凡失笑了："周妈，你可以去台大医院当心理科医生了！""什么都瞒不过我，"周妈得意了起来，"这几天啊，范小姐也不来我们家了，你又整天关着房门怄气，我就知道小两口吵了架了。你别以为老爷太太不知道，他们也明白得很呢！太太那天还说，要给你早点儿办喜事，把范小姐给娶过来，免得夜……夜……夜什么的！"周妈碰到成语就没辙了，"反正是说要给你和三小姐一块儿办喜事，所以，少爷，咱们快喝你的喜酒了！范小姐那长相，还真没得挑，你和三小姐亲上加亲，真真是……""周妈！"殷超凡叫，眉头紧紧地蹙在一块儿，"你在胡说些什么？""胡说吗？"周妈瞅着殷超凡，"没看到这么大的一个人，提到娶媳妇还害臊呢！""谁娶媳妇呀？"楼梯上，一个声音传了过来，殷太太正慢吞吞地走下楼，还有点儿睡眼惺忪。"周妈，你又在诌个没完了！"她一眼看到殷超凡，就高兴得眉开眼笑，精神全来了，"呵，超凡，今天怎么起得这么早？"

"妈！"殷超凡正正经经地问，"爸爸呢？"

"昨晚灌了酒，现在还在睡呢！有事要找爸爸吗？"

"嗯。"殷超凡哼了一声，望着周妈，"周妈，有酒酿鸡蛋吗？我忽然想吃点酒酿鸡蛋了！"

"少爷想吃什么，会没有吗？"周妈笑着，"我给你做去！太太，你呢？"

"还是稀饭吧！"殷太太说，"别等老爷了，我们娘儿俩先吃……"

"还有我呢!"雅佩从楼上奔了下来,穿着件白兔绒毛衣,红长裤,头上歪歪地戴着顶红色的小绒线帽,说不出的俏皮和艳丽,浑身都是青春的气息。"今天要陪书豪去大使馆办签证。"她说,坐了下来。

"雅佩呀,"殷太太盯着她,"你和书豪到底准备怎么样?是结了婚出国呢?还是出了国再结婚?总要给我们一个谱,才好办喜事呀!"

"出了国再说!"雅佩很快地接话。

"我反对,"殷太太不满地,"为什么不先办喜事呢?你可以和超凡一块儿办喜事……"

"超凡要办喜事了吗?"雅佩紧紧地注视着殷超凡,"新娘是谁?""当然是书婷啦!"殷太太抢着说,"这些年,除了书婷,也没看他和哪个女孩子好过……"

"妈!"殷超凡打断了母亲,两根眉毛在眉心打了个结,神情是又尴尬又懊恼的,"婚姻大事,不是你们说谁就是谁的,我什么时候表示过要和书婷结婚?世界上的女孩子又不是只有范书婷一个!""又来了!又来了!"殷太太说,"听到'结婚'两个字就好像有毒似的!你二十四了,虚岁就是二十五,结婚也不算早呀!你们这一代的孩子,越来越新潮,我简直不了解你们!为什么都不肯结婚呢?……"

"我并没说不肯结婚!"殷超凡提高了声音说,"我是要结婚,也想结婚!只是,结婚的对象并不是范书婷!""哦?"殷太太吃惊地望着他,"那是谁?"雅佩深深地望着殷超凡。

"超凡,"她说,"你真的认真了?是董芷筠!是不是?你要和她结婚?""是的!"殷超凡迎视着雅佩,"我要和她结婚!"

"啊呀!"殷太太大叫了起来,"怎么回事呀?你们姐弟什么事都瞒着我!好吧,我也顾不得书婷了,你讲讲清楚,你新交的这个女朋友,姓……姓什么?"

"董!董芷筠!"

"好吧,这个董芷筠是哪一家的孩子呀?"

殷超凡愣了一下。哪一家的孩子?这算什么问题?芷筠是哪家的孩子又有什么关系呢?问题是芷筠本身是不是一个好女孩,一个值得爱的女孩,谁去管她的祖宗八代!他又不娶她的家谱!"妈!"他正襟危坐,一脸的严肃,一脸的郑重。从没看到他如此慎重,殷太太就不由自主地紧张了。殷超凡直视着她,一个字一个字地、清清楚楚地说:"我爱上了一个女孩子,我要和她结婚,她的名字叫董芷筠。她无父无母,只有一个弟弟。她父亲生前是个小公务员,他们生活十分清苦,自从她父亲去世,她就背起抚养弟弟的责任。她刻苦耐劳,善良真挚,热情漂亮……集一切优点于一身!她是我见过的、遇到过的最可爱的女孩子,我不知道她的祖宗八代,也不想知道,那些对我一点意义也没有!我所重视的,只有她本身!"

殷太太睁大了眼睛,她慌了,乱了,手足失措了!殷超凡那一本正经的面孔震慑了她,那郑重其事的语气惊吓了她。一时间,她觉得这件事突兀得让她无法应付,简直不知道是悲是喜。半晌,她才回过神来,就一迭连声地嚷了起来:"哎呀，哎呀，我得告诉你爸爸！哎呀，哎呀，我去叫你爸爸下来！"她站起身，扬着声音叫，"文渊！文渊！文渊！你快来，你赶快来，你儿子要结婚了，文渊！文渊！……"她奔上了楼。

雅佩一瞬也不瞬地望着殷超凡，低声地说："我给你一句忠告……"

"什么？"

"关于芷筠有个白痴弟弟的事，你还是不提为妙！"

"为什么？"殷超凡扬了扬头，"这根本是瞒不住的事……"

"随你听不听！"雅佩说，"你如果希望事情成功，还是慎重一点好！"殷超凡愣了。坐在那儿，他默默地出着神。周妈端出了早饭，他也忘了吃，只是瞪着那碗酒酿鸡蛋发呆。很快地，殷文渊和太太一起下了楼，殷文渊显然已经听过殷太太的报告，但，他的神色却是安静的、愉快的，而又精神抖擞的，既不激动也不惊讶，他走过来，用手按了按儿子的肩膀，就给了他一个温和、了解而鼓励的微笑。坐下来，他一面喝着咖啡，一面笑吟吟地看着殷超凡。

"恋爱了，超凡？"他说，"我知道你迟早会开窍！你比爸爸晚了好几年！哈哈！"他笑了："告诉我，那是怎样一个女孩子？一定很漂亮，是吗？殷家的男人，没有眼光低的！"他又笑了笑，开始吃早餐，说，"你妈惯于大惊小怪，你别懊恼，我从没认为你一定该娶书婷！书婷这孩子太傲……"

"董芷筠更傲！"雅佩插嘴。

"哦！"殷文渊望着雅佩，"你见过？"

"见过。"

"怎么样的一个女孩子?"殷文渊很感兴趣地说。

"爸,"殷超凡叫着,"你别问,今天下午五点多钟,我带她回家来,你们见见她,自己去判断她,别人的看法总不如自己来得深刻……""呵!"雅佩嘲弄地瞅了殷超凡一眼,"紧张些什么?我不会说芷筠的坏话!更不会来破坏你们,免得被你抓住小辫子,又说我偏心范家了!""总之,这姓董的孩子一定比书婷强,是吧?"殷文渊继续笑着,审视着殷超凡,"你认识她多久了?"

"四个月!""四个月!"殷文渊惊跳了一下,"四个月的时间,从认识到恋爱,再到论及婚嫁,你的速度是不是太快了一点?婚姻是终身的事,不要到以后来后悔呵?"他收起了笑容,正视着殷超凡:"超凡,你是不是很爱她?"

殷超凡直视着父亲,点了点头。

"爱到什么地步?"殷超凡皱起眉,深思地看着面前的筷子。

"爸,你很难对感情的事像计算成本似的去计算,是不是?我只了解一件事情,人生很多事都有一定的极限,像年龄、财富、事业……到达一个最高的地步之后,你就再也上不去了。但是,爱情是没有止境的,你永远无法测知你爱了多少,因为,真正的爱情像江河大海,你不可能测知那水量到底有多少,有多深!你只知道它源源涌来,无休无止!"

殷文渊惊愕而困惑地看着儿子,睁大了眼睛,他半响无言,然后,他点点头:"你引起了我的好奇心,我真迫不及待想见见这个董芷筠!好吧!"他盯着他,"吃完你的早饭,先上班去,不要因为爱情疏忽了事业!我等你晚上把芷筠带来!"

殷超凡看着父亲。"爸,"他深沉地说,"不要用世俗的眼光去衡量芷筠,当我把她带来的时候,我不希望我们的家庭给她任何的压迫感!她纤细而敏锐,是很容易受伤的!"

殷文渊更加惊愕了:"超凡,你不是在警告我,需要对她低声下气吧?"

"当然不是!我只是说,我们家的人都有先天性的优越感和后天造成的骄傲与自负,这非常容易使人误解为势利心重……""我知道了!"殷文渊沉吟地,"她是个穷苦的女孩,一个自食其力的女孩子!你怕我们家的财富会烧痛她吗?还是烧伤她?""曾经烧痛过她,也烧伤过她!"殷超凡严肃地说,"我不愿再发生第二次!"殷文渊紧盯着儿子:"她在什么地方做事?""本来在嘉新的友伦公司!现在,预备辞职不做了!""为结婚而辞职吗?""是我的意思!"殷超凡很快地说,"我希望她不要工作,也不认为她有工作的必要!"

殷文渊点点头,不再多问什么。于是,殷超凡迅速吃掉了他那碗酒酿鸡蛋,就跳起身来,拿了夹克,向大门外走去,一面说:"爸,别忘了,我五点半钟带她来!"

"去吧,我会等着见她的!"

雅佩也跳起来,往外走。殷文渊喊了一声:"雅佩,你等一下再走!"

雅佩站住了,回过头来。

"爸，我知道你留下我来干什么，你想多知道一些芷筠的事。我不准备影响你们对她的观感，所以，你们还是晚上自己看吧！"说完，她笑嘻嘻地挑了挑眉毛，就一转身跑走了。

殷文渊目送一对儿女都走了。倾听着老刘开铁门和汽车驶出去的声音，他一直靠在那儿，沉吟不语。殷太太望了他一眼，又兴奋，又担忧，又激动地说："你瞧，文渊！现在的孩子，我们真是不容易接近他们！忽然间，他说要结婚了。那个儿媳妇，是我们连见都没见过的！难道，他不能在刚认识她的时候，就带来给我们看看吗？你听他那口气，那姓董的孩子对他好像比生命还重要呢！"

"我想，"殷文渊站起身来，走进客厅里，在沙发中坐了下来，深思地望着沙发边的一架落地电话机，"那女孩必然是个不平凡的角色！"他拿起听筒，拨电话。

"给谁打电话？"殷文渊不回答。一会儿，殷太太就隐约地听到他在电话里，不知对谁吩咐着："……你马上去查清楚，名字叫董芷筠，住址不知道……嘉新大楼的友伦公司……是的，今天下午五点钟以前，我希望有最详细的资料！各方面的，家世、人品、操守……全要！"殷太太叹了口气，唉！为什么他不选范书婷呢？那女孩又漂亮又爽气，家庭来历都清清楚楚……不过，或者，这董芷筠会比书婷好一百倍、一千倍呢！儿子看中的人嘛，绝不会差的！她不知不觉地兴奋了起来。喜事！是的，看样子，家里是真的要办喜事了！

殷超凡整天在办公室里都魂不守舍。现在的局面，倒像是唱平剧以前的架势，锣鼓都预备好了，就等正主儿登场！

对于晚上这次见面,他实在没有很大的把握,父母一向不是专制、守旧,或不讲理、不开明的人物,但是,父母对他这个儿子有点爱之深而期之切,只怕对别人就过分挑剔了。所有父母都犯一个通病,总觉得自己的孩子比别人的强,于是,无论谁配自己的孩子,都算是高攀了。他记得,三个姐姐的婚事,父亲没一个满意的,总是要说一句:"算他们家运气好!"为什么是"他们"家运气好呢?为什么不是"我们"家运气好呢?人,是不是都会在潜意识中抬高自己,而贬低别人呢?

一天都精神恍惚,一天都心情不定,中午,和芷筠通了一个电话,告诉她"一切都安排好了"。芷筠的声音怯怯的、柔柔的、可怜兮兮的,到最后还说:"我可不可以不去?"然后又是各种理由,"竹伟会等我的!我不能回家太晚!"

"帮个忙,芷筠!"他对着电话叫,"现在要撤退,已经太晚了!我告诉你,你放心好吗?有我在,你怕什么?我给你打包票,我父母不会吃掉你!"

芷筠轻轻地叹息着,软软地说了句:"好吧!反正我是逃不掉了。"

时间缓慢地消逝,两点、三点、四点……殷超凡如坐针毡,办公!他还有什么心情办公!让那些水泥滚蛋吧,让那些数字滚蛋吧!让五点钟赶快来临,让父母喜欢芷筠!他心里七上八下,就是定不下心来。四点多钟,电话铃响了,他心不在焉地拿起听筒,对面居然是芷筠的声音!带着哭音,她在电话里急促、焦灼而慌乱地喊着:"超凡!你快来!我在第×分局,他们把竹伟抓走了!你赶快来!""什么?"他大叫,"第几分局?怎么回事?"

"是隔壁张家!"芷筠哭着,"他们说竹伟是疯子,告他伤害罪,他现在被扣在第×分局!你赶快来!我不知道怎么办才好!"

"别急,芷筠!我马上来!"抛下了电话,他立即冲出台茂大楼。开了车子,他风驰电掣地到了第×分局,芷筠正在门口等着,满脸的悚惶,满眼的泪水,一看到他,就像看到救星一样,慌忙跑过来,紧紧地抓住他的手。"你怎么知道他被抓的?"殷超凡问。

"霍立峰打电话告诉我的。"

"他是英雄,他怎么不救他呢?"

芷筠哀求地看了他一眼。"这是什么时候,你还要说这些,"她哽咽着,"你明知道霍立峰天不怕,地不怕,就是怕警员!"

"麻烦就是他惹出来的!"殷超凡说,看到芷筠那一脸的惶急和焦灼,他不忍心再多加责备,紧握了芷筠一下,说,"好了,别急,看看我们能不能把他保出来!"

走进警察局,说明来意,那警员倒相当地和颜悦色,一直听殷超凡的解释,又看了殷超凡的名片,台茂公司副理!找出卷宗,他左看右看,和其他的警员研究着案情,发现张家并没有附上任何公立医院的验伤单,再加上殷超凡诸多解释,最后,终于准许交保,只是:"你们必须负责,他不会再闯祸!"

"我负责，负全责！"芷筠急急地说。

"只怕你负不了全责吧！"警员望着她。

"我明天起就不工作，我守着他！"芷筠说。

于是，竹伟被从看守所里带出来了，他显然在被抓的时候吃了些亏，脸上有着青紫色的伤痕，神情恐惧。一眼看到芷筠，他扑奔过来，紧紧地抓着她，嘴角抽搐着，眼睛里泪光闪闪，他委屈地说："姐，他们把我关在笼子里！我又不是猴子，他们把我关在笼子里！"芷筠握紧了他的手，只觉得心如刀绞。竹伟一生没有看过监牢，所有有栏杆的小房间，在他意识中都是"笼子"，因为他去过动物园，而且印象深刻。

殷超凡办了所有手续，把竹伟带出警察局的时候，已经是晚上八点多钟了。这一次，竹伟的委屈大了，他自始至终没闹清楚，自己为什么会进了笼子？所以，他不停口地在那儿说着："我不是猴子，他们为什么把我放在笼子里？我不是猴子！姐，我不是猴子，他们为什么关我？"

"因为你打了架！因为你打了张志高！只要打人，你就要被关在笼子里！"芷筠说。

"张志高是坏人！"竹伟说，"坏人也不能打的吗？霍大哥说可以打坏人的！"

"你那个霍大哥的话根本就不能听！"殷超凡没好气地说，"坏人有警员来管，有警员来抓，用不着你来打架的！"

竹伟的眼睛张得更大了。"警员抓我，警员没有抓张志高！"他摇头晃脑地、悲哀地说，"姐，我是坏人吗？姐，我不是坏人！我没有做坏事！"

芷筠忧伤地望着竹伟,她深深地叹气了:"竹伟,你一辈子也弄不清楚的!你是好人,你一直是好人,是——警员抓错了。"

"姐,"竹伟低低地说,"我不喜欢笼子!"

"你再也不会被关到笼子里去了。放心,竹伟,再也不会了!"

竹伟立即高兴了起来,他悄悄地看着芷筠:"姐,我饿了!"

殷超凡直跳了起来,抓住芷筠说:"糟糕!五点半该到我家去的,现在几点了?"

芷筠脸色阴郁而苍白,她看看手表:"八点半了!"

"我打个电话回去解释一下!"殷超凡走向路边的电话亭,"只好改到明天了,怎样?"

芷筠点点头,心里却在模糊地想着,怎么这样巧啊!命运里,好像总有什么无法控制的坏运气在追随着她,阻挠着她的一切。是不是,幸福和她是无缘的?会不会,殷超凡和她也是无缘的?她心里,有一块隐隐约约的乌云,在慢慢地、慢慢地笼罩了过来。她知道,自己一生最逃不开的,就是那无法控制的"命运"!殷超凡打完了电话,走出电话亭,他的脸色有些沉重,眼底里飘荡着一丝模糊的不安。芷筠审视着他,小心翼翼地问:"怎样?你爸爸一定生气了!"

"没什么!"殷超凡努力地一甩头,似乎要甩掉一个阴影,"爸爸说,明天见他也是一样的!走吧,我们吃点东西去!"他声音里,不自觉地带着点"故作轻快"的味道,他绝不能告诉芷筠,父亲的声音有多么冷淡,有多么阴沉!

"改明天?你的女朋友简直是个要人啊!"

电话里无从解释,要把竹伟的故事讲清楚,起码要花两小时,他只好一再道歉,匆匆挂掉了电话。反正,事已如此,不高兴也没办法了,只好明天再说吧。

他们上了车子,两人都很沉默。只有竹伟,一直在那儿喃喃自语着:"我不喜欢笼子,我不喜欢笼子,我不喜欢笼子!"

第十二章

终于，芷筠和殷文渊夫妇见面了。

终于，芷筠坐在殷家那讲究得像宫殿似的客厅里了。客厅是宽大的，华丽而"现代"，所有的家具都依照客厅的格局定做，颜色是橘红与白的对比，纯白的地毯，纯白的窗帘，橘红的沙发，白色镶了橘红边的长桌和小几……连屋角那低垂的吊灯和桌上的烟灰缸，立地的电话机，都是橘红与白色的。芷筠困惑而不信任似的对这一切扫视了一眼，就不自禁地垂下了眼睑，心里充满了紧张、慌乱与不自然。她预先已有心理准备，知道殷家必然是富丽堂皇的。但是，却没料到在富丽之外，还有如此令人惊愕与震慑的考究。好像这室内的一桌一椅都是供观赏用的，而不是让人"住"的。是一些展览品，而不是一些用具。这使她不由自主地联想到自己的小屋，那年久失修的木凳，那油漆斑驳的墙壁，那会挂人衣服的藤椅，那一经风吹，就全会咯吱作响的门窗……真亏了殷超凡，怎可能生活在如此迥然不同的两种环境里？毫无厌倦地在她那狭窄的小屋中一待数小时！

周妈捧来了一杯冰镇的新鲜果汁，对芷筠上上下下地打量了一番，笑嘻嘻地退了出去。殷超凡猛喝着咖啡，显然有些魂不守舍，紧张和期盼明显地挂在他脸上，他一会儿看看父母，一会儿看看芷筠，眼光明亮而闪烁。殷文渊却深沉地靠在沙发中，燃着一个烟斗，他仔细地、若有所思地注视着芷筠，空气里荡漾着烟草的香味。殷太太是慈祥的，好脾气的，她一直微笑着，温和地打量着芷筠。

这是晚上，芷筠已经把竹伟托付给了霍立峰，正式通知他不能再让竹伟闯祸。霍立峰对于竹伟被捕的事一直心存愧疚，因而，倒也热心地接受了托付。但是，私下里，他对芷筠说："那个殷超凡不能给你幸福的，芷筠，你应该嫁给我！不过，现在，那家伙既然胜利了，我也该表现点儿风度，如果我说他坏话，也称不上英雄好汉！好吧，芷筠，去恋你的爱吧！可是，假若殷超凡欺侮了你，告诉我，我不会饶他！"这就是霍立峰可爱的地方，他虽然粗枝大叶，虽然爱打架生事，虽然桀骜不驯，甚至不务正业，却具有高度的正义感，洒脱、热情，而且颇有侠义之风。

坐在这没有真实感的客厅里，芷筠的心情也是游移不定的，只有几分钟，她已经觉得这一片橘色与白色之中，几乎没有她的容身之地。对她而言，一切都太虚幻了，一切都太遥远了，连那平日和她如此亲切的殷超凡，都被这豪华的气氛烘托得遥远而虚幻起来。隐隐地，她觉得自己不该走进这间大厅,不该来见殷文渊夫妇。幸好,那位"三姐"不在家,否则她更该无地自容了。曾经那样坚决地豪语过:"我不高攀你们殷家!"现在,却坐在这儿等待"考察"!爱情,你是什么东西?竟会把人变得如此软弱!

"董小姐,"殷文渊开了口,烟斗上,一簇小小的火焰在闪着"橘红色"的光,"我听超凡说,你是个很独立又刻苦耐劳的女孩子!"

芷筠悄悄看了殷超凡一眼。"超凡喜欢夸张,"她低柔而清晰地回答,"独立和刻苦,往往是环境造成的,并不能算是什么优点!这和时势造英雄的道理是一样的。"殷文渊有些发愣,这女孩苗条而纤小。那对眼睛清柔如水,小小的鼻子,小小的嘴,小小的脸庞,小小的腰肢……整个人都小小的。"小"得好像没有什么"分量","小"得不太能引人注意。他非常奇怪超凡会舍书婷而取芷筠,书婷最起码充满活力与女性的诱惑,不像这个"小"女孩这样虚无缥缈。可是,一开口,这女孩就吐语不俗!真的,正像他所预料的,这"小"女孩,却是个不能轻视的、厉害的角色!

"你父亲去世多久了?"

"三年多了!"

"三年多以来,以一个年轻女孩子的身份,要在这社会上混,很不容易吧?"殷文渊锐利地望着她,"尤其,像你这么漂亮的女孩子!"听出殷文渊的语气,似乎别有所指,芷筠抬起头来了。扬着睫毛,她的目光坦白地、黑白分明地看着殷文渊。

"要'混',是很容易的,要'工作',才不容易。'工作'要实力,'混'只要美色。我想,您的意思,是指这个男性为中心的社会,男人太喜欢占女孩子的便宜,所以才这么说。不过,这社会并不那么坏,女性本身,往往也要负很大责任,如果自己有一个准绳,不去'混',而去'工作',一切就都容易得多了。"

"是吗?"殷文渊深深地望着她,他的眼光是相当锐利的,这眼光立刻使芷筠提高了警戒心,她感到他的目光像两把解剖刀,正试着要一层一层地解剖她。"你很会说话,董小姐,超凡平常在你面前,一定是个小木瓜了。怪不得他会为你发狂呢!"他若有所思地微笑了起来。

芷筠狐疑地迎视着殷文渊的目光,她不知道他的话是赞美,还是讽刺?可是,他唇边那个微笑却颇有种令人不安的压迫感。她垂下了睫毛,忽然觉得,自己似乎不开口还比较好些。或者,殷文渊喜欢文静的女孩子,自己是不是表现得太多了?

"听说,你在友伦公司做了一年半的秘书工作?"

"是的。"

"听说,方靖伦很欣赏你!"

芷筠微微一跳,殷文渊用眼角扫着她,一面敲掉烟斗里的烟灰,他没有疏忽她这轻微的震动。

"您认识方靖伦吗?"她问。

"不,不认识,只是听说过,他也是商业界的名流,一个白手起家的企业家,我佩服这种人!"殷文渊掏出装烟丝的皮夹，慢吞吞地装着烟丝，"听说，方靖伦夫妇的感情并不太好！"

芷筠轻蹙了一下眉头，困惑地望着殷文渊，难道她今晚特地来这儿，是为了谈方靖伦吗？还是……她迅速地把殷文渊前后的话互相印证，心里模模糊糊地有些了解了。她轻轻地吸了口气。"我不太清楚方靖伦的家庭，"她勉强地说，觉得受到了曲解，语气就有点儿不稳定，"上班的时候，大家都很少谈自己的家务。""哦，是吗？"殷文渊泛泛地接话，"我也反对在办公厅里谈家务，每个公司，职员们都喜欢飞短流长地批评上司，这似乎是很难改掉的恶习。"他忽然岔开了话题："你弟弟的身体怎样？"芷筠很快地看了殷超凡一眼，带着询问的、不解的意味。殷超凡皱皱眉，暗暗地摇了摇头，表示自己并没提过。芷筠想起了雅佩，想起了范书婷，想起了餐厅里那一幕。她的心寒了，冷了，掉进了冰窖里了。他们都知道了，范家兄妹一定夸张了事实。对竹伟本能的保护使她立刻尖锐了起来。

"我弟弟身体一直很好！"她有些激动地、反抗什么似的说，"他从小就连伤风感冒都难得害一次！"

"好吧，我用错了两个字！"殷文渊重新燃起烟斗，"我听说他脑筋里有病，看过医生吗？治不好吗？有没有去过精神科？"

"他不是心理变态，也不是疯狂，他只是智商比常人低……"芷筠勉强地说着，"这是无法治疗的！"

"你家上一代有这种病例吗？"

"我……"芷筠望着殷文渊,坦白地说,"我不知道,父母从来没有提过。"

殷文渊点了点头,深思地看着芷筠:"也真难为你,这样小的年纪,要抚养一个低能的弟弟,你一定是很劳苦,很累了?现在,你认识了超凡,我们大家一起来想想办法,减轻你的负担才好!"

芷筠怔怔地看着殷文渊,一时间,她不知道他真正的意思到底是指什么,他的态度那么深沉,那么含糊,那么莫测高深!她糊涂了,坐在那儿,她有些失措,眉头就轻轻地蹙了起来。殷太太不住地跑出跑进,但是,她对芷筠有个低能弟弟这一点却相当注意。这时,她端着一盘点心,走了过来,微笑着说:"不要尽说话,也吃点东西呀!董小姐,你这么聪明伶俐,弟弟怎么会有病呢?他会不会说话呀?会不会走路?要不要特别的护士去照顾他?"

"妈!"殷超凡慌忙打岔,"人家竹伟什么事都自己做,没有你们想的那么严重,他只是有点迟钝而已。我下次把他带回家来给你们看,他长得眉清目秀,非常漂亮,包管你们会喜欢他!"

"哦,哦!"殷太太注视着芷筠,"他几岁了?"

"十八岁!"答复这句话的是殷文渊。芷筠立即紧紧地望着殷文渊,满眼的困惑和怀疑。

"奇怪我怎么知道的吗?"殷文渊微笑着,神情依然是莫测高深的,"我必须对你多了解一点,是不是?"他咬着烟斗,似笑非笑的:"不要惊奇,事实上,我对你的事都很了解。"

芷筠勉强地微笑了一下。

"我的一切都很简单,"她幽幽地说,"家庭、人口、学历……都太简单了,要了解并不困难。"

"正相反,"殷文渊说,深深地盯着她,"我觉得你的一切都很复杂。"

芷筠迎视着他的目光,在这一刹那间,她明白了,殷文渊并不是在考核一位未来的儿媳,而是在研究一个"问题",一个威胁着他们全家幸福的问题。他根本不考虑能不能接受她,而在考虑如何解决她。她的背脊挺直了,她的呼吸沉重了,她的眼睛深邃而黝黑。那小小的脸庞上,顿时浮起了一个庄重的、严肃的,几乎是倨傲的表情。

"对您来说,任何事情都是复杂的。"她说,声调冷漠而清脆,"您生活在一个复杂的环境里,已惯于做复杂的推理。因为您想象力太丰富,生活太优越,甚至,智慧太高,您就把所有的事都复杂化了。这——正像《红楼梦》里吃茄子一样!"

"怎么讲?"殷文渊不解地问。

"《红楼梦》中有一段,写贾府如何吃茄子,那个茄子经过了十七八道手续,加入了几十种配料,又腌又炸,最后,简直吃不出什么茄子味儿来。穷人家不会那样吃茄子,头脑简单的人不会那样吃茄子,真正要吃茄子的人也不会那样吃茄子!""你的意思是说,我研究你,就像贾府吃茄子一样,是多此一举!"殷文渊率直地问。

"也不尽然,贾府费那么大劲儿去吃茄子,他们一定觉得很享受,既然很享受,就不能说是多此一举!世界上有形形色色的人,每个人过生活的方法都不一样,每个人的看法也都不一样!你不能说谁对谁错。我觉得我很简单,您觉得我很复杂,这也是观点和出发点的不同。我想,就像贾府吃茄子,既然是贾府,就会那样吃茄子!既然是殷府,也就会去调查殷超凡的女朋友!"

殷文渊一瞬也不瞬地看着芷筠,与其说他惊愕,不如说是惊佩,他简直不相信自己的耳朵,贾府吃茄子!她怎么想得出来!怎样的譬喻!表面上听不出丝毫火药味,实际上,却充满了讽刺与讥嘲。尤其是那句"真正要吃茄子的人也不会那样吃茄子!"她已经看穿了他的心理!五十几岁的人居然在一个小女孩面前无法遁形,他怎能小窥她呢?董芷筠,这是个厉害的角色!他偷眼看看殷超凡,他正满面困惑与折服地望着芷筠,眼光里不仅充满了热情,还充满了崇拜!这傻小子,他怎么会是芷筠的对手呢!她可以把他玩弄得团团转!想到"玩弄"两个字,他有些脸红,是不是贾府吃茄子,又多加了一份配料了?"你使我惊奇,"他坦率地说,"你还敢说你不复杂吗?你绕了那么大的一个圈子来说话,你自己也是贾府吃茄子,放多了配料了!"

她不由自主地微笑了一下,脸上那绷紧的肌肉就放松了很多。可是,她的眼神仍然是冷邃而倨傲的。"是吗?"她问,"我想我并没多放配料,因为我根本没吃茄子,我自己是茄子,正被人又腌又炸呢!"

这样一说,殷文渊就忍不住地笑了,这女孩又敏锐,又坦率，又聪明，连他都根本斗不过她！他这一笑，氛围就无形地放松了。在他的理智和思想上，他排斥她，拒绝她。可是，在他的潜意识和内心深处，他却喜欢她，也欣赏她！这种感觉是矛盾的，是复杂的。奇怪，自己一生也没碰到过一个这样的女孩，怎么殷超凡会碰到？难怪他舍书婷而取芷筠，书婷和芷筠比起来，简直是幼稚园和大学生！

殷太太自始至终没听懂他们这篇茄子论，现在，看他们两个的话题告一段落，她就慌忙地说："好了！好了！什么茄子萝卜的，周妈特意做了一盘小脆饼，你们是吃还是不吃呀！放着现成的东西不吃，尽管研究茄子干吗？"给殷太太这样一打岔，大家都笑了，空气就更缓和了。于是，接下来的时间，大家吃了点东西，喝着咖啡，撇开正题不谈，而随便东拉西扯地聊了一些，每个人似乎都有意在回避什么，只有殷超凡最兴奋。九点钟不到，芷筠就站起身来告辞了，殷超凡还要挽留，但芷筠说，她"必须"要回家了。殷文渊没有坚持，他一直显得心事重重而若有所思。殷太太把他们送到大门口，不知是客套还是真心，她说："再来玩啊！超凡，你要多带董小姐来玩啊！"

"你怕我不带她来吗？"殷超凡说，"放心，妈，我不只要带她来，我还希望她永远不走呢！"

芷筠扯了殷超凡的衣服一下，阻止他往下继续说。他们走到那花木扶疏的花园里，殷超凡说："你等在这儿，我去把车子开过来！"

"不。"芷筠说，"我们散散步吧！今晚月色很好，每天坐在汽车里,都不能领略秋天的夜色!难得有这么好的月光,我们——别把它错过吧!"

她的语气里有一股难解的苍凉,但是,殷超凡并没有听出来。他很兴奋,很激动,很快慰,他觉得已经完成了一个极艰巨的任务,他终于使父母接受了芷筠!所以,当芷筠提议散步的时候,他也欣然同意,他的心正在唱着歌——一支美丽的秋歌!他们并肩走出了花园,在那迎面吹拂的晚风之下,缓缓地向前走去。秋天的夜,原有一种醉人的清凉,何况,这已是暮秋时节,夜风是凉意深深的。天上,一弯月亮高高地悬着,带着种冷漠而孤高的韵味。几点星光,疏疏落落地洒在黑暗的穹苍里,似乎在冷冷地凝视着世间的一切。芷筠踏着月色,踏着灯光,踏着人行道上的树影,沉默地向前踱着步子。殷超凡挽着她的腰,仰首看天,俯首看地,他觉得俯仰之间,都是自己的天下,何况身边,伊人如玉,淡淡的衣香,一直萦绕在他面前,他就心旷神怡,而踌躇志满了。人生,有情如此,有人如此,夫复何求?

"芷筠,"他兴冲冲地说,"你收服了我爸爸!"

"是吗?"芷筠冷幽幽地问,"我并不觉得!"

"真的,芷筠!"殷超凡兴致高昂而胸无城府,"我父亲平常根本不太和小辈谈天,他总是保持一个距离,我想,在他心目里,我们这些年轻人都是'孩子',既然是孩子,就休想谈思想和深度。而你,改变了他整个的看法,使他知道除了范书婷那种会打扮、会跳舞、会享乐的女孩子之外,还有你这种典型!""可能,我改变了他某些看法,"芷筠的声音依然是清冷的,冷得像那袭人的夜风,给人带来一阵寒意,"可是,我想,他宁愿你选择的是范书婷,而不是我!"

"何以见得?""对他来说,对你们殷家来说,我是太复杂了。"芷筠轻叹了一声,下意识地偎紧了殷超凡,"超凡,不是我敏感,不是我多心,我告诉你,你父母都不喜欢我,也不认可我!我觉得,我们这一段情恐怕到最后,仍然是不得善终!"

殷超凡一怔,他立即站住了脚步,转过头来,他的眼光闪烁地停在她的脸上,他的手握住了她的胳膊,握得好紧好紧。"为什么?"他问。"假若你理智一点,假若你冷静一点,你会看出来,你也会感觉出来。"芷筠凝视着他,月光下,她的脸色白皙,眼睛清亮,嘴角眉梢,都带着一抹淡淡的哀愁,"你父母从我进门,到我出来,他们都叫我董小姐,从没有称呼过我的名字,或者,你会解释,这是出自礼貌,事实上,他们是有意如此!他们要让我感觉,我的地位并没有因你的爱情而稳固!尤其你父亲,他是个心思很深,很固执,很自负,很倔强的人!而且,他以你为骄傲,他不会允许他的'骄傲'蒙上丝毫的阴影!""芷筠,"殷超凡直直地望着她,完全不以为然地、慢慢地摇了摇头,"你什么都好,就是想得太多!如果爸爸不喜欢你,他尽可以冷淡你,又何必和你谈那么多!"

"因为他想知道,我什么地方吸引了你!"芷筠静静地回答,静静地看着他,"超凡,我有预感,我们必然不会有好结果。我看,我们还不如早一点散了好!"

他的手握紧了她,握得她发痛,在他眼底,一层怒气很快地升了起来。"你又来了!"他恼怒地说,"你又说这种话!你是安心要咒我呢,还是安心要折磨我?"

"我不是安心要咒你,也不是安心要折磨你,"她忍耐地、哀伤地说,"我只是告诉你事实,你父母不喜欢我,我不愿意看别人的脸色,听别人的讽刺来生活……""慢点慢点!"殷超凡打断了她,"我父母何尝给了你脸色?又何尝讽刺了你?他们一直待你很客气,又是咖啡,又是果汁,又是点心……你再不满意,未免太吹毛求疵了!"

"是的,我吹毛求疵!"芷筠的呼吸急促了,声音也不稳定了,"我难侍候!别人待我已经够好!我还不知感恩图报!"她紧盯着他,"超凡!你是个混球!"一仰头,她挣脱了他的手腕,往前直冲而去。他追了过来,一把抓住她。

"芷筠!你讲不讲理!"他大声说,"好好的一个晚上,你一定要把它破坏了才高兴吗?"

"问题是——"芷筠也提高了声音,"你认为是好好的一个晚上,我并不这么认为!我觉得糟透了!受罪受大了!"

"你反应特别,莫名其妙!"他皱紧了眉头。

"我莫名其妙!我反应特别……"她憋着气说,"你就少埋我!你根本不了解我!"挣脱了他,她又往前面冲去。

他呆站在那儿,气怔了。女人,是多么复杂而没有逻辑的动物!可以毫无理由地生气,然后再来一句:"你根本不了解我!"就把一切都否决了!他气得直发愣,站在那儿不动,直到一阵冷风吹来,他陡地打了个冷战,清醒了。放开脚步,他再追上了她。"喂,喂,芷筠!"他叫,"我们不要吵架好不好?不要生气好不好?"她站住了,转头望着他,她眼眶里有泪光在闪烁。

"我并不想吵架……"她咬咬嘴唇,哽塞地说着,"只是,你不听我分析,只会怪我,责备我……"

"好了!好了!"他抓住她的手,在她的泪眼凝注下软化了,心痛了,"我知道你在担心些什么,我也知道你在烦恼些什么。似乎从我们一认识,就总有阴影在追随着我们!让我告诉你吧,芷筠!"他深刻地、沉重地、一字一字地说:"我希望我父母能喜欢你,如果他们不能接受你,我会很难过。但是,爱你的,要你的是我,不是我父母,他们赞成也罢,不赞成也罢——"他加重了语气,"反正,今生今世,我永不离开你!永不放掉你!你到天边,我追你到天边!你到海角,我追你到海角!行了吗?"

她一语不发,只是痴痴地望着他。

"可是,我对你有一个请求!"他又说。

"什么?"

"不许再提分手的话!"

"但是……"

他用一个手指头按在她嘴唇上:"不许再说但是!"

"但……"她还要说。

"再说一个字……"他威胁着,睁大眼睛瞪着她,"我就吻你!"

她张大了眼睛,忍不住,笑了。唉唉,他真是你命里的克星！她想着，挽住了他的手臂，轻轻地靠近了他。

月亮高高地悬着，星光遍洒在黑暗的天空，像许多闪亮的眼睛，它们望着世上的一切，不论是好的，还是坏的。芷筠紧偎着殷超凡，我们的未来呢？星星是不是知道？她抬眼看着天空。星星无语，月儿也无言。

第十三章

送芷筠回家,又去接了竹伟。当然,这晚上还有许许多多的话要谈。坐在那简陋而狭窄的小屋里,他们就有那么多说不完的话,谈不完的事,每一秒钟的相聚,都是珍贵的,片刻的别离,都是痛苦的。最后,夜色已深,芷筠三番五次地催促殷超凡回家,殷超凡只是磨蹭着,一会儿想起一件事来,一会儿又想起另一件事来。芷筠笑望着他,把长发在脑后绾了起来,说:"我要洗澡睡觉了!你到底走不走?"

"慢着!"殷超凡瞪视着她,兴奋地说,"你这样子,使我想起一阕词来了,平常你总说我对诗词念得少,其实我也懂一点。"

"是什么?"芷筠笑问着。

殷超凡想了想,得意地念:"宝髻松松挽就,铅华淡淡妆成。青烟翠雾罩轻盈,飞絮游丝无定。"

芷筠略微怔了怔,依然微笑着问:"下面呢?"

"我忘了。"殷超凡红了脸,"不知道是哪一辈子念过的,看到你才想起来,下面就一点印象都没有了。"他笑睨着她:"下面是什么?你念给我听!"

芷筠愣着,半晌,她笑了:"你把我当成什么了?诗词大全吗?你提了头我就会知道下面吗?别胡闹了,我从没听过这阕词!"

"瞧!也有我知道而你不知道的!"殷超凡更得意了,"看你以后还神勇吗?"

"我从来没在你面前神勇过!"

"哦,是吗?"他笑着逼近她,"你是个又骄傲又神勇的小东西!我大概是前辈子欠了你的债,一到你面前就毫无办法!"他伸手从后面搂住她的腰,下巴依偎在她耳际,悄声低语:"怎么办?"

"什么怎么办?"她不解地。

"我又记起两句词来了。"

"你今晚成了诗词专家了!又有什么好句子?"

"温柔乡,醉芙蓉、一帐春晓!"他低念着,又说,"什么时候,我们也有这一晚?今晚吗?"

她推开他,又要笑又脸红,又强白板着脸:"你再不回去,我就生气了!"

"好,好,回去,回去!"他往屋外走,又回过头来,"明天你不上班了吧?"

"最后一天,和新秘书办一办移交手续!"

"好!下班来接你!"

他到了门口，再回过头来："喂，芷筠！"

"唉，怎么啦！你怎么如此啰唆啊？"

"还有件最重要的事忘了说了！"他一本正经地。

"是什么？"她紧张了起来。

"我爱你！"

"唉唉！"她叹着气，"你这人真是的！"她颊上的小窝窝跳动着，跺了一下脚，她说："你还不走！"

"走了！走了！"他叫着，又低语一句，"累得很！"

"为什么累得很？"她耳朵特别灵敏。

"一会儿走，一会儿来，不是累得很！省事起见，不如干脆不走！"

"你……"她瞪着他，绷着脸，颊上的小窝儿却一定要泄露秘密，在那儿醉意蒙眬地浮动，"你到底有完没完！"

"好了，真的走了！"他笑着，终于跑出了屋子。

她目送他走了，关好房门，上了锁，她就坐在屋里默默地发起呆来。她想起那阕词，殷超凡念了一半的那阕词，那后面一半是她深知的，深知而不愿念出来的，那句子很美，意境却很苍凉："相见争如不见，有情何似无情。笙歌散后酒初醒，深院月斜人静。"在这句子里，那种情怀飘忽、曲终人散的味道如此浓厚，殷超凡什么词想不起来，却单单念了这一阕！是不是隐示着她和殷超凡的结局，最后终将"相见争如不见"，终将面临曲终人散的一天？她想着，心里忽喜忽悲，柔肠百转。

在芷筠神思恍惚、魂梦难安的时候，殷超凡却是兴致冲冲的。带着满腹的浓情与蜜意,满心的欢乐与欣喜,他醉意盎然地回到了家里。走进客厅的时候,他心里还在想着芷筠。她的笑,她的泪,她的凝眸注视,她的软语呢喃,她的诗情画意,她的薄怒轻颦……怎会有一个女孩,具有这么多的变化和情绪!而每种变化,每种神态,都勾动他内心深处的神经,使他震动,使他痴迷。这份心情和感觉,实在是难绘难描的!踏进了客厅,他就怔住了!奇怪,父母都还没睡,正坐在那儿谈着什么,除了父母,还有雅佩和范书豪!怎么?今晚是什么日子?他和芷筠走了,范书豪和雅佩又结伴而来,看样子,父母很可能要把两桩喜事一起办理。这样一想,他就又高兴了起来。"三姐、三姐夫!"他叫着,"什么时候来的?"

"超凡,"殷文渊叼着烟斗,沉着地说,"你坐下来,我们正在谈你的事呢!"果然!殷超凡欣然地坐了下来,深深地靠进沙发里,微笑地望着父亲。心里还在模糊地想着,明天去接芷筠的时候,一定要好好地嘲弄她一番!还敢说父母不喜欢她吗?还敢说父母不赞成她吗?那多心多疑,充满悲观论调的小仙灵啊!

"超凡,"殷文渊紧紧地凝视着儿子,深思地说,"我们都见过芷筠了,她确实是个很聪明很漂亮的女孩子!而且,与一般女孩都不相同,她能言善辩,也很会察言观色,我从没遇到过这样的女孩!""我知道的!"殷超凡胜利地嚷着,眉飞色舞,"我知道你们会欣赏她的!爸!"他急迫地向前倾着身子,"早些办喜事好吗?我现在才知道,为什么有那么多人要跳进婚姻里去，因为，这是你唯一可以永远合法地、拥有你爱人的办法！以后，我再也不嘲笑婚姻了……"

"超凡，"殷太太柔声地打断了他，她眼底不由自主地浮起一片悲哀的神色，"你先不要激动，听你爸爸把话说完好吗？"殷超凡的脸色微微发白了，他直视着父亲。

"爸？"他询问地叫了一声，"怎么回事？"

"超凡！"殷文渊猛抽着烟斗，困难地、艰涩地，却十分果断地开了口，"你不能和这个女孩结婚！"

"爸！"殷超凡一震，面容顿时灰败了。他蹙紧了眉头，不信任似的看着殷文渊，"你说什么？"

"你不能娶芷筠！"殷文渊重复了一句，紧盯着殷超凡，"超凡！你一向是个聪明懂事的孩子，我希望你对这件事理智一点！婚姻不是儿戏，四个月的时间，你根本无法去了解一个人。我承认芷筠很聪明很漂亮，但是，她也很厉害，你不是她的对手……"

"我为什么要做她的'对手'？"殷超凡大叫了起来，双手激动地抓紧了沙发的扶手，"我又不和她打架，我也不和她赛跑！她是我的爱人，我未来的妻子！什么叫'对手'？你们真……"他恼怒地转过头来，一眼看到雅佩和范书豪，他就恍然地说："哦，我知道了！三姐，你们做的好事！你们自己享受爱情，却破坏别人的爱情！"

"超凡！"雅佩跳了起来，气愤地喊，"你别胡说八道！我如果说了芷筠一个字的坏话，我就不是人！你别狗咬吕洞宾，不识好人心吧！""超凡！"范书豪也急急地说，"你千万别误会，我避嫌还来不及呢，怎么会去破坏你们！何况，我对那位董小姐一点都不了解！""你冷静一点，超凡！"殷文渊正色说，"我知道你现在正在热恋中，我知道你爱芷筠，但是，她不是一个合适的结婚对象……"

"原因呢？"殷超凡吼着，"你们反对她，总要说出一点具体的原因吧！因为她穷吗？因为她出身贫贱吗？因为她不是名门闺秀吗？因为她没有显赫的父母和大宗的陪嫁吗？……"

"超凡！"殷文渊也提高了声音，"你犯不着说这种气话！你明知道我不是那么势利、那么现实的人，我们家已经够有钱了，没有嫌贫爱富的必要！"

"那么！原因呢？原因呢？"殷超凡叫着，眼睛红了，额上的青筋也凸了出来。"哎哎，"殷太太着急地说，"你们父子好好地谈嘛，别这样斗鸡似的好不好？超凡，你别急呀！听你爸爸慢慢说呀！"

"我听！我听！我是在听呀！我到现在为止，并没有听到任何理由！"

"问题是，"殷文渊咬住烟斗，从齿缝中说，"理由太多！不胜枚举！你这样又吼又叫，叫我怎么和你谈？"

"好吧，我不吼，"殷超凡勉强地按捺住自己，"我听你的理由！"

殷文渊故意停顿了一下，敲掉烟灰，重新点燃了烟斗，他审视着殷超凡，后者那份强烈的激动和那种痛楚的悲愤使他震动了。他考虑着自己的措辞，是缓和一点还是强烈一点？最后，他决定了，这像开刀一样，你必须狠得下心来给他这一刀，才能割除肿瘤，拔去病根。"我反对她，不是因为她贫穷，"殷文渊清清楚楚地说，"而是她有太多不名誉的历史！"

"什么？"殷超凡又怪叫了起来，"不名誉的历史？你们指的是什么？"

"她和方靖伦之间的事，你是知道还是不知道？"殷文渊问。

"方靖伦？"殷超凡念着这名字，忽然间，他纵声大笑了起来，笑得放肆而森冷，"哈哈！方靖伦！你们不要笑死我好不好？方靖伦是她的老板，老板和女秘书之间一向就传闻特多！爸，你的女秘书也是其中一个！外面早传你和她同居了！有没有这件事呢？"

殷文渊被激怒了，再好的脾气，也无法忍耐。而且，殷超凡举了一个最错误的例子，因为殷文渊和他的女秘书确有一手，这一说非但没有帮芷筠洗刷冤枉，反而坐实了她的罪名。男人都能原谅自己的"风流"，甚至以自己的"风流"而骄傲，却绝不能原谅女人的"失足"，哪怕失足给自己，也会成为不能原谅的污点！殷超凡在这个场合提殷文渊的女秘书，一来正中了他的心病，二来也使他大大地尴尬起来，在太太和女儿面前，外面的风流账怎可随便提起！他火了，重重地在沙发扶手上用力一拍，大声吼着说："别太放肆！超凡！不要因为我们宠你，你就目无尊长，信口雌黄！"

"可是，你居然去相信别人的信口雌黄！"殷超凡咄咄逼人地说，"芷筠和方靖伦之间有问题，是你亲眼看见的吗？因为有此一说，你就否决她的名誉吗？"

"名誉是什么?"殷文渊严肃而深刻地说,"名誉就是别人对她的看法,她有没有好名誉,不是我否决与否的问题,是别人承认不承认的问题。你说她和方靖伦之间是清清白白的,你又怎么知道?如果真是清白的,何以友伦公司里有职员目睹他们拥抱在一起?"

"这是不可能的事!"殷超凡大叫,脸色由白而转红,又由红而转白,他的眼睛里几乎要喷出火来,"有一阵,芷筠和我生气,确实曾利用方靖伦来气我!可是,她说过,她们之间没事!"

"她说过?"殷文渊紧追着问,"你相信她所说的,为什么不去相信别人说的?去问问友伦公司的会计李小姐,她亲眼看到过他们在办公室中搂搂抱抱!"

"不!"殷超凡狂叫了一声,那撕裂般的声音像个负伤的野兽,他把头埋进了手里,痛楚地、苦恼地在手心中摇着头,"不可能!不可能!不可能!芷筠不是这样的人,她不是的!你们在虚构,在造谣!"

"哎呀!哎呀!"殷太太急了,也心痛了,她焦灼地看着儿子,无助地说,"超凡,你别这样呀!你想开一点呀!世界上的女孩子多得很,又不只董芷筠一个呀!"

殷超凡死命地用手抱住头,咬紧牙关,他沉思了片刻,然后,他的头迅速地抬起来了,脸色白得像一张纸,但他的眼睛却黑幽幽地闪着光,像一只豹子,在扑击动物之前的眼光,坚定、闪亮而阴郁。他不再吼叫了,声音低沉而喑哑:"很好,你们已经告诉了我关于她和方靖伦的事,还有其他没有告诉我的吗?例如霍立峰?"

殷文渊愣了愣,董芷筠,他心中想着:你实在是个厉害的角色!任何事情,你都抢先备案了!

"是的,还有霍立峰!"殷文渊并没有被儿子吓回去,"霍立峰今年二十五岁,从十五岁起开始混太保,曾被警方列为不良少年,也曾管训过,二十岁服兵役,改好了很多,二十三岁退役。会一手好武功,是空手道三段,当过电影公司的武师,目前,他的职业是武术指导,兼任歌星的保镖!身上经常带着武器,吃的是打架饭!他和董芷筠从小青梅竹马,在你出现前,他经常在董芷筠家里过夜,芷筠无父无母,弟弟是个白痴。邻居们言之凿凿,说芷筠原是霍立峰的马子!马子是什么?我不懂!他们之间有没有关系,我不知道!可是,超凡,我只有你这一个儿子,我不预备让你在武士刀下送命!"殷超凡直挺挺地坐着,他的眼睛定定地、一瞬也不瞬地望着父亲。心里已在熊熊然地冒着火焰了,关于这一切,他倒有些相信,霍立峰原是个危险人物!可是……他咬紧牙关,强忍着内心那阵尖锐的痛楚。"还有吗?"他阴沉沉地问。

"别的事,与她的品德无关,"殷文渊已决定一不做,二不休,把要说的话完全说清楚,"而是关于她的健康问题!"

"她有麻风病吗?"殷超凡从齿缝里问。

殷文渊深深地看了儿子一眼,稳重地、深沉地、清楚地说了下去:"她弟弟是个白痴,我想这事谁都知道,芷筠的父母在世时,曾带这孩子看过各种医生,今晚,医院已将他的病历送来了,刚刚,章大夫也来过,我们彻底研究过这个病历,这是先天性的。章大夫说,百分之八十来自遗传!换言之,芷筠的血液里,一样有潜伏的遗传因数,将来芷筠所生的子女,也很可能会是白痴!"他盯着殷超凡,"我不是固执而不讲理的父亲,我可能是个溺爱儿子的父亲,我只有你这一个儿子,你说我保守也罢,说我顽固也罢,我确实有传宗接代的观念。你有义务为殷家生儿育女,但凡你有一点理智,总不会愿意生下像竹伟那样的儿子来!"

殷超凡坐在那儿,注视着父亲,呼吸沉重地鼓动着他的胸腔,好半天,他只是直挺挺地坐着,眼睛里布满了红丝,眼珠直勾勾地瞪着,一语不发。雅佩忍不住了,站起身来,她走到殷超凡的身后,把手温柔地放在他肩上,低低地叫了声:"超凡!"

殷超凡像触电般跳了起来,甩开雅佩的手,他恼怒而暴躁地低吼了一声:"别碰我!"雅佩吓得缩手不迭,愕然地说:"你也不必像个刺猬一样呀!"

殷超凡继续沉思着,默然地、抗拒地沉思着,眼光里充满了对全世界的敌意。他心里像一锅沸油,在沸腾着、烧灼着。父亲对芷筠那篇不利的报道或多或少地影响了他,他有片刻时间,都挣扎在信任与怀疑的矛盾里和爱情及嫉妒的痛楚中。半晌,他终于抬起头来望着父亲,再转头望着母亲,再看向雅佩和范书豪,他低沉沉地说:"我想,你们全体没有一个人赞成我和芷筠结婚,是不是?""不要包括我,"范书豪说,"我不表示任何意见!毕竟,这是你们殷家的大事,不是我们范家的!"

"很好,"殷超凡咬咬牙说,"你不表示意见,也等于表示了!"他掉头看着父亲:"爸,你刚刚说了芷筠许多不名誉的事,包括她和方靖伦,以及她和霍立峰,你相信这些事都是真的吗?"

"是的,"殷文渊坦白地说,"我相信!"

"那么,她何以不跟方靖伦,何以不嫁霍立峰?"

"超凡,"殷文渊沉重地说,"你要听真话吗?"

"是的!"

"方靖伦不能给她婚姻,霍立峰不能给她金钱!"

殷超凡重重地喘息。"而我,"他说,"既能给她婚姻,又能给她金钱,她钓上一条大鱼了!"他忽然仰天大笑:"哈哈!我是一条大鱼,是吗?不仅能给她婚姻和金钱,还能给她社会地位,给她保障,甚至,帮她养活那个白痴弟弟,是吗?哈哈!我实在是一条千载难逢的大鱼!"

"超凡,你总算明白了!"殷文渊说,"今晚,我和她谈话,我从没遇到过如此聪明、反应如此敏锐的女孩子,她和我针锋相对,处处都能占上风!说实话,我几乎是佩服她,这样的女孩子确实不容易碰到!假若我不把她的底细调查得太清楚,也会栽在她的手下!超凡,你想想看,撇开什么方靖伦、霍立峰不谈,就只论她这个弟弟,谁会要娶一个有白痴血统的女孩?还要附带娶一个白痴弟弟?"

"有一种人会。"殷超凡冷冷地说,"他自己也是个白痴!"

"对了,超凡!"殷太太欣慰地接话,"你总不愿意当一个白痴吧?你是好孩子,自幼就聪明孝顺,聪明人别做糊涂事儿！父母从不干涉你什么，就这一件事，你就依了父母吧！好女孩多得很，咱们慢慢挑，慢慢选，总会遇到一个十全十美的，是不是？"

殷超凡站在那儿，他高大而挺拔，背脊挺得很直，头抬得很高，那抹阴沉的冷笑，从他的唇边慢慢隐去，他的眼珠在灯光下闪烁，脸色依然苍白，但是，声音已经变得非常平静，他低低地说："果然，一切都被芷筠料中了！一出我们家，她就说你们不会赞成她！"

"我说过，"殷文渊，"她是个反应非常敏锐的女孩子，你不是她的对手！"

殷超凡的头抬得更高了。"好了！爸爸，妈！你们都说了你们要说的话！"他凝视着父母，"我刚刚也说了，像芷筠这样的女孩，有霍立峰在前，有方靖伦在后，还有个白痴弟弟……这样的女孩子，只可能有白痴会去娶她！"他用坚定而森冷的目光，望望父亲又望望母亲，停了停，他才清晰地说："很不幸，我就是那个白痴！"

"超凡！"殷太太惊愕地叫，"你不要糊涂！"

"世界上有不糊涂的白痴吗？"殷超凡挑着眉毛，一本正经地问。

"超凡！"殷文渊丢下了烟斗，也站起身来，他直视着儿子，"你并不信任我的话，是不是？你认为我在造芷筠的谣言，是不是？""不是，爸。正相反，你那些话非常刺激我，因为我不知道那些话是真的还是假的，我甚至不敢去求证它。"殷超凡坦白地说，他的眼神坚定而清朗，燃烧着一份稀有的、热烈的光芒,"但是,我已经想过了,无论那是真的还是假的,对我都不重要,现在,对我重要的,只有芷筠本身!所以,那是真的,我要芷筠!那是假的,我也要芷筠!我爱她!这种爱是你们一辈子都不能了解的,因为你们从来没有这样爱过!所以,我告诉你们!"他的声音提高了,坚定地、清越地,几乎是铿然有声地说:"即使你们告诉我,她是一个妓女,我也要她!即使她自己是个白痴,我也要她!至于我是一条大鱼的话,爸爸!"他唇边浮起一个微微的冷笑,"不是我轻视你的判断力,你实在是以小人之心度君子之腹!芷筠不像你那么重视姓殷的人!我敢说一句话,我今天是台茂的小老板,她会爱我,我如果是一个清道夫,她也一样会爱我!以为我是一条大鱼的,是你们,而不是芷筠!"

"超凡!"殷文渊激动、困惑而又愕然地说,"你是中了魔了!""是的,我中了魔了!"他朗朗然地说,"随你们怎么办!随你们说什么!随你们再去做更多的调查!我娶芷筠娶定了!今生今世,我如果不娶芷筠,"他拿起一个茶杯,用尽全力对着墙角摔过去,"我就如同此杯!"那杯子"哐啷"一声,碎成了千千万万片。掉转头,他再也不说话,就昂首阔步地对楼上直冲而去。这儿,满客厅的人都呆了,怔了,不知所措了。只有雅佩用崇拜的目光,望着楼梯,满面光彩地说:"我简直以他为骄傲!谁还敢说世间没有爱情!"

第十四章

接下来的一段时间，殷家没有采取任何行动，表面上，一切就变得相当平静了。事实上，殷文渊自从那晚和儿子谈判之后，就发现自己犯了一个严重的错误。他不该如此直接，如此坦白，尤其如此迅速地向殷超凡提出反对意见。这就像拍皮球一样，拍得越重，反弹的力量越大。如果当时能按兵不动，而逐渐地向超凡一点一滴地灌输观念，可能会收到相当的效果，而现在，他却把事情弄糟了！

殷文渊并不是等闲人物，能主持这样大的企业，能挣出这么大家当的男人，就绝不是一个愚蠢的人。经过了一番深思，他认为暂时还是按兵不动，姑且让他们去"恋爱"，而在暗中再做一番深入的调查，然后另出奇兵，才能"出奇制胜"。因此，他在第二天就对儿子说了：

"我实在没料到你会爱得这么深，这么切。我想，这件事是我做得太过火了，外面对芷筠的传闻不一定是正确的。说实话,我反对芷筠,主要也不在闲言闲语,而是考虑到你们的下一代!"他说得很恳切,在他内心深处,这也确实是个最主要的原因,谁会愿意自己的孙子是白痴!即使只有一万分之一的可能性,他也不愿做这种赌博!他的恳切使殷超凡的敌意化解了很多。事实上,殷超凡何尝不觉得自己昨晚的表现太激烈?父母毕竟是父母,身为人子,基本的礼貌总该维持!何况,他应该为芷筠留一点转圜的余地。于是,他也努力使自己表现得心平气和:"我知道,爸。我也不愿有个低能的儿子,只是,儿子是否低能是个未知数,失去芷筠,我会陷入绝境是个已知数。为了那个未知数,而让一个已知的悲剧去发生,这不是太笨了吗?你不能因为害怕肺癌,就去把肺割掉,是不是?"

殷文渊被殷超凡的理论弄糊涂了。可是,他却深切地了解了一件事,殷超凡爱芷筠,已经到达一种疯狂的、痴迷的、不可理喻的地步。在这种情况下,如果再采取什么硬性的举动,他一定会失掉这个儿子!是的,为了"未知数"的孙子,失去"已知数"的儿子,到底是件太傻的事情!因此,他沉默了。表面上,他的态度是既不接受芷筠,也不拒绝芷筠,只说:"结婚的事暂缓吧!大家都多考虑一下,好不好?"

父亲既是用商量的口吻来说,殷超凡也无法坚持。在他心目中,仍然抱着"假以时日,父母一定会接受芷筠"的想法。而且,他对"婚事"还另有一番打算。在殷文渊心中呢,正相反,他可不相信爱情是永久不变的这句话:"等他厌倦了,自然会放弃!"于是,父子两人,各有所待。芷筠已经辞了职,不去工作,每天待在家中,日子也变得相当无聊,竹伟呆呆愣愣,无法和他谈任何话,殷超凡依旧要忙台茂的工作。近来,殷文渊不落痕迹地,把很多实际的工作都移到殷超凡手中来,使殷超凡不能不忙,不能不全力以赴。可是,尽管忙碌,他每天依旧一下班就往芷筠家里跑。带他们姐弟去吃晚饭,看电影,吃消夜……总要弄到深更半夜才回家。而星期天,就是他们三个最愉快的时间!可以一清早就开着车子,到郊外去尽兴而游。竹伟对于大自然,有种本能的爱好,一到青山绿水之间,他就快乐得像只飞出笼子的小鸟。这个星期天,他们再度去了"如愿林"。奇怪,那紫苏越到天冷,就长得越茂盛,颜色也越红。他们在那林中追逐嬉戏,乐而忘返。疲倦的时候,就席地而卧,仰看白云青天和那松枝摇曳,他们就觉得世界上其他的人都不存在了,只剩下他们,深深相爱的他们。

殷超凡从没提过父母对芷筠的那篇强烈攻击,但是,他也不再提请芷筠去家里玩的话。芷筠是相当敏感的,她虽然没有多问,心里已有了数。这天,他们并躺在小松林里。天气已经相当冷了,松林里穿梭的风带着深深的凉意,不住吹拂过来。殷超凡脱下自己的夹克,盖在芷筠身上。

"超凡!"芷筠叫了一声。

"嗯?"

"我想再去找个工作。"

殷超凡一怔。"为什么?"他问。

"什么为什么?"芷筠的眼光一直射向层云深处,"我上班上惯了,闲着很无聊,而且,我不习惯……用你的钱。"

"我们之间,还要分彼此吗?"他用手支着头,躺在她身边,注视着她。

"我想,"她慢吞吞地说,"还是应该分一分的。"

"试述理由!"

"你只是我的朋友……"

"只是吗?"他打断了她,"我正要告诉你我心里打算的事。你太骄傲,除非我成为你的丈夫,否则你永远要和我分彼此,我们都已到达法定年龄,我们去公证结婚!"她把眼光从云端收回来,落在他的脸上。她抬起手来,用手指轻轻地、温柔地抚摩着他的面颊、鼻头和下巴。

"你父母会很伤心,"她低语,"超凡,为什么不告诉我?"

"告诉你什么?"

"你父母对我的批评和看法!"

"他们并没有说什么……"他望着她,她那对黑白分明的眼睛正静静地瞅着他,瞅得他心跳,瞅得他无法遁形。他轻咳了一声,哑声说,"我们何必管父母的批评和看法呢?爱情和婚姻是我们之间的事,对吗?"

她用手勾住他的脖子。"他们说我些什么?"她低问。

那是不能说的,也是他不愿说的,更是他不敢说的。俯下头,他热烈地、辗转地、深情地吻她。这一吻述说了千言万语,也表达了他的万般无奈和千种柔情。她体会出来了。体会的比他表达的更多,她深深地叹息了。

"为什么你要姓殷?"她悲哀地问。

"对不起,"他说,"我没有选择的余地。"

她不由自主地微笑了。

"为什么你要爱上我?"

"这一点,幸好我还有选择的余地!"

"傻瓜!你要付代价的!"

"人生的事本来就如此,你要求得越高,付的代价也越高!"他盯着她,"谁叫我要求这么高?像我母亲说的,天下的女孩那么多,为什么你挑了一个最特殊的来爱?"

她的眼光深沉:"他们是这样强烈地反对我啊?"

他咬牙。言多必失!你何苦多说话!

"芷筠,"他正色说,"嫁给我吧!我们去公证结婚!好不好?让我负起一个丈夫的责任来,好不好?你太骄傲,如果我不娶你,你不会让我来养你!假如你去工作,我实在不放心!"

"不放心什么?"

"竹伟需要有个人照顾,而且……"

"而且什么?"

"你太可爱,芷筠。"他坦白地说,"认识了你,我才知道'我见犹怜'四个字的意思。我不愿再跑出一个方靖伦来!而这是非常可能的事!所以,芷筠,嫁给我吧!这两天我想了又想,除非尘埃落定,要不然,总是夜长梦多!何况,你身边又有那么多包围你的人,这样拖下去,我会发疯!"

她凝视着他的眼睛:"你真要和我去公证结婚?"

"我真要!"他热切而恳求地望着她,"答应我,芷筠。

或者，婚礼会办得不很隆重，或者，你会感到终身大事不该草率……"

"不，我并不在乎婚礼隆重与否，"她说，"可是，我不赞成你瞒着父母娶我！假如我嫁给了你，总逃不开你的父母，我们私下结婚，你父母一定会勃然大怒……"她的眼睛清朗而悲哀，"在他们的怒火底下，我这个儿媳妇怎么当呢？"她用手亲切地抚摩着他那带着胡子楂儿、粗糙的下巴："所以，你必须想清楚，如果你要和我公证结婚，我们就只有一条路可走！"

"什么路？"

"从此，你和殷家就断绝了关系！"

殷超凡不由自主地打了个冷战。芷筠没有忽略他这个冷战，她叹了口气，手从他的面颊上软软地垂下去，碰到身下的草地。她拔起一片小草，无意识地把那草叶撕成好几条，一面撕着，一面说："我知道，这对你是多么困难的事！你父母一向宠你，爱你，顺着你，几乎对你是言听计从的！除了我，他们大概从没有反对过你任何事！现在，你是不是狠得下心来背叛父母，抛弃养育你二十四年的家庭，同时，还有台茂的企业！如果你娶了我，你就什么都没有了！"

"我并不认为有这么严重！"殷超凡勉强地说。自从父母强烈反对芷筠那夜开始，他就一直在计划和芷筠公证结婚。在他心里，多少在打一个如意算盘，只要父母发现生米煮成了熟饭，也就只好认了。问题在如何说服芷筠，不铺张，不请客，来一个简简单单的婚礼。而现在，芷筠提出的问题是他从没有想过的。"你不了解,芷筠!"他盯着她,"我父母把儿子看得很重,生了三个姐姐之后,才有了我,他们对我实在是爱到极点。我想,不告而娶当然会使他们很生气,可是,气一阵也就会算了。因为,儿子总之是儿子,何况是唯一的儿子!"芷筠瞅着他,她的眼神是深沉的、研究的,像在细读一本费解的书。"你在利用父母的弱点,"她说,"这是一件很不公平的事!"

"他们反对你,也是一件很不公平的事!"殷超凡忍不住脱口而出。

"你终于招认,他们是在反对我了!"芷筠的嘴角边,浮起一个若有所思的、凄凉的微笑,"超凡,殷家的一切,对你都很重要吗?"

"没有你重要!"

"可是,要求你为我放弃家庭,太过分了,是不是?"芷筠轻蹙着眉头,"一个好女孩,不该引诱别人的儿子背叛父母!"

"我并不是要背叛他们!"殷超凡有点烦躁地说,"我只是要和你结婚!你为什么一定要用如此严重的两个字?我有把握,在我们婚后,他们会让步的!"

"这是逼迫他们不得不让步,这样胜之不武!"

"我不了解你,芷筠,"殷超凡不安而烦恼,"你一定要通过我父母才和我结婚吗?你是嫁给我,还是嫁给我父母?你是不是有点本末倒置!难道……"他想起父亲对芷筠选择他的那几句评语,心里有点发冷。

芷筠摇摇头,她觉得被伤害了。她的眼神阴郁,声音里充满了无助与无奈。"你应该了解我的!"她说,"难道要让别人批评我,不择手段地引诱你,以达到结婚的目的!再利用父母不得不承认的弱点,来当殷家的少奶奶!"

"那么,"殷超凡更加怀疑而且生气了,"如果父母永远不批准,你就宁可永远不嫁给我吗?你的爱情就如此经不起考验?你把名誉看得比爱情更重要?"

"不是,"芷筠说,"只因为你是殷家的独生子,只因为你会继承庞大的产业!如果你一无所有,我不会在乎你父母的反对与否!"

"我还是不懂!"

她翻身坐了起来,拂了拂散乱的头发:"算了!我们不要谈这个问题吧!"

"要谈!"他固执起来,"你说说清楚,是不是一天得不到我父母的同意,你就一天不愿意结婚?是不是你绝不考虑和我去法院公证?"

"我考虑,"她说,深深地、深深地凝视着他,声音低得几乎听不出来,"我说过的,在那唯一的一条路之下,我愿意嫁你。"他怔了,努力地想着,一时间,脑子里是一团混乱。

"什么唯一的一条路?你再说一遍好吗?哪条路?"

"哦,不不!"她慌忙摇头,一把抱住了他,激动地说,"忘了我的话!我无权,也不该做这样的要求!超凡!让我告诉你吧,我爱你!全心全意地爱你!我们先不要谈公证结婚这件事,最起码,你让我考虑一段时间!好不好?我只对你说一句。"她正视着他,满脸的激情:"活着,我是你的人!

死了，我是你的鬼！无论生与死，我发誓除了你，不让任何一个男人碰我！否则，我会被天打雷劈，万马……"

他一把紧拥住她，迅速用嘴堵住了她的唇，强烈地、激动地、疯狂地吻着她。所有的怀疑和阴影都飞到九霄云外去了。他们滚倒在草地上，身子贴着身子，心贴着心，彼此的呼吸热热地吹在对方的脸上，双方都感觉得到对方的心跳。他们的头顶上，有蓝天，有白云，有摇曳的松枝。他们的身子底下，有小草，有野花，有落叶与青苔。天地，因他们的爱而存在，世界，因他们的爱而美丽！连那痴痴傻傻的竹伟，也被这份爱感染了！他跳着、蹦着、唱着地跑了过来。

竹伟嘴里在哼着歌，手中，不知从何处采来了一大把类似芦花的植物，那白色的花穗在风中轻颤，别有一股楚楚动人的韵致。芷筠从草地上坐了起来，她的眼睛里闪着奇异的光芒，怔怔地望着竹伟，她侧耳倾听着竹伟的歌声。竹伟玩着芦花，断断续续地哼着、唱着，隐约可以听出那调子婉转柔和。殷超凡也被吸引了，他看看竹伟，又看看芷筠："我从没听过竹伟唱歌！"他说。

"他在唱妈妈生前最爱唱的一支歌！"芷筠说，她的眼睛发亮，面颊发红，整个脸庞都绽放着一种稀有的光彩，"那时候，我们住在郊外，倚山面水，到处都是草原。爸爸妈妈常带着我和竹伟到山里去玩。爸爸妈妈那么恩爱，你很难看到如此恩爱的夫妻！我和竹伟就到处采草莓，采芦花。那是我们全家最幸福快乐的一段时期，竹伟才五六岁，我们还没有发现他的毛病。那时候，妈妈总是唱这一支歌，后来，为了给竹伟找医生，家里的气氛就变了，等妈妈去世之后，我就再也没听过这支歌。奇怪的是，竹伟怎么会唱起来？"

殷超凡感动地说："那段幸福的时光一定在他脑中有极深刻的印象，现在，在这山林之中，又有如此相爱的我们，就把他带回到幸福的过去里了。"

"我想也是的。"

"我很好奇，你还会唱那支歌吗？"殷超凡问，倾听着竹伟那忽断忽续、模糊不清的句子。这时，竹伟正试着把那些摘下来的芦苇，再种回泥土里去，忙得不亦乐乎，对芷筠和殷超凡的对白完全没有注意。

"是的，只是我唱得不好听。"

"我要听你唱！"她唱了，那是支音韵柔美的小歌，殷超凡一上来就被抓住了，而且激动了："还记得那个秋季，我们同游在一起，我握了一把红叶，你采了一束芦荻，山风在树梢吹过，小草在款摆腰肢。我们相对注视，秋天在我们手里。你对我微微地浅笑，我只是默默无语，你唱了一支秋歌，告诉我你的心迹，其实我早已知道，爱情不需要言语。我们相对注视，默契在我们眼底。"她唱完了，眼睛闪烁着，一瞬也不瞬地看着他。

"好听吗？"她问。他大大地喘了一口气。

"芷筠！"他叫着说，"这支歌是为我们而作的！"

"什么？"她愕然地问，仔细回想着那歌词，她就也兴奋而激动起来，"真的！好像就是在说我们！"

"芷筠！"他嚷着，用手握着她的手臂，"你还敢说不嫁我吗？你母亲的歌，在冥冥中唱出了我们的故事，我们的爱情和我们要抓住的秋天！芷筠，我告诉你！我们的事，早就命定会发生的！从那天摔跤开始，一切都是命运的安排！命中你有个竹伟这样的弟弟，才会在巷子里丢扫帚，命中要我那一刻经过那巷子，才会遇见你！竹伟的不健全，就是老天为了要撮合我们的！芷筠，你瞧，你母亲怎会唱这样一支歌？因为她知道我会遇见你！现在，她一定在天上看着我们，要保佑我们相爱，撮合我们的婚姻，所以，她使竹伟及时唱出这支歌！"芷筠睁大眼睛，怔怔地望着他。

"哦，超凡！"她喘息地说，"你不要说得太玄！"

"真的！真的！"他叫着，"人类的姻缘，本就是命中注定的，你难道不信吗？人死而有灵，你难道不信吗？你父母泉下有知，一定会让我顺利娶到你，因为——"他强调地说："他们知道我有多爱你！""哦，超凡！"芷筠激动地嚷着，热烈地看着他。然后，她抬起头来，望着那广漠穹苍，父亲母亲，你们真的在层云深处吗？真的在冥冥中保佑着我们吗？那么，指示我一条路吧！指示我一条正确的路！怎样做我才没有错？嫁他？或不嫁他？

"芷筠！"好像是在答复她的心声，殷超凡及时地说，"嫁我！我们明天就去登记！不要再去管那些反对的力量，你勇敢，你倔强，没有反对可以推翻我们的爱情！嫁我！芷筠！"

"我……我……"她嗫嚅着，目光仍然在层云中搜索，父亲母亲，你们在哪里？风在呼啸，松林在叹息。她听不到父母的回音。"不要再犹豫！"他命令着，"嫁我！"

"我——必须再想一想。"

"想多久？五分钟？十分钟？还是半小时？"

"给我一个月时间！"

他盯着她，眼中燃烧着热烈的火焰："为了折磨我吗？"

"为了爱你，我不想做错事！"

"我给你一星期！"

"半个月！"

"哦，你真会讨价还价！好吧！"他重重地一甩头，"半个月后，我们去公证！""我并不是说半个月就嫁你哦，我只是说考虑……"

他用嘴唇堵住她的话。

"你要嫁我！半个月后，你将成为我的妻子！"

是吗？会吗？命运是这样安排的吗？半个月！事实上，一星期后，一件事发生了，扭转了他们整个的命运，也改写了他们的发展！

第十五章

这天早上,芷筠醒得很晚,既不需要上班,她就总是尽量多睡一下。刚醒过来,她就听到客厅里有人声,再一听,就听到霍立峰那响亮的嗓子,在大声地说着:

"告诉你,竹伟!对付坏人,你就只能用拳头!看到了没有,这样一拳,再这样一劈,扭住他的手臂,这样一拐,咔嚓一声,胳膊准断掉!过来,你再做一遍给我看!把我当作张志高!来呀!来呀……"

这家伙是唯恐天下不乱!又在教竹伟打架!竹伟学别的东西学不会,学打架还一学就会!芷筠心里冒着火,翻身下床,她披了一件睡袍,就打开房门,跑了出去。

"霍立峰!"她生气地喊,"我跟你讲过几百次,不要再教他打架,你怎么不听呢?"

"姐!"竹伟傻呵呵地说,"坏人是一定要打的!"

"我不是告诉过你吗?"芷筠对竹伟瞪着眼睛,"坏人有警员来管！""霍大哥说，警员只抓好人！警员把我关在笼子里，我不是坏人，也不是猴子！"芷筠盯着霍立峰："你又灌输他一些莫名其妙的观念！"她生气地嚷着，"你自己不学好，也教他不学好……"

"慢点，慢点！芷筠！"霍立峰叉着脚，站在屋子中间，那么冷的天，他连件毛衣都没穿，只穿了一件衬衫，胸前一排扣子都没扣，裸露着他那肌肉结实的胸膛。"我是好意！一大清早跑来教竹伟打架，你当我闲着没事干吗？我告诉你，昨天半夜，'虎子'来通知我，张志高联络了几个打仔，预备趁你不在家的时候，要'摆平'竹伟！你瞧着办吧，你不可能一天二十四小时都守着他，他总有一天被人揍得半死！"

"奇怪！"芷筠急了，"我们又没得罪张家，就说那次打架吧，也是张志高先开的头，他们为什么一定要和竹伟过不去呢！竹伟连红黄蓝白黑都分不清，对任何人都没有敌意……"

"如果人人都'讲理'，我们还动拳头干吗？"霍立峰双手叉腰，气呼呼地说，"再说，你认为没得罪张家吗？你得罪的人多了！去年有个营造商说要买你家房子，对不对？你拒绝了，对不对？"

"那关张家什么事？房子卖了，我住到哪里去？何况他们只出那么一点点钱！""那营造商是和张家合作的，你家的地和张家的连着，要改建公寓就得一起建，你断绝了人家的财路不说，又去勾搭上台茂的小老板！"

"这……"芷筠结舌地，"这又关张家什么事了？"

"咱们都是些个苦哈哈，你弄了一个殷超凡，成天开着辆崭新的野马，招摇过市，大家看着就不舒服，别说张家他们，连我看着都不舒服！你是公子哥儿，你到家里去摆阔，别摆到咱们这儿来！再说，上次你那个老板，也用汽车把你送回来，现在整条巷子都在说，你是个……"他咽住了。

"我是个什么？"芷筠气黄了脸，追问着。

"是个婊子！"霍立峰终于冲口而出，也气黄了脸。他指着芷筠的鼻子，没好气地嚷，"我告诉你，从小我们一块儿玩大的，虽然都没认真过，可是，别人都把你当成我的马子，现在这样一搅和，连我都没面子！你告诉那个姓殷的小子，别再开着他那辆野马跑来，把整条巷子都堵住，否则……哼哼！"

"否则怎样？"芷筠气得头都发昏了，"你们是越来越无法无天了，别人有汽车，碍你们什么事？有本领，你们自己去赚钱买车，不要看着有车子的人就恨……"

"喂喂！"霍立峰歪着脑袋，手往腰上一叉，把衬衫掠在身后，露出整个胸膛来，"你说话小心点，我是好意，从头到尾，我就没找过你麻烦，对不对？你少惹火我，如果不是我暗中保护你们，你那个姓殷的小子早就挨揍了，竹伟也早就没命了！你还振振有词呢！车子！谁都知道你董小姐高攀上有车阶级，看不起我们这些穷朋友了……"

"霍立峰！"芷筠又急又气又委屈，她大声地喊着，"你明知道我不是这样子的人！"

"我知道有什么用？我那些哥儿们可不知道！再说，你别嘲笑我们没钱买车，姓殷的那家伙是自己赚钱买的车吗？

还不是靠他老子?咱们就看不起这种人!总有一天,他那部野马会给人砸粉碎,你等着瞧吧!如果他聪明一点,就少开车子……"

他的话还没说完,门外就是一阵汽车喇叭声。顿时间,芷筠和霍立峰都变了色!说曹操,曹操就到!那汽车喇叭声像是对霍立峰的一种威胁,一种讽刺,霍立峰的眉头就紧紧地拧在一块儿了。站在那儿,他寂然不动,芷筠也有些发愣,今天不是星期天,他怎么有时间来?倒是竹伟,一听到汽车喇叭,就高兴地嚷着:"殷大哥来了!"他冲到门边去开门,霍立峰冷冷地说了句:"你这个殷大哥也不是个好人!"

竹伟瞪大眼睛,张大了嘴,傻呵呵地望着霍立峰发呆,一面伸手机械化地打开门来。

殷超凡兴冲冲地冲了进来,叫着说:"准备!准备!难得我今天休假,我们开车出去好好地玩一天……"他倏然收住口,诧异地看看芷筠,又看看霍立峰。一种不自在的感觉立刻爬上了他的心头。

"嗯哼!"霍立峰没好气地从鼻子里哼了一声,扫了殷超凡一眼,对芷筠轻蔑而讽刺地说:"阔少爷登场,穷小子退位!"他往门口走去,到了房门,又回过头来,对殷超凡不怀好意地笑了笑,"这时代,金钱万能,汽车至上,看好你的马子,别让她给更有钱的人追跑了!"

"霍立峰!"芷筠愤愤地嚷。

"好了,好了,我走!我走!贵公子驾到,"霍立峰冷笑着,"瞧我就不顺眼了,是不是?好吧!我走!我走!"

他冲出房间,"砰"一声带上房门,他关得那样重,使整个房子都震动了。殷超凡满腹狐疑地望着他的背影。什么打扮?他几乎没穿衣服!再加上那满口莫名其妙的胡言乱语,他在暗示些什么?难道父亲所调查的竟是真的?他觉得那嫉妒的火焰正无法控制地燃烧起来。掉转头,他一眼看到芷筠只披着一件睡袍,只是"披"着而已。里面的睡衣是薄薄的,整个胴体,隐约可见。而那蓬松的头发,尚未梳洗的脸庞,睡靥犹存的面颊……他的呼吸急促了起来:霍立峰的"马子"!他经常在她家过夜!他们是青梅竹马……父亲所有的话都浮上了脑海。他瞪着她出神。

随着他的瞪视,芷筠迅速地发现自己服装不整了。她慌忙用手扯紧睡袍的前襟,"啊呀"地叫了一声,说:"我还没洗脸换衣服呢!刚刚才从床上爬起来!"

她回身就往卧室里跑。如果她不这么慌乱,如果不说这两句话,或许还好一点。这一说一跑,使殷超凡更加疑惑,血液就往脑子里直冲进去了。他很快地往前迈了一步,一伸手,他一把抓住芷筠的手腕。"才从床上爬起来?"他重重地问,已完全无法控制自己的火气,"那个霍立峰,也是才从床上爬起来吗?"

芷筠气怔了。回过头来,她的脸色雪白,眼珠黑幽幽地闪着光,她不相信似的瞪着殷超凡,嘴唇上逐渐失去了血色,她哑声问:"你是什么意思?""你知道我是什么意思!"殷超凡大声说。嫉妒和愤怒使他的脸扭曲而变形,他的眼睛恶狠狠地盯着芷筠:"在认识我之前,你和霍立峰不干不净,我管不着！我已经认了！现在，你还和他公然过夜，你要把我置于何地？你是个什么女人？我爸爸说的都对了！""你……你……"芷筠气得浑身发起抖来，嘴里干噎着，只是说不出话，好半晌，她才使尽浑身的力量，迸出一句话来："你含血喷人！""我含血喷人？"殷超凡眼睛都红了。爱情，是那么容易把人变得残酷而愚昧的东西！"我没有亲眼看见，还可以装疯装傻，你让我撞见了，还敢骂我含血喷人？怪不得你不肯公证结婚？你舍不得这小流氓是不是？我爸早就告诉过我，你的种种劣迹，世界上偏有我这样的傻瓜蛋，去相信你，信任你，被你玩弄于股掌之间……"

"殷……殷超凡！"芷筠嚷着，眼泪夺眶而出。受侮和被冤枉的罪名使她整个心脏都撕裂了，"我没有勉强你留在我身边，我没有用绳子把你绑到我这儿来！我既然有种种劣迹，谁要你来找我！谁要你相信我？你高贵，你上流，你就离我远远的！你找我，是你生得贱，是你自甘堕落……"她开始语无伦次而口不择言。"芷筠！"殷超凡大吼，"是我生得贱吗？是我自甘堕落吗？你这没良心的小荡妇！在我面前，你一天到晚假惺惺，假正经，碰都不许我碰，好像你是个多么纯洁自爱的女人！原来你都在演戏！你是个人尽可夫的……"他用力地大嚷出来："婊子！"芷筠只觉得头里"轰"地一响，眼前就成为一片模糊。今晨已经两度被人骂为"婊子"！这是什么世界？还有什么天理？如此刻骨铭心，披肝沥胆去相爱的男人，竟可以在一瞬间把你贬得一钱不值！她再也没有理智，她再也无法运用思想，眼泪疯狂地夺眶而出，奔流在面颊上。她听到自己的声音,在那儿嘶哑地狂叫着:"是的!我是婊子!是的!我人尽可夫!我和整条街的人都睡过觉,只有你这种傻瓜会把我当成纯洁无辜的处女!你是傻瓜!你是笨蛋!你……"

"啪"的一声,她感到自己的脸上,热辣辣地挨了一记耳光,这一打,她的脑子里有一刹那的清醒,她张着嘴,停止了呼叫,心里有几百个声音在呐喊:"不要!不要!不要!你不能激动,你不能生气,你应该跟他好好地解释!这是误会!这是误会!这是误会……"可是,她还什么话都来不及说出口,就听到一声像野兽似的低吼声,立刻,一个黑影迅速地闪了过来,一下子猛扑到殷超凡的身上,口中大吼着:"放开我姐姐!放开我姐姐!你这个坏人!坏人!坏人!坏人!坏人……"殷超凡滚倒在地上,竹伟像一只疯狂的野兽,骑在他的身上,拳头像雨点般对着他没头没脸地捶了下去。芷筠扶着桌子,瞪大眼睛,她尖声大叫起来:

"竹伟!放手!竹伟!放手!竹伟!"

竹伟根本听而不闻,他的拳头越下越急,殷超凡竭力想摆脱他,从地上滚过去,他挣脱了他那紧压着他的腿。可是,还没有站起身来,竹伟已再度扑了过来,殷超凡用手抓住竹伟的胳膊,用力扯住,想要掀翻他。但,他看到竹伟那张脸,那张完全是孩子的脸,一个被触怒了的孩子,一个要保护姐姐的孩子……他下不了手。就在这一迟疑之间,竹伟的拳头对着他的肋骨一拳挥来,一阵剧痛使他蜷缩着身子,他听到芷筠边哭边喊:"竹伟!你再不停手,你要打他,还不如先打死我!竹伟!竹伟……"竹伟又是一拳,然后,他劈向他的肩胛骨,再扭转他的手臂,用膝盖对他的手臂压下去。芷筠不顾一切地扑了过来,合身抱住竹伟,哭得泣不成声:"竹伟,你杀了我吧!你杀了我算了!竹伟!"

竹伟轻易地推开了芷筠,再扑向殷超凡,他喊着:"你打我姐姐!你是坏人!你把她弄哭!你怎么可以打我姐姐?"

竹伟已完全不能被控制了,他又打又扭,每一下手都是"专家"的手法。当芷筠眼见他扭折了殷超凡的手臂,听到那"咔嚓"一声的骨折声,她再也忍耐不住了,她觉得自己整个人、整个心都被撕碎了。她跌跌撞撞地奔到门口,打开大门,尖声大叫:"救命!救命!救命!"

邻居们纷纷奔了进来,竹伟很快地被人群拉开了,看到那么多人,看到芷筠泣不可抑,他才模糊地知道,自己又做错了,瑟缩的、畏怯的,他退到屋角里,找到自己每次犯错就坐上去的小板凳,他悄悄地坐了上去,开始困惑而不解地啃着自己的大拇指。芷筠扑过去,哭着抱起殷超凡的头来。殷超凡在浑身尖锐的痛楚中,努力想维持自己脑筋的清醒,他用力睁大眼睛,看着芷筠那泪痕狼藉的脸,他心里那嫉妒的恶魔飞走了,他知道自己做错了事!他想伸手拭去她颊上的泪痕,想对她说点什么,但是,他的手抬不起来,他的嘴张着,却无法出声,他只看到她那如泉水般的泪珠,在不停地涌出来,纷纷乱乱地滚落,落在自己的脸上,落在自己的嘴里,咸咸的、涩涩的。唉!芷筠!他心里在叫着:我爱你!原谅我!芷筠紧抱着他的头,哭着把自己的面颊贴在他的面颊上。

"超凡!"她喊着,"超凡!你误会我!我真宁可死掉!"

霍立峰也赶来了,排开人群,他俯下身子,只略微看了看,他就叫着说:"芷筠!你要他送命吗?快把他的头放平!我去叫救护车!"

芷筠在昏乱中,还维持着最后的理智,她放平了殷超凡的头,眼看着他的脸色越来越白,血从他嘴角溢出来,他死了!她想,跪在他身边,睁大眼睛望着他。你死,我反正不活!她想着。殷超凡始终想对芷筠说句什么,但他一直没说出口,浑身那撕裂般的痛楚,终于夺去了他的意识。

救护车呜呜地狂叫着,呼啸而来,芷筠眼看救护人员把殷超凡抬上担架,再抬上车,她想跟上车去,霍立峰一把抓住她:"傻瓜!去换件衣服!"

她低头一看,才发现自己还穿着睡衣。冲进卧室,她手忙脚乱地换了一件衣服,刚把衣服穿好,就听到室外,竹伟发出紧迫而尖锐的叫唤声:"姐!姐!我不是猴子!"

她再冲出卧房,一眼看到三个警员,拿着手铐,正围着竹伟。竹伟死命赖在那小板凳上,不停地尖声叫着:"姐!姐!我没做错事,我不是坏人!"

她奔到竹伟身边去,同时,听到救护车的声音驶走了。她竟无法跟随殷超凡的车子,她带泪回头张望,霍立峰从人群中走出来,很快地说:"是××医院!我去帮你打听消息!"

"通知他家里……"她喉咙嘶哑地说。

"警员已经打电话通知了!"

霍立峰跑走了。芷筠走近警员,她哀求地看着他们,走过去,她把手放在竹伟的肩上,感到他在簌簌不停地颤抖着。显然,关笼子的记忆犹新,他已经吓得半死。警员抓起他的手,要用手铐铐他,他死命挣扎,大叫着:"姐!姐!姐姐!我不是猴子!我不是猴子!"

"警员先生!"芷筠哀声喊着,"请你们不要带走他!我跟你们去警察局!他……他……他不知道自己做了什么,他没有恶意!求求你们!警员先生!你们要关,就关我吧!他……他……"一个胖女人忽然从人群里"杀"了出来,尖声地、锐利地叫着:"他是个疯子!警员先生!这个人是个疯子!你们一定要把他关起来,他上次差点把我儿子打死!他是疯子!是疯子!"

芷筠望着她,是张志高的母亲!她无助地、哀求地对张太太伸出手去:"不是!张太太!你明知道他不是!你就饶了他吧!房子,你们拿去!饶了竹伟吧!"她含着满眼眶的泪水,环视着其他的邻居们,"你们知道的,竹伟不是疯子,是不是?"那么多围观的邻居,却没有一个站出来为竹伟说话,看到芷筠向他们求助,大家都不约而同地退后了一步。芷筠再也熬不住,泪珠又滚了出来。反而是一位警员,安慰地拍拍芷筠的肩膀:"董小姐,你别着急,我们管区里出了事,总是大家的责任,我们不能袖手旁观。在例行手续上,我们必须把当事人带到派出所,只要不是重伤害,假若伤者不告,我们很快就把他放回来!"

"如果……如果是重伤害呢?"她含泪问。

"那就属于刑事，必须移送法办！"

"可是……可是……"芷筠无助地紧握着竹伟的手，"他不是有意的呀！他……他是个孩子……大家都知道，他只是个孩子！""放心，董小姐，"那警员温和地说，"我们了解你弟弟的情形，他属于无行为能力的人，法院多半会会合精神科医生来判案。""如果我有医生的证明，他是无行为能力的人呢？"芷筠急急地问，"我有好几家医院的诊断书！你们等一等，我去找来！""不行！董小姐，"警员耐心地说，"那诊断书你只能拿到法院里去，而且，证明他是无行为能力的人之后，他还是要被关起来，关在疗养院里！"

"那么，那么，"芷筠焦灼地说，"他是关定了吗？怎样都不能放出来吗？""没那么恶劣呀！"警员说，"你祷告受伤的人别送命吧！再祷告被害家属不控告吧！好了！"警员把手按在竹伟肩上，命令地说："起来吧！跟我们走！"

竹伟又紧张地往后躲："姐！姐姐！姐！"他尖叫着，"我不打坏人了！什么坏人都不打了！姐！姐姐！"他哭了起来，"我不要去！我不喜欢笼子！我不喜欢笼子！"芷筠悲痛地望着竹伟，闭上眼睛，热泪奔流在面颊上，她哽塞着说："去吧！竹伟！跟他们去吧！这几位警员伯伯都是好人，只要你乖乖的，我明天就保你出来！去吧！竹伟！相信我！"

"我不去！我不去！我不去！"竹伟尖叫着，死命往后赖，"我不去！姐！救救我！我不去！姐！"他无助地大叫："我要爸爸！姐！我要爸爸！"芷筠更加泪如雨下，她背贴着墙站着，头凄然地仰靠在墙上，一任泪珠沿颊奔流，她说：

193

"竹伟，我也要爸爸！我也要！我也要！"

警员铐住了竹伟的手，把他往屋外拖去。芷筠的身子沿着墙瘫软下来，坐在地上，她弓着膝，用双手紧紧地抱住了头，堵住自己的耳朵。可是，竹伟的声音仍然不停地传来："姐姐！我不要笼子！姐姐！我不要笼子……"

终于，警车开走了。终于，邻居们都散了。终于，四周变得比死还寂静。她仍然抱着头坐着，蜷缩着身子，像一座小小的化石。

第十六章

中午时分,芷筠赶到了医院。

到医院去以前,她先去看过竹伟,给他送了几件毛衣和夹克,抱着那些衣物,她神思恍惚地走进派出所,整个人都头昏昏而目涔涔。因为这些衣服都是殷超凡买的。在派出所,警员只允许她留下东西,而不同意她见竹伟,说:"我们好不容易让他安静了下来。"

她不知道他们用什么方法让他安静了下来,她想问,却终于没有问,只是被动地、凄然地点了点头。自从出事之后,她的喉咙中始终哽塞着一个极大的硬块,使她言语艰难。她只能大睁着那对湿润的、黑蒙蒙的眸子,哀哀无告地望着警员。这眼光使那警员心软了。于是,他安慰地说:"你先去吧,如果没有人告他,我们顶多拘留他三天。三天以后,没有意外,你就可以把他带走,好吗?"

芷筠仍然哀求似的望着他。

"你还有什么不放心呢?"警员说,"在我们这儿,他最起码很安全,没有人会打他,也没有人会被他打!"

芷筠点了点头,一语不发地,她转身走出了派出所,机械得好像整个身子与意志都不属于她自己。于是,她来到了医院。才跨进医院,霍立峰就迎了过来:

"他在五〇八病房!"看着她,"放心!他不会死!"

芷筠感谢地抬眼看天,脸色始终雪白雪白,她晃了晃,身子摇摇欲坠。霍立峰慌忙一把抓住了她。

"你别晕倒哦!"他叫,"去沙发上坐一下吧。"

芷筠摇摇头,软弱地靠在柱子上,她继续睁大了眼睛,询问地望着他,喉咙口的硬块在扩大,她无法开口说话。她费力地咽了一口口水,只是说不出话来。

"我告诉你,"霍立峰看出她迫切想知道的事,"他的肋骨断了两根,左手臂骨折断,内出血,大约是脾脏破裂,所以开刀割除了脾脏,现在,手术已经完了,他浑身上满了石膏。我亲口问过医生,没有生命危险,也不会成为残废,但是,他起码要在医院里躺三个月!"他停了停,又说,"竹伟怎么会下手这么重,我真不明白!这个殷超凡也是,他难道不会回手吗?他是木头人只会挨揍吗?"他凝视着芷筠,后者那种近乎麻木的、难言的悲切,使他恻然而内疚了。"对不起,芷筠。"他说,"都是我不好,我不该教他打架。"

她再摇摇头,眼珠好黑好黑,嘴唇好白好白。

"是……"她沙哑地,终于吐出一句话来,"是我的命!我早知道……"她的声音低得几乎听不出来:"我逃不过……

命运！"霍立峰抓抓头，他不知该如何帮助她，不知怎样才能减轻她心上的痛楚和负担，她看来早已失魂落魄，早已了无生气，像个飘浮的幽灵。"竹伟呢？"他问。"被警员抓去了。"她离开了柱子，眼睛直勾勾地望着电梯。"我要去见超凡！"他扶住了她。"芷筠！"他叫。她茫然地站住了。"殷家全体的人都出动了，他们激动得很，看样子不会放过竹伟，你要振作一点，拿点主意出来！"

她不解似的看着他，默默地点了点头。

"还有什么事要我帮忙的吗？"

她努力地想着什么，却又茫然地摇了摇头。

霍立峰说："你这样子我真不放心！我陪你上楼吧！"

她拼命摇头，终于说了句："照顾竹伟！"

"好！"他挺了挺胸脯，把对警员的畏惧也抛到九霄云外去了，"我让我妈做点吃的，我给他送去！"

她再点头。好像她最大的能力，只有点头与摇头。然后，她像个梦游病患一般，脚步不稳地走了过去，进了电梯。

到了五楼，她出来了，一个个门牌找过去，她终于找到五○八号病房，那病房在走廊的尽头，门口有一个小厅，有两排长沙发。病房的门关得紧紧的，门上挂着"禁止访客"的牌子。她呆站在那儿，瞪视着那块牌子。举起手来，她想敲门，又无力地垂下手去。一个护士推着两瓶生理盐水走了过来，看到她，那护士有点惊愕："要看病人吗？"她问芷筠。

芷筠又点点头。"我帮你问问看！"护士推开门，走进去了。

芷筠仍然站在那儿。门里，是殷超凡，门外，是她。她茫然地瞪着这扇门，模糊地衡量着它的厚度。一会儿，门"豁啦"一声开了，殷文渊当门而立。高大的身子像一个巨大的门神一般，他挺立在那儿，阻住了房门的入口。

"是你，董小姐？"他问，声音森冷得可以冻成冰块。"你要干什么？"他跨出房间，把房门拉拢。

"我……我……"她抬眼看着他，眼睛里充满了祈求、哀切和无助。"我要见他。"她说着，声音很低，很哑，很固执，"请你让我见他！"殷文渊睁大了眼睛，威严地、冷漠地、恼怒地、不带丝毫同情地说："你永远不能再见到他！在他被你那个疯弟弟杀死以前，我必须救他！你如果有一点点良心，就别再来困扰他！他不会再要你了，你懂吗？发生了这种事情，他绝不可能再要你了，你懂吗？走吧！离我们殷家远远的！让我们过一点平静的日子！你如果再来纠缠不清……"他的声音里充满了威胁与恐吓，"我会对付你们！让你和那个疯弟弟终身坐在监牢里，别想出来！"他走进了病房，看都不再看她一眼，就把病房门关上了，她清楚地听到房门上锁的声音。

她继续呆立在那儿，好半天，她才慢吞吞地挨到房门边的沙发上，软软地坐了下来。她就坐在那儿，一动也不动，眼睛呆呆地瞪视着殷超凡的房门。她不知道坐了多久，门开了，护士推着空瓶子出来，对她好奇地看了一眼，就自顾自地走了。她继续坐着。一会儿，几位医生结伴进去了，没多久，那些医生又出来了，她还是坐着。

人来人往的，护士、医生和亲友们一直川流不息地出入于五〇八号病房。她像个雕像般坐在那儿，睁大眼睛，目送那些人进去，再目迎他们出来。她的意识几乎是停留在一种半麻痹的状态之中，全部思想和意志都只有一件事，一个目标，她要见他，除了这个思想和意愿之外，什么都不存在，什么都没有了。她终于引起了一个护士的注意，那护士走近她，好奇而不解地望着她，说："你在等什么？"她抬头望着护士。"我要见他！"她喃喃地说。

"你知道他现在不能见人吗？"护士好心地说，"你过两三天再来吧！"

她摇摇头。"我等他！"她简单地说。

"等两三天吗？"护士惊愕地问，审视着她，"他是你的什么人？"

她再摇摇头。"什么人都不是！"她慢吞吞地回答。

那护士困惑地皱起眉头，不解地走开了。看样子，这女孩应该也住住院才对！她那样子，就好像大半个人都是死的！怪女孩！殷家的事情，谁弄得清楚？

芷筠继续坐着，对那护士的来与去似乎都漠不关心，她就像个化石般坐在那儿。医院里那股特有的酒精味、消毒药水味对她包围过来，带着种麻醉似的作用。她觉得自己的思想越来越飘忽，神志越来越糊涂，只有心脏深处，有那么一根神经，在那儿不停地抽搐与痉挛，那隐隐的痛楚，就由心灵深处向四肢不断地扩散。她把头低俯地靠在沙发背上，心里在模糊地辗转呼号：我要见他！我要见他！我要见他！

病房的门又开了,走出两个人来,她下意识地抬眼看了看,是范书豪和范书婷!那范书婷一眼见到她,就惊愕地说了声:"哥哥!你看是谁在这儿!"

她向芷筠走过来,范书豪拉了拉她:"算了,别管闲事!由她去吧!"

范书婷摆脱了哥哥,径自走到芷筠身边,在她旁边坐下,她歪着头打量了芷筠一会儿。

"你在这儿做什么?"她问。

"我要见他!"她机械化地回答。

"你要见他?"范书婷好像听到一个稀奇古怪的大新闻一般,"你让你弟弟把他打得半死,你还要见他做什么?你弟弟疯成这样子,为什么老早不送疯人院?"

"他不疯。"她低声回答。

"还不疯吗?殷伯伯说早已派人去调查打架原因,邻居都说你弟弟是个十足的疯子!他能把超凡打成这样子,除了疯子谁做得到?超凡那身材,也不见得不会打架呀!殷伯伯说要重办你们,我劝你还是早点离开的好!"

"我要见他!"她固执地说。

"哟!"范书婷怪叫着,"你这人大概也有点问题吧!超凡恨都恨死你了,怎么会肯见你?"

她震动了一下,嘴角掠过一个抽搐,低下头去,她默然不语。范书婷发现自己的话收到了想要的效果,就又顺着嘴说了下去:"不是我说你,董小姐,你既然和那个霍……霍……霍什么的好,为什么又和超凡搅在一起呢?交男朋友,是不能脚踏两条船的哦！既然给超凡撞见了，再叫弟弟来揍人，你不是做得太过分了吗……"她越说越愤愤不平，"我们到底还是个法治的国家呀！殷家只有这一个儿子，如果打出点问题来，你们十条命也偿不了人家一条……"

"喂喂！"范书豪一把抓起了范书婷，紧紧地皱着眉头，"你少说两句行不行？关你什么事？要你打抱不平！事实也没弄清楚，你胡说些什么？走吧！走吧！"

"怎么没弄清楚……"范书婷还要说，但是，范书豪不顾一切地拖了她就走，芷筠只听到她最后喊的一句话："……看样子，她弟弟是疯子，她也有疯狂遗传！"

芷筠低垂着头，双手放在裙褶里。在她一片混沌的意识中，她依然抓住了范书婷的几句话："超凡恨都恨死你了，怎么肯见你？""交男朋友，是不能脚踏两条船的哦，既然给超凡撞见了……"

那么，是殷超凡说了什么了？他始终认为她和霍立峰好！她咬住嘴唇，牙齿深深嵌进嘴唇里去。不不，超凡，我们可以分手，以后再也不见面，都没关系！只是，不要在这种误会底下分手！超凡，我必须见你！我必须见你！我必须见你！

走廊里的灯忽然大放光明，怎么，已经是晚上了吗？她在这儿坐了整个下午了。一天就这样过去了？芷筠糊糊涂涂地想着。从早上到现在，好像已经有几百年了，又好像只是一个刹那。她的世界已经完全粉碎，她的天地、宇宙、未来、爱情、梦想……也都跟着碎成千千万万片了！殷超凡恨她！殷家的人不许她见他，竹伟关在监牢里，殷家还要对付他们……对付？她的嘴唇上咸咸的，她用手背抹了抹，嘴唇被牙齿咬破了，在出着血！心里也在滴着血。对付？用不着了！人生还能有更悲惨的境地吗？无论殷家把她置于何地，都不可能比现在更惨了！那一扇门，隔断了她和殷超凡！那一扇门，像一条天堑，她竟无法穿越，无法飞渡！啊！她心里狂呼着，我要见他！我要见他！我要见他！哪怕见一面就死去！我要见他！当芷筠在门外的沙发上痴痴地、痛苦地等待时，殷超凡正在麻醉剂和止痛药的效力下挣扎，他努力想要自己清醒，在周身撕裂般的痛楚中，他的意识仍然清晰，芷筠，你在哪里？睁开眼睛来，他在包围着自己周围的人群中搜寻。父亲、母亲、雅佩、姨妈、亲友、护士、医生……芷筠，你在哪里？他挣扎着，呻吟着，芷筠，你在哪里？

看到他睁开眼睛，所有的人都围了过来，殷太太早已哭得双眼红肿，扑过去，她扶着床边，望着那鼻青脸肿，满身石膏的儿子，她又哭了起来，抽噎着说：

"超凡！你怎样了？你疼吗？超凡！你瞧瞧，被打成这样子！你叫妈看着怎能不心疼呀？哦哦……"她用手帕捂着脸，哭了个肝肠寸断。"景秋！"殷文渊把太太拉开，"你别净是哭呀，问问他要什么。超凡，"他望着儿子，"你要什么？想吃什么？哪儿不舒服？你说话！医生就在这儿！"

殷超凡的目光从父母脸上移开，他的思想仍然是恍恍惚惚的。内心那股强烈的渴望却在烧灼着他，他的目光一一扫过室内，徒劳的搜寻使他的心脏发疯般地绞扭起来。芷筠！

你在哪里？发发慈悲，芷筠！让我见到你！冷汗从他额上冒了出来，护士不停地用纱布去拭他额上的汗渍。他苦恼地摇摆着头，别碰我！我要芷筠！芷筠！芷筠！芷筠！他心里在疯狂般地呐喊：你太残忍，你太狠心！你居然不在这儿！芷筠！他脑子里的意识开始昏乱，眼前的人影都重重叠叠的，像银幕上印重了的影像。只是，这些重叠人影中没有芷筠！芷筠，我不要伤你的心，芷筠，我再也不会打你，芷筠，我不该怀疑你，芷筠，请你来吧！请你来吧！请你来吧！你一定要来，芷筠，起码你要给我一个道歉的机会！芷筠，你不要太残忍吧！张开了嘴，他的眼光昏乱地在室内张望着，冷汗不停地冒了出来，滴在枕边。他听到雅佩在说："他要说话！你们让开，他要说话！"

人群更聚集起来了，几百个声音在问："超凡！你要说什么？"

张开嘴，他终于听到自己的声音，在嘶哑地、挣扎地低吼着："芷筠！芷筠！请你不要太残忍！"

闭上眼睛，他的意识飘散了，消失了，他的头侧向了一边。满屋子的人都因这句话而震慑着，一看到他的头偏过去，殷太太就紧张地大叫："他怎么了？他怎么了？"

医生走了过来，看了看："没关系！是止痛针在发生作用，你们别围在床边，给他一点新鲜空气，他会一觉睡到明天早上。你们何不回去休息休息，这儿反正有特别护士照顾着！"

"不！"殷太太固执地，"我要守着他！"

"妈!"雅佩说,"医生讲得对,我们别围在床边,最起码,到外间来坐坐吧!"这病房是特等,有两间房间,另一间是个小会客室。大家走进会客室,殷太太跺着脚,恨恨地说:"我真不懂!那个董芷筠到底做了些什么残忍的事?让超凡如此痛苦!""把他打成这样子,还不够残忍吗?"一个亲戚说。

"不。"雅佩若有所思,"我们谁也弄不清楚当初到底发生了些什么。超凡所指的残忍绝不是肉体上的伤害,你们没听出他的语气吗?他说这句话的时候,似乎心都碎了。"

殷文渊深深地看了雅佩一眼。

"我知道他指的是什么,"他冷冷地说,"我派出去的人已经打过电话来,很多邻居都听到那场争吵……哼!"他仰靠进沙发里,死命咬着那根本没点火的烟斗。从齿缝里迸出一句话来:"为了那个霍立峰!"他望望里面那张病床,"咱们这傻小子,这次真是阴沟里翻船!白白浪费了感情不说,还被打成这样子!瞧吧!这事我绝不会这么容易罢手!我已经叫张律师去写了状子!那董家姐弟……哼!"

雅佩注视着父亲,深思地说:"爸,你不能听邻居们的传言呀!道听途说,不能完全取信的!好歹等超凡完全清醒了,问他自己是怎么回事再说,好不好?爸!这个状子,您也问问超凡再讲吧,说不定……说不定是一场误会呢?"

"误会?"殷文渊眼光森冷地望着女儿,"遍体鳞伤,总不是误会吧?即使是误伤人命,也要判过失杀人的,你懂吗?"

雅佩低下头去,不再说话,只是蹙紧眉头,困惑地深思着。夜已经很深了,早有殷家亲友打电话从餐厅叫了饭菜进来，大家围着桌子，都是食不知味。饭菜撤除的时候，一位护士小姐好奇地说了句："门外那位小姐，从中午坐到现在，连饭也不吃，真是奇怪！"

"什么？"雅佩直跳了起来，"门外什么小姐？"

"她还没走吗？"殷文渊怒气冲冲地站起身来，"医院里的警卫呢？叫他们赶她走！"

"爸！"雅佩阻止地喊了一声，"我和她谈谈去！"

"有什么好谈的？她能言善道，连我都几乎被她说服过。你就叫她走！告诉她，想见超凡是绝不可能的事！要她死了心吧！"

雅佩走出病房，一眼就看到了芷筠，她蜷缩地、瑟缩地坐在那张长沙发上，屋顶的日光灯，冷冷地照射在她发际肩头。在那寂无人烟的小厅里，她看来好渺小，好瘦弱，好孤独。她低垂着头，双手重叠着放在裙褶里，一动也不动，像个小小的雕像。雅佩走到她身边，不由自主地，心里就浮起了一股怜悯和同情的情绪，她站在她面前。

芷筠觉得有人走近了自己，一片阴影遮了过来，她没有抬起头，也没有移动。她所有的神经，都几乎陷在一份麻木里，那过分而无望的期待，早已绞碎了她的五脏六腑，她唯一有感觉的，只是那扇门开开关关，人出人进，而她，却被关在门外。"董小姐，"雅佩叫着，把手压在她的肩头，"董芷筠，芷筠？"她改了三次称呼。芷筠迷迷茫茫地抬起头来了，她的眼珠黑得像漆，脸色白得像纸，嘴唇上有一点猩红色的血渍。她睁大了眼睛，困惑、畏怯、迷乱地看着雅佩。

"我——可以见他吗？"她问，声音低低的、哑哑的、怯怯的、微微颤抖的。雅佩默默地在她身边坐了下来，轻轻地，她握住芷筠的手，她的手冷得像冰柱。雅佩注意到她只穿了件浅灰色的毛衣和一件同色的薄呢裙子。

"不，芷筠。"她温柔地说，"他睡着了，你见他也没用。而且，爸爸在里面……"她点点头，睁大眼睛对着她。

"他不许我见他。"她低语。扬着睫毛，她的眼光像只受伤的、胆怯的雏鸟。"他好吗？"她费力地问。

"超凡吗？他很痛苦，你知道。"雅佩说，又安慰地拍拍她的手背，"放心，他会很快就会好起来，他年轻，身体又壮，复原能力是很快的！"她凝视芷筠，终于问了出来："你能不能告诉我，到底是为什么打起来？"

她的睫毛垂下去了，头也垂下去了，她似乎在思索，"努力"地思索，"早晨"的事像几百年前发生的了，她咽了一口口水，轻声地、机械化地、率直地说："为了霍立峰。"

果然！父亲调查的并无错误！雅佩深吸了一口气，心里在暗暗叹息。芷筠望着自己的裙子，望着自己的手指，她的思想不在霍立峰身上，她渴望着、追切着、期待着的只有一件事："他——醒过来了吗？"

"超凡吗？"雅佩从深思中回过身来，"是的，醒来过一下下。"

"他——"她的声音低得像耳语，"提到过我吗？"

"是的。"

她的头抬起来了，睫毛也扬起了，那对毫无生气的眸子忽然闪亮了,她的嘴唇颤抖着,声音也颤抖着:"他说我什么?"雅佩不想说,不忍心说,可是,芷筠那闪烁的大眼睛是让人无法回避的,那迫切的神态是令人无法隐瞒的。她悲哀地望着芷筠,诚恳而真挚地说:"我不知道你们之间发生了什么事,他似乎很伤心,他说——"她顿了顿,坦白地看着芷筠,"他说你太残忍!我不知道他为什么这样说!"芷筠像是挨了一棍,她的身子晃了晃,头就又低下去了。她那窄窄的肩膀,一阵一阵地痉挛着,战栗着。雅佩有些心慌,仓促中,想找些话来安慰她,可是,还没开口,病房门开了,殷文渊大踏步地走了过来。

"雅佩!"他严厉地说,"你在干什么?"

雅佩站了起来,讪讪地看着父亲。

"我只是想了解一下真相!"

"没有人请你当福尔摩斯!"殷文渊说,瞪视着芷筠。"董芷筠!你一定要我叫警卫来吗?"他冷冰冰地问,"他恨你,他不愿见你,你不懂吗?请你马上离开医院,别再来打扰我们!明天,我或者会找你好好谈一下。"

芷筠颤巍巍地站起来了,抬起头来,她直视着殷文渊,她那白纸似的脸上,像罩着一个面具,一点表情都没有,眼睛像两口黑色的深井,黑黝黝的深不见底。张开嘴来,她用幽幽的、慢慢的、不高不低的声音,平平板板地说:"好,我走了!我不再打扰你们殷家了。现在,已经没有什么东西是我等待的了。"

她走了,在医院那一排长廊里,她小小的身子像幽灵般地消失在走廊尽头了。

第十七章

芷筠一夜没有睡觉。坐在那小屋的藤椅中,一直精神恍惚地思想着。她想起父亲病危时,曾经怎样把竹伟的手放在她的手中,至今,她记得父亲那时的表情,他什么话都没说,凝视着她的眼光里却充满了歉意和祈求,这眼光说尽了他要说的话。在芷筠和父亲之间,一直有种深切的默契,那时,她对父亲深深地点了点头,这一点头,她知道此生照顾定了竹伟,她和弟弟的命运永不分开。事实上,即使父亲不托付她什么,她也无法和竹伟分开,他们姐弟流着同一来源的血液,她爱他!而现在,她终于体会出父亲眼光里的歉意了,她知道,父亲那时已经明白,她将终身命运坎坷,只因为她流着和竹伟相同的血液!这样也好,让殷超凡去恨她吧,让他去误解吧!可是,她在那摧心裂胆的剧痛中,感觉出自己成千成万个不甘心!不甘心?不甘心又怎样呢?那道门隔断了她和殷超凡,而殷超凡恨她,不要见她!世界对她已没有什么价值了！"生"与"死"也没有什么不同了！她靠在藤椅里，忽然被自己的思想惊吓到，顿时就汗涔涔了。

无论如何，自己不该这么快想到死，她还有一个弟弟，一个不能独立生活的弟弟！她死不足惜，竹伟将终身生活在他所深恶痛绝的"笼子"里！想到这儿，她陡地打了个冷战。殷超凡和竹伟，她生命里最重要的两个人，超凡已不要她了，竹伟呢？竹伟永不会猜忌她，竹伟永不会恨她！竹伟更不会怀疑她，因为他没有那么高的智商去猜忌与怀疑！噢，智商！她突然想笑了，智商是什么？智商是人类的敌人，是一切痛苦、猜忌、愤恨的泉源！如果人人都像竹伟那么单纯，对人只有"好"与"坏"的分别……不，如果人人都像竹伟那么单纯，连坏人都没有了！这"坏人"的观念，还是那些高智商的人灌输给他的！她摇着头，二十四小时以来，她做得最多的动作，就是点头与摇头。竹伟那么单纯的人，为什么在这世界上生活不下去？因为这世界上的人都太聪明了！

早上，阳光出来了。冬天的阳光带着暖洋洋的热力，斜斜地从敞开的房门外射了进来，她连门都忘了关！她望着那阳光所经之处，空气里的灰尘，闪烁得像许多细细的金屑，连接成了一条闪亮的光带。连阳光都会欺骗你的视觉！你如何去对这世界认真？竹伟应该是有福气的人，他不会去分析！

她坐得太久了，想得太久了，而内心的痛楚也把她"撕裂"得太久了。越到后来，她就逐渐深陷进一种麻痹的、被动的、听天由命的感觉里去了。像一个溺水的人，最初还挣扎着冒上水面来呼救，等他越沉越深，已经沉到河流的底层，他就连呼救的意志都没有了。

八点多钟，霍立峰跑了进来，诧异地望着她。

"嗨！你怎么在这儿？我以为你还在医院呢！我马上要去看竹伟，你知道吗？"他又得意起来了，"我和那位李警员谈得很投机，其实，当警员也不坏，可以合法地抓坏人！他们对竹伟都不错，只要殷家不告，就可以放出来了！你有没有和殷家谈好？竹伟一直在闹，他不喜欢待在笼子里……"他仔细地研究她，觉得有些不对劲了："你怎么了？你的脸色坏透了！生病了吗？"她努力地振作了一下。

"没有，我很好。你去看竹伟吧！"

"还有什么事我能帮忙吗？"

芷筠想了想："是的。你去张家问问，那位营造商还要不要买我们的房子？"

"你——要卖吗？"

"是的。"

"卖了房子，你住到哪里去？……哦！"霍立峰张大了嘴，恍然地说，"我知道了，你要和殷超凡结婚了，是不是？"

芷筠看着霍立峰，眼神是怪异的："别管我的事，你去问吧！"

"马上去问！"霍立峰跑走了，大约半小时以后，他跑了回来。

"他们只出十万元！说是只要你同意，马上就可以去代书那儿签约，一次付清十万。但是，你别傻，这块地起码可以卖四十万，对面何家和你家一模一样的大小，就卖了四十八万,你最好多考虑一下……"

"不用考虑了,告诉他们,我卖了!让他们去联络代书,越早签字越好!"

"芷筠,你别傻……哦!"霍立峰又恍然了,用手猛敲了一下自己的脑袋,"真是猪脑!嫁到殷家,谁还会在乎这区区几十万元!好吧!我帮你去联络!"

他又跑走了,一会儿,他再度跑了回来。

"张家说,下午三点钟去代书那儿签约!他们怕你后悔,要速战速决呢!"

"好,"她面无表情地说,"就是下午三点钟!"

霍立峰对她再研究了一下。

"你是清醒的吗?"他问,用手在她眼睛前面晃了晃,像在试验瞎子似的,"我怎么总觉得你不对劲呢?"

芷筠拂开了他的手:"去吧!去陪竹伟!"

霍立峰跑到门外,又回头嚷了一声:"你有把握殷家不告啊?"

"我没把握!"

"什么?"霍立峰站定了,瞪大眼睛,"那么,你在做些什么?你卖房子干什么?""给竹伟请律师。"

霍立峰愣住了,用手直抓头,他完全弄糊涂了,半晌,才大叫了一声:"这是他妈的什么玩意?他们敢告,我就……"

"霍立峰!"芷筠软软地、静静地、疲倦地、无力地说,"你饶了我吧!你善良,你热情,你是个好男孩,但是,你已经给我惹了太多麻烦!你要帮助我,就别伤害殷家一分一毫,无论他们做了什么!"

霍立峰被她的神色震慑住了,他目瞪口呆地站在那儿,不知该说什么,或该做什么,半晌,他才愣愣地、感动地说了句:"芷筠,你实在是爱惨了那个殷超凡,是吗?"

芷筠默然不语,眼睛直直地望着阳光所造成的那条光带。霍立峰终于狠狠地顿了顿脚,叹口气,无可奈何地走了。芷筠仍然坐在那儿,不想动,不想说话,甚至不想思想。可是,思想却是不饶人的,它窥探着人类脑中的每个空隙,毫不留情地占据它。"你实在爱惨了那个殷超凡,是吗?"粗心如霍立峰尚能体会,殷超凡,你实在对人性了解得太少了。

她不知道坐了多久,有辆黑色的汽车驶了过来,停在她家门口,挡住了那线阳光。她被动地、下意识地抬起头,望向屋外,殷文渊正挺立在那儿!他高大、严肃、壮硕……他像个黑夜之神,因为他遮住了她最后的一线阳光。

"董小姐。"殷文渊说,"我想我们应该好好地谈一谈,你愿不愿意上车,我们找个可以好好谈话的地方!"

他的态度很礼貌,比起昨天来,他显然平静而理智了很多。芷筠站起身来,顺从的,毫不抗拒的,几乎是无可无不可的,她简单地说:"好!"关上房门,上了他的车。

殷文渊对老刘说:"去台茂!"车子开动了,一路上,殷文渊和芷筠都不说话。殷文渊靠在椅背上,他冷静地打量着芷筠,她还穿着昨天的那一身衣服,灰色的毛衣和裙子,连一件大衣都没穿。那小小的脸庞毫无生气,眼睛下面有着明显的黑圈,嘴唇和面颊上都没有丝毫血色,整个人都是灰色的。车子停在台茂大楼的门口,殷文渊和芷筠下了车,走进大楼,芷筠似乎对周围的一切连半点反应都没有,那些鞠躬如也的职员,那豪华的大厅,她完全视而不见,那脸庞是沉静的,麻木的,一无表情的。他们进了电梯,直上十二楼。殷文渊把她带进了自己的办公室。

殷文渊的办公室占十二楼的一半,事实上,还分了好几间,有秘书室、警卫室等。他自己私人的房间,又大又豪华,两面的落地大玻璃窗,使阳光充满在整个房间里,地上是厚厚的米色地毯,中间放着一套真皮的沙发,办公桌在另一边,占了半边墙。他指着沙发:"坐吧!"她坐了下去。软软地靠在沙发里,对四周的一切,仍然连正眼也没看过,她似乎并不知道,也不关心自己在什么地方。殷文渊看了她一眼,按铃叫了秘书进来:"让餐厅送一杯浓咖啡,再送一份早餐来!"

他坐在她的对面,燃起了烟斗,默默地打量她。她依然靠在沙发里,不动,也不说话,眼光无意识地看着桌面的烟灰缸,双手静静地垂在裙褶里。那两排又黑又密的睫毛,一眨也不眨地半垂着。她好像根本不在这个世界里,而在另一个遥远的星球上。早餐和咖啡都送来了,侍者退了出去,偌大一间办公室,就只有他们两个人。那咖啡冒着热气,香味和烟草的味道混合着,弥漫在空气里。"董小姐,我猜你早上没吃过东西,"殷文渊平静地说,"我不希望你在饥饿状态下和我谈话,你最好把咖啡喝下去,再吃点东西,你一边吃,我一边和你谈!"

芷筠的睫毛扬起来了,终于对他看了一眼,就顺从地拿起了那杯咖啡,放了牛奶和糖,轻轻地啜了一口。用双手捧着杯子,她深吸了口气,似乎想从那杯子上获得一点暖气。事实上,室内的暖气已开得很足,但她看来,依然不胜寒苦。她再啜了一口咖啡,努力振作了一下,她抬起头来,定定地望着他:"说吧,殷先生!"她说,小小的身子在那大大的皮沙发中,几乎是没有分量的。殷文渊又想起她第一次给他的印象,忽然觉得这"小小"的女孩,却有股庞大的力量,会让人自惭形秽。她那模样,她那眼神,你似乎怎样也无法把她和堕落、不检点、自私、贪婪等名词联想在一起。可是,他吸了一口烟,他不能被她的神态所击倒!他必须救他那唯一的儿子!"董小姐,"他深沉而稳重地开了口,"我想我们省掉废话,开门见山地谈谈你和殷家的问题。竹伟打了超凡,在法律上,他必须负责任,对不对?"

芷筠点点头。

"你希望他终身关在疯人院里吗?"殷文渊问。

芷筠摇头。

"我猜你也不希望!可是,如果我们提诉,他大概只好进疯人院,对不对?"她迎视着他的目光。那杯咖啡使她振作了许多。"我想,你研究过法律问题了!"她说。

"现在,他被扣押在第×分局,对吗?"

"我想,你也调查过了。"

"你愿不愿意我立刻把他保出来?"

芷筠深深地看着殷文渊。

"你的条件是什么?"她直率地问。

"你带着他立刻离开台北！不管你们到什么地方去，再也不要让超凡看到你们！"

她凝视他，很长一段时间，她默然不语，那眼光里有研究，有思索，有怀疑，有悲哀。

"你怕他再见到我们？"她反问，"他恨我，根本不愿意见我，你还怕什么？""爱情是盲目的。"他说，心里隐隐有些犯罪感。他无法告诉她，促使他不得不来的原因，是殷超凡整夜在呻吟中呼唤她的名字，这呼唤却绝不是出于"恨"，而百分之百地出于"爱"。在超凡如此强烈的感情下，他知道，假若他不趁此机会来斩断这份爱情，他就永无机会了。斩草必须要除根，如果可能的话，他恨不得把他们姐弟放逐到非洲或北极去。因为，她的存在已严重地威胁到殷超凡的未来、事业，以及下一代的健康。"他现在虽然恨你，我不能保证见到你以后，这段感情会不会再死灰复燃。我必须防患于未然。"

"你为什么对我反感如此之深？"她坦率地问。

"我并不是对你反感，"他深思着，望着眼前这张虽然憔悴苍白，却依旧有其动人心处的脸庞，"相反地，我几乎有些喜欢你。但是，'爱情'不是婚姻唯一的要件！抛开那些古老的传统观念，就事论事，如果你是我，你愿不愿意你的独生子，娶一个白痴的姐姐做妻子？"他紧盯着她，"你问得很坦白，所以，我答得也坦白！"

她静静地看着他。"当你要达到任何目的的时候，你都是这样不择手段的吗？"她问。

"怎么不择手段？你弟弟打人，不是我要他打的，我怎样也不会希望超凡被打得遍体鳞伤！如果你指的是我利用这个机会，来要挟你离开，这机会不是我造成的！"

"我不是指竹伟打人，是指霍立峰的事！"

"霍立峰的什么事？"

"有人挑拨了超凡，说我和霍立峰之间有关系！"

"难道你和霍立峰之间没关系吗？"他深吸了一口烟，喷了出来，烟雾弥漫在他和她之间。

"如果我说没关系，你也不会相信的，对不对？"芷筠的眼睛在烟雾的后面，依然闪着幽冷而倨傲的光芒，炯炯逼人地射向他，"因为你身边太缺乏干净的人物，你对女人的看法太武断，太狭窄！你从不知道也有女人，只为爱情而献身！"

他有些被触怒了，从没有人敢在他面前如此讲话。

"随你怎么解释，谁知道你和霍立峰之间有没有爱情！"

"如果有的话，你的儿子就追不到我了！"芷筠冷冷地说，挺了挺背脊。"好吧！谈这些话是没有用的，对不对？这世界上的人，每个人只有自己知道自己，清者自清，浊者自浊！可笑的是，这世上大多数的浊者，都因为自己是浊者，就不承认还有清者！好了！殷先生，"她傲然地抬起了她那瘦削的下巴，"我接受了你的条件！我带竹伟走，离开台北，从此不见超凡的面！统统接受了，请你帮我保出竹伟来！"

他望着面前这个女孩，在那憔悴的面庞上，怎可能绽放着如此高洁的光华！他有些困惑，而内心深处，那第一次见她就有的喜爱与欣赏，正和他对她的敌对同时并存。他摇摇头,却摇不掉自己突然涌上心头的一份惭愧与内疚。于是,他猛抽了一口烟,问:"你预备去什么地方?"

"那就不需要你关心了!"她一个钉子碰了回来。

他居然不以为忤:"离开台北以后,你能找到工作吗?"

"你真关心吗?"她反问,"人要活着,是很容易的,对不对?尤其是女人!大不了,可以当妓女!"

他一震,怒火冲进了他的眼睛,愠怒地盯着她。

"如果你想引起我的犯罪感,那你就错了!我不是那种人……"

"我知道!你根本不需要有犯罪感!"她打断了他,"我们的谈判是不是可以结束了?你随时保出竹伟,我随时离开台北!"

"很好,"他冷冷地说,依旧在恼怒着,却并不完全明白自己在恼怒些什么,"我们一言为定,我相信你是守信用的人!"他按了铃,立刻叫进秘书来吩咐着:"朱小姐,叫张律师马上去第×分局办手续,把董竹伟保出来!再把他平安送回家里去!"

"是的。"朱小姐退出去了。

殷文渊望着芷筠:"满意了吗?等你到家,我相信他已经在家里等你了。"

"很好!"她站起身来,"我也该走了!"

"慢一点!"殷文渊叫,"听说你现在住的房子是你父亲留下来的?"

"你放心!"她的面容更冷了,"我马上就可以卖掉它!

217

我不会找任何借口回台北！也不会留下任何纠缠不清的事物！"

"有人买那房子吗？他们出多少钱？"

"十万元！"

他立即从怀中取出一本支票簿来。"我买了你那栋房子！"

他开了一张五十万元的支票，递给她。她默默不语地接过来，望着上面的数字，抬起头来，唇边浮起一个隐隐约约的微笑。"你很慷慨，殷先生！"那笑容消失了，她正色望着他，"我今天接受你的条件，有两点原因，第一点是无可奈何，竹伟和我自从父母去世以后，就姐弟二人，相依为命，他最怕笼子，你用他的自由来胁迫我，我不能不接受。再一点，是因为超凡已经怀疑我，而且恨我，台北本身已没有我留恋的了！这两点理由，相信你都未见得了解，第一，你不见得懂得手足之情，第二，你也不见得懂得刻骨铭心的恋爱！可是，你却糊里糊涂地胜利了！"她把支票托在手心里，"五十万，对你不是大数字，对我也不是！用来买你良心的平安，它太便宜；用来买我的爱情，它也太便宜！所以，你省省吧！"她用嘴对那支票轻轻一吹，支票斜斜地飘到地毯上去了。

他望着她，她也瞪着他，一时间，他们两个人彼此对视着，彼此在衡量对方的价值。终于，她一甩头，转身就走，说："我希望，这一生中，再也不会见到你！"

他依然坐在沙发里，望着她走向门口的背影。他活到六十岁，从没有被人如此痛骂过，如此轻视过！她那小小的身子，能有多大的分量？但是，她却压迫着他，威胁着他，使他变得渺小而伧俗!他紧紧地盯着这背影,觉得无从移动,也无从说话,一种他自己也不了解的、近乎沮丧的情绪包围了他。到了房门口,芷筠又回过头来了,经过了这一番尽情发泄,她觉得一天一夜以来,积压的悲哀和惨痛都减轻了许多,脑筋也清明了许多。而且,路只剩下唯一的一条,她的心也就死定了,她反而变得无牵无挂起来。对着殷文渊,她再抛下了几句话:"殷先生,你很忌讳白痴吗?你知不知道,我们比白痴更悲哀,因为我们太聪明,所以,骄傲、自负、多疑、猜忌、贪心……都是聪明的副产品!你看过自杀的白痴吗?没有!你看过自杀的天才吗?太多了!我们都没有竹伟活得充实,我们惯于庸人自扰!"

开了门,她飘然而去。

他却坐在那儿,一斗又一斗地抽着烟斗,一遍又一遍地咀嚼着她的话。那些话和他的烟丝一样:苦涩、辛辣,却让人回味。

第十八章

　　当殷超凡终于从麻醉剂、止痛针、镇定药中完全苏醒过来的时候，已经是许多天之后的一个黄昏了。

　　睁开眼睛来，他看到的是特别护士微笑的脸孔。室内光线很暗，窗帘密密地拉着，屋顶上亮着一盏乳黄色的吊灯，那光线在黄昏时分的暮色里，几乎发生不了作用。外间的小会客室里，传来喁喁不断的谈话声，声音是尽量压低着的，显然是怕惊扰了他的睡眠。他转动着眼珠，侧耳倾听，特别护士立刻俯身下来，含笑问："醒了吗？"

　　"嘘！"他蹙拢眉头，阻止着，外面屋里人声很多，听得出来是在争执着什么。他竖起耳朵，渴望能在这些声音中听到一个熟悉的声音，一个等待着、渴求着、全心灵祈盼着的声音！但是，没有！他听到雅佩在激动地说："反正，这件事做得不够漂亮！不管怎样解释，我们依旧有仗势欺人之嫌！"

　　"雅佩！"殷太太在劝止，"你怎么这样说话呢？挨打受伤的是我们家，不是他们家，你父亲已经是手下留情了！不但不告，还把他保出来，你还要怎样？"

"妈！"雅佩的声音更激动了，"事情发生后，你没有见到芷筠，你不知道，你不了解这个女孩子……"

"雅佩！"殷文渊低沉地吼着，"你能不能少说两句！这女孩自己太固执，太骄傲，我原可以把一切安排好，让她不愁生活，没有后顾之忧，可是，她自己……"

"爸！"雅佩恼怒地，"你总以为金钱可以解决任何问题！你难道不能体会，像芷筠这样的女孩……"

"好了！好了！"范书豪在说，"事已如此，问题总算解决了。雅佩，你就别这样激动吧！"

殷超凡的心跳了，头昏了，芷筠，芷筠，芷筠！他们把芷筠怎样了？芷筠为什么不来？她绝不至于如此狠心，她为什么从不出现？他记得，自己每次从昏迷中醒来，从没发现过芷筠的踪影！他心里大叫着，嘴中就不由自主地脱口而出："芷筠！叫芷筠来！"这一喊，外间屋里全震动了，父亲、母亲、雅佩、范书豪全拥了进来，他望着，没有芷筠！他心里有种模糊的恐惧，这恐惧很快蔓延到他的每个细胞里，他望着殷太太，祈求似的问："妈！芷筠在哪儿？"

"哎哟！"殷太太又惊又喜，这是儿子第一次神志如此清楚，眼光如此稳定，她叫了一声，就含泪抓住了他那只未受伤的手，又是笑又是泪地说，"你醒了！你完全醒了！你认得我了！哎哟！超凡！你真把妈吓得半死！你知道，这几天几夜，我都没有合眼呀！哎哟，超凡……"

"妈!"殷超凡的眉头拧在一块儿,想挣扎,但是那厚厚的石膏坠住了他,他苦恼地喊,"告诉我!芷筠在哪儿?芷筠在哪儿?"

"哦!"殷太太愣了愣,"芷——芷筠?"她嗫嚅着,退后了一步,把这个难题抛给了殷文渊。"芷——芷筠?"她求救地望着殷文渊,问,"芷筠在哪儿?"

殷文渊往前迈了一步,站在儿子床前,他把手温和地按在殷超凡的额上,很严肃,很诚恳地说:"超凡,你先养病要紧,不要胡思乱想!女孩子只是男人生命的一部分,永远不可能成为全部!只有没出息的男人才为女孩子颠三倒四,你是个有前途、有事业、有光明远景的孩子,何必念念不忘董芷筠呢?"

殷超凡睁大了眼睛,那恐惧的感觉在他心里越来越重,终于扭痛了他的神经,震撼了他的心灵,他用力摆头,甩开了父亲的手,他奋力想挣扎起来,嘴里狂叫着:

"你们把芷筠怎么样了?她在哪儿?她为什么不来?芷筠!""哎呀!哎呀!"殷太太慌忙按住他,焦灼地喊,"你别乱动呀,等会儿又把伤口弄痛了!那个董芷筠从来没来过呀!我们谁也不知道她在哪儿!她的弟弟打了你,她大概害怕了,还敢来这儿吗?"殷太太语无伦次地说着:"她一定带着弟弟逃跑了,谁知道她跑到什么地方去了呀?天下女孩子多着呢,你别急呀……"殷超凡躺着,那石膏限制了他,那周身的痛楚撕裂着他。他只能被动地、无助地躺着。但是他那原已红润润的面颊逐渐苍白了,额上慢慢地沁出了冷汗。

他不再叫喊,只是睁大眼睛,低沉,痛楚,固执而坚决地说:"我要见芷筠!殷家没有做不到的事,那么,请你们把芷筠找来!我非要见她不可!我有话要跟她谈!"

殷文渊急了,他在儿子床前的沙发上坐了下来,盯着殷超凡的眼睛,急迫地想着对策:"超凡,你和芷筠吵了架,对不对?"

殷超凡的眼睛睁得更大了。虽然这些日子以来,自己一直在痛苦中神志不清,但是,那天早上所发生的一切,却始终清晰得如在眼前。"是的。"他的嘴唇干燥而枯裂。特别护士用棉花棒蘸了水,涂在他的嘴唇上。"还记得是为了什么吗?"殷文渊问。

"是……是我的错,我冤枉她!竹伟为了保护她,只能打我!"殷文渊倒抽了一口冷气,他连是为了霍立峰都不愿说出来呵!宁愿自己一肩挑掉所有的责任!看样子,他根本不了解这一代的孩子,既不了解董芷筠,也不了解自己的儿子!爱情?真的爱情是什么?他迷糊了起来。

"超凡!"他勉强而困难地说,"你保留了很多,是不是?原因是你撞到她和霍立峰在一起,你们吵起来,竹伟打了你!这原因我们可以不再去追究了,我想,董芷筠是……是……"他忽然结舌起来,用了很大的力量,仍然说不出芷筠的坏话。半晌,才转了一个弯说:"如果你冤枉了芷筠,她负气也不会再来见你!如果你没冤枉她,她就没有脸来见你了!所以,不管怎么样,她都不会来了。超凡,你懂吗?你就从此死了这条心吧!"殷超凡用心地听着,他的眼睛充了血，眼白发红了，他克制着自己，但是，嘴角仍然抽搐着，额上的汗珠大粒大粒地沁了出来。"爸，"他说，盯着父亲，喉咙沙哑，"你是无所不能的！爸，我很少求你什么，我现在求你帮我，我如果不是躺在这儿不能动，我不会求你！但是现在，我无可奈何！"他用那只没受伤的手，握紧了父亲的手，他在发烧，手心是滚烫的。"我们父子之间，似乎从来没有默契，我很难让你了解我！现在，我说什么，你也不会了解，芷筠对我远超过事业前途那一大套，我现在要见她！求你去把她找来，我会终生感激你！假若她亲口说不要再见我，我死了这条心……不不！"他重重地喘气，"我也不会死这条心！她不可能的，她不可能的！"他无法维持平静，疯狂地摇头，大喊了一声："她不可能这样残忍！"

听到"残忍"两个字，雅佩惊跳了一下，在这一瞬间，她了解他受伤那天，所说"残忍"两个字的意思了！天啊！雅佩惶恐了，自己做了一件什么事？那天去告诉芷筠，说超凡骂她残忍！是这两个字撕碎了那个女孩的心，毁去了她最后的希望！否则，芷筠何以会走得如此干脆！如此不留痕迹！她睁大眼睛，望着床上的弟弟。特别护士开始着急了，她拦了过来，对殷文渊夫妇说："你们不要让他这么激动好吗？否则，我只好叫医生再来给他注射镇静剂！""不不！"殷超凡急促地喊，他知道，镇静剂一注射下去，他又要昏昏沉沉人事不知了。而现在，保持清醒是最重要的事。"不要镇静剂，我冷静，我一定冷静！"他求救地望着父亲，"爸爸，求你！去把芷筠找来！马上把她找来！我谢谢你！"他在枕上点头:"我谢谢你!爸!"

殷文渊震惊,心痛而狼狈了!没料到这事会演变成这样的结果!殷超凡那迫切的哀求几乎是让人无法抗拒,也不忍回绝的!可是……可是……芷筠已经走了,不知所终了!何况,再找她回来,岂不前功尽弃?他瞪视着儿子,在后者那强烈而执着的表情下,立即做了一个决定,姑且拖它一段时间,任何心灵的创伤,时间都是最好的治疗剂。于是,他说:"超凡,你静静养病,我去帮你找芷筠!但是,你一定要沉住气,先保养身体要紧!"

"你现在就去找她!"殷超凡迫切地,"我立刻要见她!爸,你现在就去!"

"现在?"殷文渊蹙紧了眉头,犹豫着。

雅佩冷眼旁观,她立即知道一件事,父亲绝不会去找寻芷筠!这只是拖延政策!她心里涌起了一股不平的、悲愤的情绪,何苦这样去折磨一段爱情啊!排开众人,她走到殷超凡的床边:"爸爸、妈妈,你们能不能都出去一会儿,让我和超凡单独谈一谈?"

"你要和他谈什么?"殷文渊戒备地问。

"爸,你希望超凡快些好起来,是不是?我绝不会害超凡,我们年轻人之间,彼此比较容易了解和沟通!你们放心,我在帮你解决问题!"她转头对范书豪说,"书豪,你陪爸爸妈妈去餐厅吃点东西!"殷文渊狐疑地望着雅佩,后者脸上那份坚定的信心使他做了决定。是的,或者年轻人之间比较容易谈得通!拉起殷太太,他说:"好!你们姐弟两个谈谈,我们去餐厅喝杯咖啡!"

范书豪和殷文渊夫妇都走开之后,雅佩又支开了特别护士。室内只剩下了雅佩姐弟,她坐在床边,握着殷超凡的手,坦白地、真挚地、率直地望着殷超凡,直截了当地说:

"超凡,我告诉你,芷筠已经走掉了!"

殷超凡大大一震,他盯着雅佩:"走掉了?你是什么意思?"

"超凡,你听我说!你求爸爸找芷筠是没有用的!如果你还希望见到芷筠,只有把身体养好,然后自己去找她!你一天不好起来,就一天无法找芷筠!"

"什么意思?"殷超凡问,"她走了?她走到哪里去了?为什么要走?"他重重地喘气,艰涩地吐出一句话来:"为了恨我吗?""不,不是。"雅佩坦白地看着他,"让我告诉你所有经过,但是,你答应绝不激动!否则我不说,让大家都瞒着你!"

"我不激动,绝不激动。"他慌忙地说。雅佩告诉了他芷筠如何在病房外等待,让芷筠知道超凡说她残忍,也讲述了爸爸如何让芷筠离开……

殷超凡怔怔地睁大了眼睛,眼里的泪痕已经干了,里面开始燃烧着火焰似的光芒。他的神色又绝望,又悲切,又愤怒。"原来如此!"他沙哑地、咬着牙说出四个字。

"超凡,你不要恨爸爸,"雅佩立即扑过去,诚恳地说,"他完全是为了爱你!在他的心目中,芷筠是个祸水,再加上你又为她受了这么重的伤!爸爸要保护你,只能出此下策!

你一定要了解,爸爸有爸爸的立场,如果他少爱你一点,就不会做这件事!""许多母猫为了保护小猫,"他从齿缝中说,"就把小猫咬碎了吞进肚子里!""超凡!"雅佩正色说,"如果你要恨爸爸,我就不该告诉你!我把一切真相告诉你,是要你了解,芷筠直到走,并没有恨过你,她以为是你在恨她!再有……"她顿了顿,沉吟地说,"我从没见过像你们这样深厚和强烈的爱情,它使我怀疑我和书豪之间算不算恋爱!所以……我希望,你快点好起来,找到她!你别把希望寄托在爸爸身上,他不会去找她的!"

殷超凡闭上眼睛,浓眉紧蹙,好一会儿,他就这样闭着眼睛一动也不动。半晌,他才睁开眼睛来。

"三姐!"他叫。"什么?""请你帮我一个忙。""你说吧!""去找那个霍立峰,问问他知不知道芷筠去了哪里?或者可能去哪里?再打听一下芷筠的房子卖了多少钱?够不够她用……""钱的事我倒知道,"雅佩说,"只卖了十万块,等于送给别人了!爸爸当时想以五十万收买,被芷筠退回了!"

殷超凡唇边浮起了一个凄然的微笑。

"很像她做的事!士可杀而不可辱!"望着天花板,他发了好久的愣,忽然决然地说,"你叫护士进来,让她给我一片安眠药!""干什么?"雅佩吃了一惊。

"我想好好睡一觉,睡眠可以帮助我复原,对不对?我复原了之后,才能去找芷筠,所以,我必须先好起来!"

雅佩点了点头。"你总算想明白了!"她说。

站起身来,长叹了一声,她去叫护士了。

从这天起，殷超凡就像变了一个人，他安静、沉默、不苟言笑，常常整天不说一句话，却对医生的吩咐百分之百地遵从。他的伤势恢复得很快，可是，骨折到底是骨折，没有两三个月的时间，是无法长好的。他要求医生给他用最好的医药，勉强自己起床练习活动。这一切，使殷文渊夫妇十分意外而高兴，可是，他的沉默却让他们担心。他绝口不再提芷筠的名字，除了和雅佩之外，他和任何人都不说话。有时躺在那儿，直瞪瞪地看着天花板，一看就是好几个小时。谁也不知道他在想些什么。殷文渊常常故意和他谈点公司里的事，想引起他的兴致，他却皱着眉把眼光望向别处，一脸的厌倦与萧索，使殷文渊觉得，这个儿子已经远离了他，他根本无法接触到他的心灵。

这天下午，雅佩到医院里来，手里捧着一盆植物。把那植物放到外面小会客室里，她走进病房，四面看看，父母都不在，特别护士在屋角打着盹儿，正是难得的谈话机会。她站在床边，微笑地看着殷超凡。一接触到雅佩这眼光，殷超凡就浑身一震。"你找到她了？"他问。

雅佩慌忙摇头。"不不！我费了好大的劲儿，才找到那个霍立峰！"雅佩说，扬着眉毛，"你说怪不怪，那个霍立峰居然去念警官学校了！怪不得我找了三个星期找不到人！你不是说他不务正业吗？""怎样呢？"殷超凡问，"他知道芷筠的去向吗？"

"不，"雅佩的眼神黯淡了，"他不知道，芷筠走得干净利落。可是，那个霍立峰叫我带几句话给你，我不知道我学得像还是不像。因为这种话我从来都没听过。"

"什么话?"他皱起了眉头。

"他说,你是他妈的混蛋加一级,是混球!是糊涂蛋!你他妈的没被竹伟揍死,是你走了狗屎运!你这莫名其妙的家伙居然以为他和芷筠有一手!如果芷筠是他的马子,还会允许你来染指,你以为他霍立峰那么没有用!是乌龟王八蛋吗?芷筠在他们哥儿们中间,有个外号叫'活观音',谁也不敢碰她。你这小子走了狗屎运还不知珍惜,还要给芷筠乱加帽子,你就欠揍,你就该揍!现在,你逼得芷筠流落他方,毁家出走,你如果不去把芷筠找回来,你就是……"她眨着眼睛,努力学着霍立峰的语气,"龟儿子养的龟儿子!"她说完了,顿了顿,又加了一句:"他最后一句是用四川话讲的,我学不会!"

殷超凡瞪视着雅佩,呼吸沉重地从他鼻孔中一出一入,他的嘴角动了动,想笑,而泪意骤然冲进了眼眶,眼圈就红了,他点点头,终于说了句:"是的,我欠揍!我早就知道了,我当天就知道了!如果连我都不信任芷筠,这世界上还有什么东西是值得信任的?"他重重咬牙,"芷筠走的时候,一定是心都碎了!我就是不明白,她能走到哪里去?"雅佩望着他:"芷筠似乎知道你会去找霍立峰。"

"怎么?""她留了一样东西给你!"殷超凡惊跳起来,"是什么?""我也不懂这是什么玩意,"她走到外间,捧进来那盆植物,"霍立峰说,芷筠交给他的时候说过,如果你找她,就给你,否则,就算了。霍立峰又说,本来这植物长得很好，可是，他忘了浇水，它就变成这个垂头丧气的怪样了！"

殷超凡瞪视着那盆植物，白瓷的盆子，红色的叶子，细嫩的枝茎……竟然是那盆从"如愿林"里挖来的紫苏！他从不知道芷筠一直养着它，灌溉着它！想必，它一度长得非常茂盛，因为，那叶子都已蔓出了盆外。可是，现在，那些叶子已经干了，枯了，无精打采地垂着头，那颜色像褪了色的血渍。殷超凡用手捧过那盆紫苏，把它郑重地放在床头柜上，他虔诚地说："我要一杯水。"雅佩递了一杯水给他，看着他把水注入花盆里。

"我想，我明天该去给你买点花肥来。"她说，同时，从口袋里掏出一张卡片，"还有这个，霍立峰说，这本来是放在花盆上面的！"殷超凡一手抢过了那卡片，他贪婪地、紧张地、急切地读着上面的句子："霜叶啼红泪暗零，欲留无计去难成，少年多是薄情人！万种誓言图永远，一般模样负神明，可怜何处问来生？"他呆呆地握着那张卡片，呆呆地看着那盆红叶，依稀仿佛，又回到那遍布红叶的山谷里，他曾对着红叶，许下誓言！"万种誓言图永远，一般模样负神明！"天哪！芷筠！你怎可如此冤枉我！他握紧那卡片，心里发狂般地呼叫着：芷筠！如果找不到你，我将誓不为人！

第十九章

殷超凡出院的时候，已经是第二年的初春了。

台北的春天，寒意料峭而苦雨飘零，殷超凡站在医院门口，手里紧抱着那盆紫苏，迎着那扑面而来的寒风和那漠漠无边的细雨，心里竟有种恍如隔世的感觉。他的左手仍然用吊带绑在脖子底下，右手抱着的那盆紫苏，那紫苏虽然经过他一再浇水灌溉，依旧是一副垂头丧气的样子。殷文渊夫妇都不知道这盆怪里怪气的"盆景"是从什么地方来的，更不知道殷超凡何以把它视若珍宝，但是，他们竟连问也不敢问他，因为，他那紧蹙的眉头、消沉的面貌和那阴郁的眼神，使他整个人都像笼罩在一层严霜里。曾几何时，父母与儿子之间，竟已隔了一片广漠的海洋！

老刘开了那辆"宾士"过来，殷太太扶着儿子的手臂，要搀他上车。殷超凡皱着眉，冷冷地说："我的车子呢？"

"在家里呀！"殷太太说，"每天都给你擦得亮亮的！老刘天天给它打蜡,保养得好着呢!"

殷超凡默然不语,上了车,殷文渊竭力想提起儿子的兴致:"虽然是出了院,医生说还是要好好保养一段时间。可是,书婷他们很想给你开个庆祝晚会,公司里的同仁也要举行公宴,庆祝你的复原,看样子,你的人缘很好呢!只是日子还没定,要看你的精神怎样……"

"免了吧!"殷超凡冷冷地打断了父亲,眼光迷迷蒙蒙地望着窗外的雨雾,也是这样一个有雨有雾的天气,自己冒雨去挖紫苏!他低头看着手里的红叶,为什么这叶子这样憔悴,这样委顿,失去了芷筠,它也和他一样失去了生机吗?草木尚能通灵,人,何能遣此?他的眼眶发热了。

殷文渊被儿子一个钉子碰回来,心里多少有点别扭,他偷眼看着殷超凡,超凡脸上,那份浓重的萧索与悲哀,使他从心底震动了!一年前那个活泼潇洒的儿子呢?一年前那有说有笑的儿子呢?眼前的超凡,只是一个寂寞的、孤独的、悲苦的、愁惨的躯壳而已。他在他全身上下,找不出一丝一毫兴奋的痕迹,只有当他把眼光调向那盆紫苏的时候,才发出一种柔和而凄凉的温情来。

车子到了家里,周妈开心地迎了过来,一连串地恭喜,一大堆地祝福,伸出手来,她想接过殷超凡的紫苏,超凡侧身避开了。客厅里焕然一新,收拾得整整齐齐,到处都是鲜花:玫瑰、天竺、晚菊、紫罗兰……盛开在每个茶几上和角落里。殷超凡看都没看,就捧着自己的紫苏,拾级上楼,关进了自己的房里,依稀仿佛,他听到周妈在那儿喃喃地说:

"太太,我看少爷的气色还没好呢!他怎么连笑都不会笑了呀?"是的,不会笑了!他生活里还有笑字吗?他望着室内,显然是为了欢迎他回家,室内也堆满了鲜花,书桌正中,还特地插了一瓶樱花!他皱紧眉头,开了房门,一迭连声地大叫:"周妈!周妈!周妈!"

"什么事?什么事?"周妈和殷太太都赶上楼来了。

"把所有的花都拿出去!"他命令着,"以后我房里什么花都不要!"周妈愣着,却不敢不从命。七手八脚地,她和殷太太两个人忙着把花都搬出了屋子。殷超凡立即关上房门,把他那盆宝贝紫苏恭恭敬敬地供在窗前的书桌上。去浴室取了水来,他细心地灌溉着,抚摸着每一片憔悴不堪的叶子,想着芷筠留下来的卡片上的句子:"霜叶啼红泪暗零,欲留无计去难成!"这上面,沾着芷筠的血泪啊!她走的时候,是多么无可奈何啊!他把嘴唇轻轻地印在一片叶片上,闻着那植物特有的青草的气息,一时间,竟不知心之所在,魂之所在了。

片刻之后,他开了房门,走下楼来,殷文渊夫妇和雅佩都在客厅里,显然是在谈着他的问题,一看到他下楼,大家就都收住了口。"我要出去一下!"他简单地说。"什么?"殷太太直跳了起来,"医生说你还需要休养,出院并不是代表你就完全好了……"

"我自己知道我的身体情况!"殷超凡紧锁着眉,"不要管我!我要开车去!""开车?"殷太太更慌了,"你一只手怎么开车?你别让我操心吧!刚刚才从医院出来,你别再出事……""这样吧!"殷文渊知道无法阻止他,"叫老刘开车送你去!""算了!"他粗声说,"我叫计程车去!"

雅佩站起身来,小心翼翼地微笑着:"我陪你去好不好?"他摇摇头,对雅佩感激而温和地看了一眼:"不!我一个人去!""你要去哪儿?"殷太太还在喊,"周妈给你炖了只鸡,好歹喝点鸡汤再走好吗?喂喂……你身上有钱没有?怎么说走就走呢!外面在下雨呢!"

"我有钱!"殷超凡说,头也不回地走出去了。

半小时以后,殷超凡已经来到饶河街三〇五巷里了,下了计程车,他呆呆地站在雨雾里,面对着芷筠那栋陋屋的所在之地!三个月不见,人事早已全非!那栋屋子已拆除了,新的公寓正在兴建,一排矮房都不见了,成堆的砖石泥土和钢筋水泥正堆在街边上,地基刚刚打好,空空的钢筋耸立在半空中,工人们来往穿梭,挑土的挑土,搬砖的搬砖,女工们用布包着头,在那儿搅拌水泥。他下意识地看着那水泥纸袋:台茂出品!他再找寻芷筠房子的遗迹,在那一大排零乱的砖石泥土中,竟无法肯定它的位置!

他呆呆地站着,整个人都痴了,傻了!芷筠不知所终,连她的房子也都不知所终了!将来,这整排的四楼公寓,会被台茂的水泥所砌满!台茂!它砌了多少新的建筑,却也砌了他的爱情的坟墓!他站在雨地里,一任冷风吹袭,一任苦雨欺凌,他忽然有股想仰天长笑的冲动。如果他现在大笑起来,别人会不会以为他是疯子?或是白痴?正常人与白痴的区别又在哪里?他不知道自己在雨地里站了多久,有几个孩子从他面前跑过，其中一个对他仔细地看了看，似乎认出他是谁了，他一度也是这条巷子里的名人啊！那孩子跑走了。没多久，他看到一个熟悉的影子对他大踏步地跨了过来，是霍立峰！他居然在这儿，他不是去警官学校了吗？

"喂，傻瓜！"霍立峰叉腿而立，盯着他，"你在雨地里发什么呆？"他望着霍立峰："听说你去念警官学校了！""是呀！"霍立峰抓抓头，"今天我刚好回家，你碰到我，算你这小子运气好！你知道我为什么要当警员？是竹伟叫我当的！他说，霍大哥，警员比你凶，他们可以把人关在笼子里，你不要当霍大哥，你当警员吧！我想想有理，就干了！""竹伟！"他叫着，迫切地，"你知道他现在在什么地方？"

"我怎么知道？你还没有把他们找到吗？""如果我找到了，我就不来了！"他凄然地。

霍立峰审视着他。"我告诉你，芷筠安心要从这世界上失踪，谁也找不到她！"他说，"芷筠的脾气就是这样！你别看她娇娇弱弱的，她硬得像块石头！不过……"他又望望他："看你这小子蛮有诚意，我指示你两条路吧！"

殷超凡紧张得浑身一震。"你说！""第一条，何不去问问那个方靖伦呢？那姓方的一直追求芷筠，芷筠这女孩不是平常的女孩子，换了任何人，可能都会和方靖伦搞七拈三，芷筠呀……啧啧，"他摇头，忽然间火来了，瞪着殷超凡说，"他妈的，我真想揍你！全世界上的男人数你最混蛋！她干吗要认定了你？如果她当了我的老婆，我会把她当观世音菩萨一样供在那儿！只有你这混球，还怀疑她不贞洁哪！她干吗要为你贞洁呀？我是她，现在就跟方靖伦同居！有吃有喝有钱用，他妈的，为谁当圣女呀！有谁领情呀？"殷超凡的心沉进了地底。

"你说得有理！"他闷闷地说，咬了咬牙，"你的第二条路呢？""你老子不是有办法吗？"霍立峰耸耸肩，"清查全省的户籍，总可以查出来！"查全省的户籍？这算什么办法？找谁去查？如果芷筠安心不报户籍呢？可是，霍立峰所说的那第一条，还确有可能！他侧着头沉思，如果芷筠果真已跟了方靖伦，自己将怎么办？他一凛，开始觉得那苦雨凄风所带来的寒意了。但是，他重重地一甩头，今天管她在那儿，管她跟了谁，自己是要她要定了！找她找定了！

于是，半小时之后，殷超凡坐在蓝天咖啡馆里，和方靖伦面面相对了。方靖伦愕然地瞪视着殷超凡，带着一份毫无造作的坦白和惊异，他说："什么？芷筠还没有和你结婚吗？""结婚！"殷超凡苦恼地说，"我连她在什么地方都不知道，怎么结婚！"方靖伦打量着他，那受伤的胳膊，那憔悴而瘦削的面容，那滴着雨水的头发，那湿透了的外衣，那阴沉的眼神……他知道一定发生了什么，他燃起一支烟，深深地抽了一口。"你们吵架了？你家里嫌弃她？唉！"他叹口气，"一切都在我预料之中！而她却不来找我！当初，我就对她说过，你不一定能带给她幸福，可是，她说，你能把她放进地狱，也能把她放进天堂，无论是地狱还是天堂，她都要跟你一起去闯！这样一份执着的爱情，我还能说什么？"他盯着殷超凡，"你居然没带她进天堂？那么，她就必然在地狱里！"

殷超凡的心脏痉挛了起来，一阵尖锐的痛楚，从他内心深处一直抽痛到指尖。第一次，他听到一个外人，来述说芷筠背后对他的谈论！而他，他做了些什么？如果他不中了父亲的毒，那天早上，不去和她争吵，不打她耳光……天哪！他竟然打她耳光！不由分说，不辨是非地打她！他耳边响起竹伟的声音："你是坏人！你打我姐姐！你瞧，你把她弄哭！你把她弄哭……"他把头埋进手心里，半晌，才能稳定自己的情绪，重新抬起头来。"那么，你也不知道她在哪里了？"他无力地问。

"如果她来找我，我一定通知你。"方靖伦真挚地说，被他那份强烈的痛楚所感动了。"她离开友伦公司的时候，曾经答应过，如果有困难，她会来找我。可是……"他沉思着，"我想她不会来！她太骄傲了，她宁可躲在一个无人所知的地方去憔悴至死，也不会来向人祈求救助！尤其……"他坦白地望着殷超凡："她曾经拒绝过我的追求！她就是那种女孩，高傲、雅致、洁身自爱，像生长在高山峻岭上的一朵百合花！在现在这个社会，像她这样的女孩，实在太少了！失去她，是你的不幸！"

从蓝天出来，他没有叫车，冒着雨，他慢慢地往家中走去。一任风吹雨淋，他神志迷乱而心境怆然。回到家里，已经是吃晚饭的时间了，全家都在等他。他像个幽灵般晃进了客厅，浑身湿淋淋地滴着水，头发贴在额上。殷太太一见，就忍不住叫了起来："哎呀！超凡！你是刚出院呢！你瞧你，怎么这样不爱惜自己呢？啊呀……超凡，"她怔住了，呆呆地瞪着儿子,"你怎么了?你又病了吗?"殷超凡站在餐桌前面,他的目光直直地望着殷文渊,一瞬也不瞬,眼底,有两簇阴郁的火花,在那儿跳动着。他的脸色苍白而萧索,绝望而悲切。但是,在这一切痛楚的后面,却隐伏着一层令人心寒的敌意。他低低地、冷冷地、一字一字地开了口:"爸爸,你只有一个儿子,你为什么一定要把他谋杀掉,你才高兴?"说完,他掉转头,就往楼上走去。满屋子的人都呆了,都不知道该如何是好。殷文渊被击败了,终于,他觉得自己是完全被击败了,但是,他还想做最后的努力:"超凡!"他叫,没有回头看他,"你总念过那两句话:世间多少痴儿女,可怜天下父母心!"

殷超凡在楼梯上站住了,望着楼下。

"爸爸!你终于明白我是'痴儿女'了,你知道吗?人类的'痴'有好多种,宁可选择像竹伟的那种,别选择像我这种!因为,他'痴'得快乐,我'痴'得痛苦!"

他上了楼,把自己关在卧室里。

殷文渊是完全怔住了,坐在那儿,他只是默默地出着神。殷太太的泪水沿颊滚下,她哽塞着说:"去找芷筠吧!不管他娶怎样的媳妇,总比他自己毁灭好!"殷文渊仍然默默不语。雅佩叹了口长气说:"说真的,人还是笨一点好!聪明人才容易做傻事呢!我不管你们怎样,从明天起,我要尽全力去找芷筠!"

接下来的日子是忙碌、悲惨、焦虑、苦恼、期望……的总和。殷超凡天天不在家,等到手伤恢复,能够开车,他就驾着车子,疯狂地到各处去打听,连职业介绍所、各办公大楼都跑遍了。也曾依照霍立峰的办法,到台中、高雄、台南各大都市,去调查户籍,可是,依然一点线索也没有。最后,殷超凡逼不得已,在各大报登了一个启事:

筠:万种誓言,何曾忘记?
一片丹心,可鉴神明!
请示地址,以便追寻!

凡

启事登了很久,全无反应,殷超凡又换了一个启事:

筠:请原谅,请归来,请示地址!

凡

当夏天来临的时候,殷超凡终于认清一件事实,芷筠是安心从世界上隐没,守住她当初对殷文渊许下的一句诺言,不再见他了。他放弃了徒劳的找寻,把自己关在屋里,沉默得像一块石头,冷漠得像一座冰山,消沉得像一个没有火种的炉灶,他不会笑,不会说话,不会唱歌,也不会上班了。

整个家庭的气压都低了,雅佩本来定在十月里和书豪一起去国外结婚,可是,她实在放心不下超凡,又把日期往后移。私下里,她也用她的名字登报找过芷筠,仍然音讯杳然。这天,殷超凡望着桌上的那盆紫苏,这盆东西始终不死不活,阴阳怪气，不管怎么培植，就是长不好。殷超凡忽然心血来潮，驾着车子，他去了"如愿林"。

"如愿林"中，景色依旧，松林依然清幽，遍地红叶依然灿烂，绿草的山谷依然青翠。他坐在曾和芷筠共许终身的草地上，回忆着他们之间的点点滴滴。一时间，心碎神伤而万念俱灰。"芷筠，真找不到你，这儿会成为我埋骨之所！"

这念头使他自己吓了一跳。不，芷筠，你会嘲笑一个放弃希望的男人！他想着，我不能放弃希望！我还要找你！我还要找你！我还要找你！哪怕找到天涯海角，找到我白发苍苍的时候！依稀恍惚，又回到他们谈论婚事的那一天！如果那天芷筠肯和他结婚，一切悲剧就不会发生了。芷筠为什么不肯答应结婚呢？"……如果你要和我公证结婚，我们就只有一条路可走……如果你娶了我，你就什么都没有了……你在利用父母的弱点，这是很不公平的事……如果你一无所有，我不会在乎你父母的反对与否……在那唯一的一条路之下，我愿意嫁你……"

芷筠说过的话，一句一句地在他记忆里回响。忽然间，像是一线灵光闪过了他的脑海，他顿时明白了一件事！当时芷筠费尽唇舌，只是要告诉他，她不愿嫁给台茂的继承人！不愿当殷家不受欢迎的儿媳妇！她早就知道，殷文渊不会接受她，而她也不甘于背负"为金钱勾引台茂小老板"的罪名，她也看不起那份金钱！所以，千言万语，她所说不出来的，只是几个字：殷超凡！做你自己，独立！

"独立！"这两个字像一盏明灯般在他眼前闪耀。骤然间,他回忆起以往种种。自幼,他在父亲的安排下做一切的事,用父亲的钱,在台茂当经理,开着父亲送的车子,穿着父亲定做来的衣服,住着父亲豪华的房子……他自然而然地接受这一切,虽然潜意识里曾想挣扎,明意识里却安之若素!芷筠千方百计想要让他了解,他需要先独立,才能和芷筠结婚!而他却根本没有体会到!芷筠,芷筠,你是怎样的女孩!你用心良苦,而我却无法明白!芷筠,芷筠!我只是"混蛋加一级"!独立!是的,独立!早就该独立了!儿子可以孝顺父母,却不是父亲的附属品!独立!独立!独立!芷筠!今生或许再不能相见,但是,最起码,我该为你站起来,做一个能够独立自主的人!做一个不再倚赖父亲的人!

他驾车回到了家里。殷文渊夫妇都在家,最近,为了殷超凡,殷文渊几乎谢绝了外面所有的应酬,他近来变得十分沮丧,十分焦灼,只是,许多话以一个父亲的尊严,他无法对儿子说。如果现在有什么力量,能够让殷超凡恢复往日的欢笑、快乐及生气,他愿意牺牲一切来换取!不只殷文渊夫妇在家,雅佩和范书豪也在。殷超凡大踏步地走了进来,看了看父母亲,他就一言不发地往楼上走,殷太太已看惯了他的漠然,却依旧忍不住地摇头叹气。殷文渊点着了烟斗,他深深地吸着,烟雾弥漫在空气里,忧郁和凄凉也弥漫在空气里。只一会儿,殷超凡背着一个简单的旅行袋,手里紧抱着他那盆视作珍宝的紫苏,走下楼来了。殷太太立即一震,急急地问:"你要干什么?""爸爸、妈妈,"殷超凡挺立在客厅中间,郑重、沉着而严肃,"我要走了!""走了?"殷文渊跳了起来，"你要走到哪里去？""我还不知道。我想，无论如何，我也读完了大学，找一个工作应该并不困难！""找工作？"殷太太喊着，"你在台茂当副理，这样好的工作你还不满意？为什么要找工作？"

"台茂的工作可以让给书豪，"他诚恳地说，"爸爸，书豪比我懂得商业，他学的又是工商管理，可以作为你的左右手，把他放到美国去，咱们损失太大了！""超凡，"殷文渊急促地抽着烟斗，"我告诉你一件事，本来不想说的，我已经托了各种关系去调查全省的人口资料，找寻芷筠的下落。"殷超凡直直地望着父亲，他的眼睛睁得大大的，眼珠深黑而明亮。嘴角浮起了一个微笑，这微笑是含蓄的，若有所思的。"你肯这么做，我谢谢你！"他说，很客气，很真挚，却也很深沉，"放心，爸爸，我不会失踪，等我一找到工作，就会告诉你我在哪里。如果你有幸找到芷筠，请你务必通知我！""超凡！"殷太太的泪水夺眶而出，"你爸爸已经去找芷筠了，你为什么还要走呀！你生气，我们知道，我们想办法弥补，你别一负气就离开家呀！"

"妈妈！"殷超凡恳切地说，"我并不是负气离家出走，我只是要学习一下独立，学习一下在没有爸爸的安排下，去过过日子！妈，每只小鸟学会飞之后就该飞一飞，否则，他总有一天会从树上摔下来摔死！"

他走到雅佩面前："三姐，留在台湾！帮助爸爸，安慰妈妈！"雅佩凝视着殷超凡。"我想，超凡，"她深刻地说，"我留你也没有用，是不是？你一定要走？""是的！我要去找我我的方向！"

"超凡！"殷文渊紧咬着烟斗，从齿缝里说，"你知道工作有多难找吗？""我可以想象。""如果你不满意台茂，"殷文渊小心翼翼地说，"我也可以给你安排到别的地方去工作！""不必了，爸爸！我想我第一件需要做的工作就是不再依赖你的'安排'！""超凡，"殷太太发现事态的严重，忍无可忍地哭了起来，"你真的要走哇？你有什么不满意，你说呀！你要芷筠，我们已经在尽力找呀！超凡！你不能这样不管父母，说走就走……""妈妈！别伤心！我不是一去不回，也不是到非洲或吃人族去！我只是去找一个工作……"

"好！"殷太太下决心地说，"你要到哪里去，让老刘开车送你去！""妈妈！"殷超凡自嘲似的微笑着，"是不是还要派周妈去服侍我穿衣吃饭呢？"

他走向了门口，全家都跟到了门口，殷太太只是哭，殷文渊却咬着烟斗，靠在门槛上发愣。殷超凡看到自己那辆红色的野马，他在车盖上轻拍了两下，甩甩头，大踏步地往院子外面走去。"超凡，"殷文渊说，"连车子都不要了吗？这只是一件生日礼物而已！""帮我留着！"他说，"我现在不需要，我想，我养不起它！"

他大踏步地"走"出了殷家。

第二十章

转眼间,时序已入秋季。

在台中市附近,有个小镇叫清水,清水再南下,就是台中的周边区,叫大雅。在清水与大雅之间,有几户竹篱茅舍,这竹篱茅舍构不成村庄,只是几户居民而已,围绕在一些田畴和翠竹之间。如果要到这竹篱茅舍去,还必须远离公路,走一段泥泞的、凹凸不平的黄土路。踏上这条黄土路,就可听到隐约的鸡啼和阵阵的犬吠,告诉你,这儿是一个远离都市烦嚣的所在,如果你念过几本书,你或者会兴起"采菊东篱下,悠然见南山"的诗情画意。但,只怕真正鸡鸣而起、荷锄工作的那些农夫,并没有这么高的闲情逸致,来领悟这份大自然的美和这种空灵的境界。

这天,有辆黑色的"宾士"开到了黄土路旁边停下,司机下了车,一再询问田里工作的农夫们。接着,车里,殷文渊走下了车子,他对黄土路上走去,一面说:

"老刘,别问了,一共只有这么几家人,还怕找不到吗?"

他沿着黄土路向那堆竹篱茅舍中走去,两旁的稻田中,秋收的稻已经割过了,新插的秧苗绿油油的一片,在初秋的轻风中一波一波地起伏着,那片嫩秧秧的绿,像块大大的地毯,使人想在上面好好地翻滚一番。殷文渊走进了那丛翠竹,一片软软的阴凉就对他笼罩了过来,接着,是一阵绕鼻而来的花香。是的,翠竹边种着几排吊灯花,可是,经验告诉他,吊灯花是不会香的。而这阵花香里,混合着茉莉、晚香玉、玫瑰、百合和马蹄花的各种味道。

他深吸了口气,循着花香,他发现幽竹中另有一条道路,路上铺满了松松脆脆的竹叶,有几只蝴蝶,翩翩然从他头顶穿过,接着是蜜蜂的嗡嗡声。一阵风过,竹子摇落了更多的落叶,飘坠在他的肩头。他有些惊奇而眩惑了,这种环境,这种气氛,他似乎一生也没有经历过。忽然间,一阵犬吠打断了他的思潮,他看过去,迎面蹿出一只白底黑斑的大狗,正对他汪汪狂叫,作势欲扑,他站住了,不知该是进是退。就在为难的时候,他听到一个年轻的、男性的、愉快的声音在嚷着:"小花!不许叫!不许咬人哦!"

立刻,跟着这声音,跑出一个高高壮壮的大男孩,穿着件白色圆领衫,一条短裤,露出他那结实的胳膊和腿,那一头乌黑的头发下,是一张被太阳晒成微褐色的脸庞,一对漂亮的眼睛,带着温和的笑意,对殷文渊善意地微笑着。他安慰地说:"你别怕,小花不会咬你,它只是吓吓你!它知道不应该咬人,如果咬了人,我会把它关在笼子里!"他忽然笑了起来，露出一口整齐的白牙齿，那爽然的笑容像秋季的天空，连一丝乌云都没有。那笑容非但漂亮，而且是动人的！他俯下身子，一把搂住了那只大狗的脖子，亲昵地说："小花！你知道的！我也是吓吓你！我才不舍得把你关笼子呢！是不是？小花？"大男孩与狗之间，似乎有种亲密的、难解的感情和了解，那只狗喉咙里发出温柔的呜呜声，就用它的大头，去拱着那男孩的胸脯，大男孩仰天躺倒在地上，笑得喘不过气来，一面用手环抱着狗的脖子，狗伸出舌头，亲热地舔着他，男孩笑得更凶了，说："坏东西！你知道我怕痒！你别乱闹呀！小花，我投降，我投降！"他举起双手。狗似乎懂得这个手势，它退开了，还得意地仰着脑袋。那大男孩从地上一跃而起，衣服和头发上都沾着干枯的竹叶。他用手怜爱地揉了揉那只狗的耳朵，抬起头来，他仍然笑容可掬地望着殷文渊。

"你找谁？"他问，"你要买花吗？"

"买花？"殷文渊愣着，他已经被这大男孩和狗所迷惑了，内心深处有种温柔而感动的情绪，像海底的浪潮般蠢动着。他唯唯诺诺，没有回答。那大男孩已经愉快地一招手，说："跟我来！"带着狗，他领先往前面走去，嘴里轻哼着一支歌，歌词断断续续，听不清楚，唯一可辨别的，是两句话：

"我们相对注视，秋天在我们手里。"

花香更浓郁了，殷文渊发现自己走进了一个小小的花圃，一排排的木板架子上，有各种盆景，地上，还种植着许许多多叫不出名目的植物，顶上，是简陋的木头架子，架子上，爬满了紫藤花。在这一大片姹紫嫣红、枝叶扶疏之中,有个女孩,正背对他们而立,一件简单的白色洋装,裹着那苗条而纤小的腰肢,一块白底印着碎花的头巾,包着她的头发,她手里拿着剪刀,正在用心地修剪着一棵披头散发一般的绿色植物。听到脚步声,她没有回头,只是用那熟悉的、温柔的嗓音,清脆地说:"竹伟,你答应帮我挑土来的,又忘了吗?"

"我没忘!马上就去挑了!"竹伟嚷着,"姐,有人来买花了!"那女孩回过头来,立即,殷文渊面对着芷筠那对黑白分明的眸子了。她晒黑了,眉梢眼底,都带着风霜的痕迹,脸颊更瘦了,更憔悴了。可是,她那弯弯的嘴角边,却有种难解的坚定和固执,奇怪的是,她那小小的脸庞,依然美丽而动人。她在这一瞬间给殷文渊的感觉,就好像看到一棵幼嫩的小草,挣扎于狂风暴雨中,虽然被吹得东倒西歪,却仍然固执地茁长着。他凝视着芷筠,在一份强烈的激动里,一时竟不知道说什么好。看清楚了对面的人,芷筠的脸色变白了,嘴角微微地掠过了一阵痉挛,她的背脊就下意识地挺了挺,眼睛一瞬也不瞬地迎视着殷文渊,她却对竹伟说:"竹伟,你得罪了这位先生吗?"

"没有呀!"竹伟惊愕地说,"我叫小花不要咬他呀!小花是不会咬人的,姐!你知道它好乖,不咬人的!"

"很好,竹伟,"芷筠说,"你去挑土吧!"

"好的!"竹伟答应着,跑开了,一面跑,一面叫着:"来!小花!追我!看是你快还是我快!来!小花!"一人一犬,很快就消失了踪影。这儿,芷筠定定地望着殷文渊,她眼里带着浓重的、备战的痕迹。"我们又做错了什么?"她问,"我已经躲到这穷乡僻壤里来了!你还有什么不满意吗?"

殷文渊深吸了口气,身边有一棵茉莉花,那香味雅致而清幽地绕鼻而来。他咳了一声,清了清嗓子,觉得千言万语皆难启齿。他又有那份伧俗和渺小的感觉,似乎这儿的一草一木,一花一树,都在冷冷地嘲弄着他。既有当初,何必今日!他咬咬牙,忽然决心面对真实。在他一生里,从没有这样低声下气过。"芷筠,我来道歉。"她一震,这是第一次,她听到他称呼她的名字,她心里隐隐有些明白,而头脑却开始晕眩了,放下手里的剪刀,她把身子倚靠在身旁的一株九重葛上,哑声说:"我不明白你的意思。"

"我一向反对父母干涉儿女的婚姻,"他坦白地说,盯着她,"却没料到自己做了这样的父母!超凡和你都说得对,我对感情了解得太少,现在,我承认自己的错误,来这儿,只是希望你不咎既往,能够重新回到超凡身边!"

她惊跳着,脸色发白,嘴唇轻颤,而心脏紧缩了。她怀疑地审视着殷文渊,是什么力量使这个冷漠的人做这样的牺牲?对她如此前倨后恭?难道是超凡……是超凡出了什么事?她的脸色更白,眼睛睁得更大,一种几乎是惊悸和恐惧的神色飞进了她的眼底,她震颤着说:"超凡怎样了?他好了吗?"

"如果你指的是肉体上的伤口,早就已经好了。精神上和心灵上的,却不是医生或药物所能治疗的了。"

"他怎样了?"她再问。那份惊悸、担忧、热爱、关怀都明显地燃烧在眼睛里。殷文渊目睹着这对目光,在这一刹那间，他觉得心灵震动而情绪激荡。谁说长一辈的一定比小一辈的懂得多？而今，这对小儿女教育了他！最起码，教育了他什么叫"爱情"！"哦，你别着急。"他急促地说，"他很好，总之，在外表上很好，他努力工作，刻苦耐劳，一个人做好几个人的事……你知道吗？他早已离开了家，离开了台茂。"

"哦？"她再震动了一下。

"我们曾经千方百计地找你，"殷文渊转变了话题，"你走得实在太干净，我到户籍科去查你的迁出记录，你在迁入栏开了一个玩笑，填的是市立殡仪馆的地址，这件事我从不敢告诉超凡，否则，他现在已经疯了。"他凝视她："你走的时候，是忍气吞声的，是吗？"

她不语。脸上的肌肉慢慢地放松了，眼底的戒备之色也已消失，唇边的弧度柔和了许多。

"超凡知道我在这儿吗？"

"不，他还不知道。我利用了各种人事关系，才知道你在这儿。我想，我最好先来和你谈一下。"

"先来了解一下我的情况？"她又尖锐了起来，垂下睫毛，她望着身边的树木，"看看我到底堕落狼狈到什么地步？现在你看到了。以前，我到底还是个秘书，现在，我是个卖花女，想知道我这半年多怎么活过来的吗？我租了这块地，买了花种，培植了这些花木，每天早上，竹伟帮我踩三轮板车，把花运到台中，批发给台中的花店！我是个道地的卖花女。你来这儿，问我愿不愿意重回超凡的身边？你不怕别人嘲笑你，台茂的小老板每况愈下，居然去娶一个卖花女为妻子！哦，对了！"她唇边浮起了一个淡淡的冷笑，"或者是我会错了意，你指的并不是婚姻，一个有钱人家的少爷，养几个情妇也是家常便饭……""你错了！"殷文渊正色说，"我是来代我儿子求婚，你可愿意嫁给超凡吗？"他诚恳地、真挚地、深刻地望着她。

她惊愕地抬起头，大眼睛睁得那么大，眼珠滴溜滚圆，绽放着黑幽幽的光芒。一时间，他们都不说话，只是彼此衡量着彼此。这是殷文渊第三度这样面对面地和她谈话，他心底对她的那份敌意，到这时才终于完全消失无踪，而那层欣赏与喜爱，就彻底地占据了他整个的心灵。他的眼睛一定泄露了心底的秘密，因为芷筠的脸色越来越柔和，眼光越来越温柔，温柔得要滴出水来。好半响，她才无力地、挣扎地、模糊地说："你不怕有个白痴孙子吗？"

"超凡说过，那是个未知数。即使是，像竹伟那样，又有什么不好？我刚刚看到了他。"他顿了顿，由衷地说，"我从没见过这么快乐，这么容易满足的孩子！人生几十年，快乐最重要，是不是？何况——"他引用了芷筠的话："我们都没有竹伟活得充实，我们惯于庸人自扰！"泪珠在芷筠眼眶里打着转，她唇边浮起了一个好美丽好动人的微笑："你说——超凡已经离开了台茂？"

"是的，他说他要学习独立！"

她唇边的笑更深了，更动人了，她的眼珠浸在水雾里，幽柔如梦。"他在哪儿？""说起来，离你是咫尺天涯，他在台中。"

"什么？"她惊跳着，"他在台中干吗？"

"他学的是工程,现在参加了建设台中港的工作,终于学以致用了。他工作得很苦,住在单身宿舍里,又要绘图,又要测量,又要监工,晒得像个黑炭!"

她颊上的小酒窝在跳动。她深深地看着他。

"你对我又有条件了,是不是?你希望我用婚姻把他拉回台茂吗?""不。"他也深深地回视她,"台茂多他一个不算多,少他一个也不算少,他现在的工作比在台茂有价值。我不再那样现实了,父亲对儿子往往要求太多,我想,他会继续留在目前的岗位上。我所以做这件事,不是为了要他继承我的事业,而是想找回他的幸福!尤其,这幸福是我给他砸碎了的!"

她侧着头沉思:"可是……我不认为我能适应你们家的生活……""肯接受结婚礼物吗?"他问。"要看是什么。""就是我们脚下这块地,你高兴的话,可以开一个大大的花圃!我只希望,你们肯常常去看看我们!我就于愿已足!当你完全失去一个儿子的时候,你就知道真正珍贵的,不是事业的继承,而是父子之间的那份爱!"

她的头靠在树上,面颊上逐渐涌起两片红潮:"说起来好像真的一样。你怎么知道他还要我?""他登的寻人启事,你没看到吗?""那是很久以前了。""好。"他点点头,"让我们马上把这件事弄弄清楚!"他掉转头就往外走。"你去哪儿?"她急急地问。

"开车去台中港,再接他过来,大约要一个半小时!请你等在这儿!""啊呀!"她叫,脸色由红而白了。目送殷文渊迅速地消失在小径上，她把手紧按在胸口，以防止那心脏会跃腔而出。半晌，她才像做梦一般，身子软软地坐到一个石磴上去。她抬头看看天空，看看周围的花树，又把手指送到嘴里去，狠狠地咬了一口，那痛楚使她跳了跳。同时，竹伟挑着两筐土过来了："姐，土挑好了。我放在这里了。"

"好。"她软软地说，"竹伟，刚刚是不是有位伯伯来过？"她怀疑地问。"是呀！你还和他说了半天话呀！"

那么，这是真的了？那么，这不是做梦了？那么，他真的要来这儿了？她的心跳着，头晕着，呼吸急促了，神志迷糊了。她抓下了包着头发的头巾，她该进屋里去，梳梳头发，换件衣裳，搽一点胭脂口红……唉！自从和他分开之后，什么时候有过梳洗化妆的习惯！她想着，身子却软软的，丝毫没有移动的力气，她听到竹伟在叫："姐，我带小花去河边玩！"

"好！"她机械化地回答着，仍然坐在那儿，动也不能动，时光一分一秒地移过去，她只是傻傻地坐着，听着自己的心跳，咚咚！超凡！咚咚！超凡！心跳的声音和这名字混在一起，变成了一阵疯狂似的雷鸣之声，震动了她每根神经，每根纤维！

同一时间，殷文渊正带着儿子，疾驰而来。车子到了黄泥路口，殷文渊转头对殷超凡说："你自己进去吧！我想，不用我陪你了！今晚我住在台中大饭店，明天我们再谈！"
"爸！"殷超凡喘息地说，"你不会开我玩笑吧！"

"我怎能再开你玩笑？"殷文渊怜惜地望着他，感到自己的眼眶在发热，"你进去，跟着花香往右转，穿过一条竹叶密布的小径，就是了！"殷超凡对父亲注视了两秒钟，然后，他飞快地拥住殷文渊，用面颊在他颊上靠了靠，这是他从六岁以后就没做过的动作。跳下了车子，他对着那条泥土路，连跑带跳地直冲而去。殷文渊的眼眶湿漉漉的，唇边不由自主地浮起了一个微笑，这么久以来，他才觉得自己的心和儿子的心是连在一起的。目送儿子的身子完全消失了，他满足地叹了口气，命令老刘开车离去。这儿，殷超凡走进了竹林，拐进了那条落叶铺满了的小路，闻着那绕鼻而来的花香，他越来越有种"近乡情更怯"的感觉。她在里面吗？她真的在里面吗？心跳得像擂鼓，血液全往头脑里冲，他终于站在那花圃门口了。

　　一眼就看到她，坐在一片花海之中，背后是一棵九重葛，盘根错节地伸长了枝丫，开满了一树紫色的花朵。她旁边都是花架，玫瑰、金菊、石榴、茉莉、蔷薇、木槿、芙蓉……从不知道台湾的秋天，还有这么多的花！可是，她在花丛之中，竟让群花逊色！她坐在一个矮矮的石磴上，长发随便地披拂着，那发丝在微风里轻轻飘荡。一身纯白的衣衫，就像他第一次看到她时一样。她的头低低地垂着，长睫毛在眼睛下面投下一圈弧形的阴影，小小的鼻头，小小的嘴……哦！他心里在高歌着，在狂呼着：他的芷筠！梦萦魂牵，魂牵梦萦……他的芷筠！一步步地走了过去，停在她的面前。她继续低着头，双手放在裙褶里，她看到他的身子移近，看到了那两条穿着牛仔裤的腿，她固执地垂着头。心跳得那么厉害，她怕自己会昏倒。是他吗？是他吗？是他吗？她竟不敢抬头，不敢说话，甚至，不敢呼吸……怕这一切都只是个幻影，怕稍一移动，就什么都消失了。他的手终于轻轻地按在她那低俯着的头颅上。

"芷筠！"他沙哑地、颤声地低语，"抬起头来！"

是他！是他！是他！泪浪一下子就冲进了眼眶，视线全成了模糊。她听到自己那带泪的声音，在呜咽着说："不。"

"为什么？"

"因为我现在很丑！"

他突然跪在她面前，一下子就用手托起了她的下巴，透过那层泪水的帘子，她看到他那黝黑、憔悴、消瘦的脸庞和那对灼灼然、炯炯然、闪烁着光芒的眼睛，听到他那沉痛的声音："你不会比我更丑！"他审视着她，用那燃烧着火焰般的眼光审视她，似乎要一直看进她的灵魂深处去，接着，他闭了闭眼睛，再睁开眼睛来的时候，他眼里已充斥着泪水。

"哦！芷筠！你永远美丽！"

他迅速地拥抱了她，他那炙热的嘴唇，紧紧地、紧紧地吻住了她，两人的泪混合在一起，两人的呼吸搅热了空气。她的手死命地攀住他的脖子，在全心灵的战栗与渴求里，听着蜜蜂的嗡嗡，听着树梢的鸟语，听着他的心跳，听着秋风的轻歌……她的世界在她的手臂里，她不愿放开，不忍放开……好半天，他才抬起头来，他的面颊红了，他的手指拭着她的泪痕。"喂！残忍的小东西！"他叫，努力要想治好她的眼泪，"你狠得下心不理我的寻人启事哦！"

"别说！"她含泪地望着他，"我们之间的账算不完，你比我更残忍……"

他立即用嘴唇堵住她的话:"我们不再算账,好不好?有错,就都是我错!"

眼泪又滑下她的面颊。

"喂!"他强笑着,自己的眼睛就是不争气地湿润着,"我有一个问题要问你!""什么!"

"你种了这么多花,那你懂不懂如何培养一种叫紫苏的植物?我有一盆紫苏,天天浇水灌溉,它就是长不好!"

"你那盆紫苏,仅仅浇水还不够!"

"哦?"

"它需要爱情,拿来,我们一起养!"

他望着她,猝然地,他又吻住了她。

远远地,一阵朗朗的歌声传来,接着,是竹伟那活泼的、愉快的叫声:"小花!追我!小花!我赢了!你输了!输了就不许赖皮……"竹伟猛地站住了,在那两个慌忙分开的一对情侣脸上看来看去,然后,他面对着殷超凡:"殷大哥,你怎么又把姐姐弄哭?"

芷筠像触电般直跳起来,咧开嘴,她慌忙笑开了,一面笑,一面急急地说:"我在笑呢!竹伟,殷大哥没把我弄哭,我在笑呢!你瞧!"

竹伟歪着头,看看芷筠,又看看殷超凡,忽然也"聪明"起来了。"反正,我不管你是哭也好,是笑也好,"他对芷筠说,"我永远不会再打人了!殷大哥回来了,我们又可以去采草莓了,是不是?""是的,竹伟!"殷超凡郑重地说,"我们三个,可以常常去采草莓!""和以前一样开心吗?"他问。"比以前更开心!"殷超凡答,"再也没有阴影,再也没有误会!再也没有分离!"竹伟高兴地咧开大嘴,笑了。一面笑,他带着小花,就向后面山坡跑去,嘴里又开始唱着歌。芷筠伸过手去,紧紧地握住殷超凡的手,他们一起倾听着那歌声。这次,像奇迹一般,竹伟居然把这支歌唱完整了。

"还记得那个秋季,我们同游在一起,我握了一把红叶,你采了一束芦荻,山风在树梢吹过,小草在款摆腰肢。我们相对注视,秋天在我们手里。你对我微微浅笑,我只是默默无语,你唱了一支秋歌,告诉我你的心迹,其实我早已知道,爱情不需要言语。我们相对注视,默契在我们眼底。"他们依偎着,彼此望着彼此,手握着手,心贴着心,在这一瞬间,都有种近乎虔诚的情绪,体会到冥冥之中,似乎有那么一个庞大的力量,在支配着人生的悲欢离合。

他们相对注视,谁也不说话,默契在他们眼底——

——全文完——

一九七五年八月十三日夜初稿完稿
一九七五年八月二十日夜初度修正
一九七五年八月二十八日二度修正

（京权）图字：01-2024-1748

图书在版编目（CIP）数据

秋歌 / 琼瑶著. -- 北京：作家出版社，2024.10
（琼瑶作品大合集）
ISBN 978-7-5212-2874-8

Ⅰ.①秋… Ⅱ.①琼… Ⅲ.①长篇小说-中国-当代
Ⅳ.①I247.5

中国国家版本馆 CIP 数据核字（2024）第 097255 号

版权所有 © 琼瑶

本书版权经由可人娱乐国际有限公司授权作家出版社出版简体中文版
非经书面同意，不得以任何形式任意重制、转载。

秋 歌

作　　者：	琼　瑶
责任编辑：	陈亚利
装帧设计：	棱角视觉　纸方程·于文妍
出版发行：	作家出版社有限公司
社　　址：	北京农展馆南里 10 号　　邮　编：100125
电话传真：	86-10-65067186（发行中心）
	86-10-65004079（总编室）
E-mail：	zuojia@zuojia.net.cn
http://www.zuojiachubanshe.com	
印　　刷：	三河市龙大印装有限公司
成品尺寸：	142×210
字　　数：	168 千
印　　张：	8
版　　次：	2024 年 10 月第 1 版
印　　次：	2024 年 10 月第 1 次印刷
ISBN 978-7-5212-2874-8	
定　　价：	39.00 元

作家版图书，版权所有，侵权必究。
作家版图书，印装错误可随时退换。

品 琼 瑶 经 典

忆 匆 匆 那 年

琼瑶作品大合集

1963	《窗外》	1981	《燃烧吧！火鸟》
1964	《幸运草》	1982	《昨夜之灯》
1964	《六个梦》	1982	《匆匆，太匆匆》
1964	《烟雨蒙蒙》	1984	《失火的天堂》
1964	《菟丝花》	1985	《冰儿》
1964	《几度夕阳红》	1989	《我的故事》
1965	《潮声》	1990	《雪珂》
1965	《船》	1991	《望夫崖》
1966	《紫贝壳》	1992	《青青河边草》
1966	《寒烟翠》	1993	《梅花烙》
1967	《月满西楼》	1993	《鬼丈夫》
1967	《翦翦风》	1993	《水云间》
1969	《彩云飞》	1994	《新月格格》
1969	《庭院深深》	1994	《烟锁重楼》
1970	《星河》	1997	《还珠格格第一部1阴错阳差》
1971	《水灵》	1997	《还珠格格第一部2水深火热》
1971	《白狐》	1997	《还珠格格第一部3真相大白》
1972	《海鸥飞处》	1997	《苍天有泪1无语问苍天》
1973	《心有千千结》	1997	《苍天有泪2爱恨千千万》
1974	《一帘幽梦》	1997	《苍天有泪3人间有天堂》
1974	《浪花》	1999	《还珠格格第二部1风云再起》
1974	《碧云天》	1999	《还珠格格第二部2生死相许》
1975	《女朋友》	1999	《还珠格格第二部3悲喜重重》
1975	《在水一方》	1999	《还珠格格第二部4浪迹天涯》
1976	《秋歌》	1999	《还珠格格第二部5红尘作伴》
1976	《人在天涯》	2003	《还珠格格第三部天上人间1》
1976	《我是一片云》	2003	《还珠格格第三部天上人间2》
1977	《月朦胧鸟朦胧》	2003	《还珠格格第三部天上人间3》
1977	《雁儿在林梢》	2017	《雪花飘落之前——我生命中最后的一课》
1978	《一颗红豆》	2019	《握三下，我爱你——翩然起舞的岁月》
1979	《彩霞满天》	2020	《梅花英雄梦之乱世痴情》
1979	《金盏花》	2020	《梅花英雄梦之英雄有泪》
1980	《梦的衣裳》	2020	《梅花英雄梦之可歌可泣》
1980	《聚散两依依》	2020	《梅花英雄梦之飞雪之盟》
1981	《却上心头》	2020	《梅花英雄梦之生死传奇》
1981	《问斜阳》		